AF290582

VoG Verlag ohne Geld e.K.

n.16

Ada Zapperi Zucker wurde in Catania, Sizilien, geboren lebt aber seit vielen Jahren in Deutschland. Sie hat in Rom Gesang und Klavier studiert und das Studium mit einem Diplom an der Musikhochschule in Wien abgeschlossen. Sie unterrichtet Gesang in Deutschland und in Südtirol.

Sie war Mitarbeiterin des *Dizionario Biografico degli Italiani dell'Istituto Treccani*, der *Enciclopedia dello Spettacolo* und der *Enciclopedia Universo De Agostini*.

Als Opernsängerin war sie hauptsächlich in Deutschland und Österreich tätig. Von dem südtiroler Maler Gotthard Bonell wurde sie in Malerei unterrichtet und hat an verschiedenen Ausstellungen teilgenommen.

Ihre Bücher wurden mit einer Reihe von nationalen und internationalen Literaturpreisen ausgezeichnet, die wichtigsten davon sind:

2017 Ehrenpreis *Casentino* für den Roman *La casa del nonno*
     (Das Haus in der Widenmayerstraße)
2015 Erster Preis *San Domenichini* für den Erzählband *La Cucchiara*
2012 Erster Preis *Casentino* für den Roman *Teatro di ombre*
     (Theater der Schatten).
2012 Preis der Stiftung Kreatives Alter, Zürich (mit 10.000 SFr
     dotiert) für den Erzählband *Le inquietudini della sora Elsa*
     (Das Unbehagen der Sora Elsa).
2011 Erster Preis *Chianti*, für den Roman *Il Silenzio*
     (Das Schweigen)
2008 Erster Preis Giovanni Gronchi, für den Erzählband *La scuola
     delle catacombe*
     (Die Katakombenschule)

Ada Zapperi Zucker

Das Haus in der Widenmayerstraße

Roman

*Aus dem Italienischen
von Dominikus Andergassen*

V&G

Verlag ohne Geld e.K.
München

Das italienische Original erschien 2016 unter dem Titel

La casa del nonno

im gleichen Verlag

ISBN 978-3-943810-19-6

Die Personen der Handlung sind frei erfunden, nicht aber die historischen Tatsachen, die einer umfangreichen Spezialliteratur entnommen wurden (siehe Bibliografie Seite 292).
Die einzige real existierende Persönlichkeit ist der französische Kater *Fuset*, der ein beachtenswertes Alter von vierundzwanzig Jahren erreicht hat.

Erster Teil

I

Es waren keine langen Verhandlungen nötig. Die Entscheidung wurde sofort getroffen, gleich beim ersten Treffen. Auf mich fiel die Rolle des Opfers, auf ihn die des Aggressors. Soweit die Spielregeln. Ein von ihm bestimmtes Spiel, logisch, nur von ihm. Ich musste nichts tun, außer seine Bedingungen diskussionslos zu akzeptieren. Kann man sich mit einem Kater auf Diskussionen einlassen? Also rannte ich jedes Mal, wenn aus irgendwelchen Seelentiefen der berüchtigte Ruf der Wildnis in ihm den katzenartigen Instinkt wachrief und er seinen Angriff startete, um mich hinter einer Tür zu verstecken, nicht ohne die wiederholte Kostprobe seiner verfluchten Krallen abzukriegen.

Jemand hätte mich zumindest vor meiner Abreise unterrichten, mich warnen müssen. Aber nichts dergleichen.

Noch blutend stürzte ich zum Telefon.

»Wusstest Du, dass es hier einen Kater gibt?«, fauchte ich mit der ganzen Wut, die ich in mir hatte. Meine ersten Worte aus Deutschland: Nicht schlecht für den Anfang!

Hatte sie meinen Anruf erwartet? Ich wüsste es nicht zu sagen, doch muss ihr die Überraschung den Atem genommen haben. Nach langem Schweigen, ihre schöne, verwunderte Stimme:

»Welcher Kater? Wovon sprichst Du?« Mamas klassische Antwort. Sie weiß nie etwas.

Gewiss, wer hätte eine derartige Begegnung erwartet? Ich war vor ungefähr zwei Monaten an einem Frühlingsnachmittag angekommen, und war verständlicherweise aufgeregt. Wer würde mir die Tür aufmachen, wie würde mein neues Zuhause sein, mein neues Leben? Die Tür öffnete sich und irgendetwas stürzte sich auf mich und krallte sich an meiner Hose fest: ein Ungeheuer, ein riesiges Katzenvieh – das muss an die zehn Kilo wiegen, wenn nicht mehr –, rötlich, gestreift. Die Augen grün. In jenem Moment dachte ich, es handle sich um einen Tiger im Kleinformat. Und es war nicht einfach, ihn loszuwerden. Er, konzentriert, entschlossen nicht loszulassen, ließ sich von niemandem stören, weder von meinem Geschrei, noch von den Händen Marylas, die versuchte in wegzuzerren. Dann plötzlich, beinahe ohne Vorwarnung, offensichtlich gelangweilt, verzichtete er auf den Kampf. Das Abenteuer endete für ihn mit der Eroberung einiger Stofffetzen meiner Jeans und Hautstreifen. Meiner Haut. Müde legte er sich auf den Boden und begann, sich die Pfoten zu lecken: Klar, diese Stoffreste waren ihm lästig. Vielleicht ekelte er sich davor.

Was soll man sagen: Ein gelungenes Willkommen.
Das war der Einzug in meine neue ‚Bleibe‘.

Im Frühling in Roselle, häufig nachts, kam es vor, dass sich eine undefinierbare Menge dieser miserablen Kreaturen gerade in unserem Garten versammelte – ein neutrales Territorium, hatte Vater geurteilt, da es, zumindest von Rechts wegen, keiner Katze gehörte –, um sich zu bekriegen, anfangs mit wildem Gejammer, dann im fürchterlichen Gerangel, dass einem die Gänsehaut aufstieg. Ich hielt mir die Ohren mit beiden Händen zu und schrie so laut ich konnte, bis Vater sich seufzend vom Bett erhob, ich weiß nicht ob wegen meines Geschreis oder dem der Katzen, und mit einem Besen oder einem Eimer Wasser diesem Lärmen ein Ende machte. Jenes bestialische Gekreische hat meine Nerven zerfetzt und noch heute, wenn ich an jene nächtlichen Szenen zurückdenke, fühle ich mich ganz aufgewühlt. Es muss sich um eine vererbte Angst handeln, die auf vorsintflutliche Zeiten zurückgeht: Unbegründete Ängste, finstere Abgründe, unzugängliche Höhlen, wilde, auf der Lauer liegende Bestien, Wildkatzen im Geäst der Bäume, Tiger, Löwen. Warum verliere ich mich in solchen Phantastereien? Drehe ich etwa durch? Es muss eine Reaktion auf die Einsamkeit sein, auf die Stille, die mich umgibt sowie ich diese Wohnung betrete, auf das Alleinsein in dieser mir fremden Stadt.

Ich bin seit zwei Monaten hier und kenne niemanden, das heißt, ich habe mich noch mit niemandem angefreundet; meine Welt, ‚mein Universum‘ könnte ich etwas überspitzt sagen, zieht sich immer weiter zusammen, begrenzt von den Mauern meines Zimmers und einer Tür, hinter der jemand, jene hässliche Bestie, auf der Lauer liegt. Ich weiß es. Sowie ich aus meinem Zimmer trete, springt sie, durch meine Gegenwart gestört, von der Truhe, die im Flur steht, und auf der sie, glaube ich, den ganzen Tag zusammengekauert liegt, und kommt mir mit gespielter Gleichgültigkeit entgegen.

Die Studenten, denen ich jeden Tag an der Universität begegne sind nicht wie ich. Sie sind Fremde, während ich beinahe zu Hause bin.
Beinahe, ein großes BEINAHE.
Japaner, Koreaner, Amerikaner und dann zwei Araber aus man weiß nicht genau welcher Wüstenecke. Sie sind uns sofort wegen ihres vorsichtigen Gehabes aufgefallen, wegen ihrer Art, immer leise zu tuscheln (völlig überflüssig, da sie eh niemand versteht), wegen ihrer Gewohnheit, immer abseits zu stehen. Wir beobachten sie aus der Ferne, schließen sie von unseren Gesprächen, von unseren Scherzen aus. Ich fühle mich in ein aufregendes Spiel verwickelt, das mir eine

Spur von Unwohlsein verursacht. Seit den ersten Tagen hat sich die Klasse in zwei Sektoren aufgeteilt: Wir, das heißt die ganze Gruppe und die beiden. Zwischen uns hat es, wer weiß warum, eine stillschweigende Übereinkunft gegeben: Die beiden lernen aus irgendwelchen undurchsichtigen Gründen Deutsch. Vielleicht sind sie hier her gekommen, um Intrigen auszuhecken, terroristische Komplotte, Attentate und noch Schlimmeres, um ganz Europa in die Luft zu jagen. Oder gar, um ganz Europa zu islamisieren. Ein erschütternder Gedanke.

Sie haben kurzes rabenschwarzes Haar; Hände mit schmalen, außerordentlich ausdrucksstarken Fingern von seltener Schönheit, Hände, die ich als sinnlich bezeichnen möchte. Ich habe noch nie ähnliche Hände gesehen. Ich muss gestehen, dass sie mich anziehen, dass ich ihrem Reiz erliege. Häufig erwische ich mich, wie ich sie verzaubert anstarre. Ich möchte sie berühren und meinerseits von diesen Händen berührt, oder besser noch gestreift werden. Vielleicht, vielleicht sogar gestreichelt. Ich bekomme Gänsehaut, allein wenn ich daran denke. Wer weiß, was man bei der Berührung dieser Hände auf dem eigenen Körper spürt. Und erst die Augen! Schwarze, tiefe Augen, die schauen ohne zu sehen, die sich nicht in den Augen der anderen aufhalten, die die physische Stofflichkeit des Anderen, insbesondere der Mädchen zu ignorieren scheinen. In ihrer Gegenwart fühle ich mich durchsichtig. Ich habe gehört, ein Muslim blickt einer Frau nie in die Augen. Warum?

Andererseits bin auch ich nicht imstande, mit meinen Augen die ihren zu fixieren; da ist eine Unergründlichkeit, ein ‚Zutritt verboten‘, ein etwas, das mich verwirrt, und das mich, ich muss es eingestehen, nicht gleichgültig lässt. Ich werde davon angezogen, wie von einem Abgrund, und ich ziehe mich jedes Mal mit einem Gefühl der Angst und der Unbehaglichkeit zurück. Augen, die jeden Annäherungsversuch, jeden Kontakt zurückweisen. Ich möchte den beiden nicht an einem einsamen Ort begegnen. Vorurteile? Widersprüchliche Gefühle erregen, überraschen mich. Ich begreife nichts und denke weiterhin an sie. Es stört mich auch, dass sie nicht die Angewohnheit haben, sich zu rasieren, auch wenn sie mir in Wahrheit sauber vorkommen.

Dann sind da drei Amerikaner; die geben auch zu deutlich zu verstehen, worauf sie abzielen. Drei Burschen wie Milch und Honig, wie sich einer die Amerikaner vorstellt: Blond, groß, schlaksig. Und unverschämt, besonders zu den Mädchen. Sie interessieren mich nicht, im Gegenteil, sie sind mir lästig, auch weil sie gleich vom ersten Tag an alle drei in gemeinsamer Absprache mit allen bekannten, häufig banalen Mitteln versucht haben, mit mir ins Gespräch zu kommen: Ob sie wohl eine Wette abgeschlossen hatten, wer es zuerst schafft? Und sie wollen nicht verstehen, dass es keiner schaffen wird, weder als Erster noch als Letzter.

Auch die Japanerinnen interessieren mich nicht, die machen nichts anderes als miteinander zu kichern und ununterbrochen in einer unverständlichen Sprache zu tuscheln: Eine Kaskade von Vokalen in allen möglichen Nuancen, eigenartige Kehllaute und eine angeborene Lachlust.

Niemand mit dem ich gerne eine Pizza essen gehen, ein Schwätzchen halten würde.

Ich muss diese Vorbereitungskurse besuchen, um lesen und schreiben zu lernen, vor allem schreiben.

Der Unterschied zwischen mir und allen anderen Studenten ist der, dass ich fließend spreche, ohne Worte noch Form zu suchen, während die anderen, vor allem die Japanerinnen kein einziges Wort Deutsch sprechen, aber dafür schreiben, ohne einen einzigen Fehler zu machen. Diese Perfektionistinnen! Wie ich sie beneide.

Der Professor hat mir gesagt, dass es nur eine Frage der Gewohnheit ist: Ich muss viel lesen und schreiben, soviel wie möglich schreiben.

Inzwischen, während ich deutsch lesen und schreiben

lerne, vergesse ich meine Sprache, Italienisch. Ja, gerade italienisch, obwohl es weder meine Mutter- noch Vatersprache ist. Mit Mutter habe ich immer schwedisch gesprochen und tue es noch, mit Vater habe ich nur deutsch gesprochen. Italienisch habe ich im Kindergarten gelernt und sprach es immer außer Haus, in der Schule, mit meinen Freunden. Ich bin dreisprachig, schreiben kann ich aber nur italienisch. Ich denke auf Italienisch, träume auf Italienisch. Das heißt nein. Letzte Nacht habe ich von Mutter geträumt und sprach schwedisch, logisch. Aber wenn ich recht überlege, weiß ich nicht ob ich sprach. Ich könnte sagen, wir verstanden uns auf Schwedisch. Aber das wäre ein Fehler. Ich komme überhaupt nicht klar mit meiner Mutter. Und es liegt nicht an der Sprache.

Eines Tages werde ich in meinem Kopf Ordnung schaffen müssen. Die erste Sprache in der ich redete, ist Schwedisch gewesen, aber, wenn ich es recht überlege, auch deutsch. In den ersten drei Jahren hörte ich praktisch nur diese beiden Sprachen. Genug. Diese Geschichte mit den Sprachen habe ich satt.

Anstatt Deutsch zu üben, wie mir der Professor geraten hat, habe ich beschlossen eine Art Tagebuch zu führen, auf Italienisch. Ich weiß, dass ich mich schämen sollte, aber ist es meine Schuld, wenn ich eine schreckliche Sehnsucht nach ‚meiner‘ Sprache verspüre? Hier habe ich keinerlei Gelegenheit sie zu sprechen, höchstens in einigen Pizzerias. *„Una Pizza Margherita, per favore.“* Um dann festzustellen, dass es sich um Kroaten, Polen und was weiß ich handelt. Es scheint, dass hier die Pizzerias von allen geführt werden, außer von Italienern. Und auch die Eisdielen. Und schließlich, je mehr Zeit vergeht, desto mehr scheint sich ein Stückchen von mir zu verlieren. Und mit jedem Tag scheint mir dieses Stückchen größer zu werden; ich spreche nur deutsch und erkenne mich beinahe nicht wieder.

Verdeutsche ich?

Wer weiß warum jemand, wenn er sich ans Schreiben macht, anfängt über Dinge nachzudenken, die er zu anderen Zeiten für unmöglich erachtet hätte. Ich hätte nie gedacht, dass das Schreiben das Gehirn zum Nachdenken anspornt, auch abstruse Abrechnungen anzustellen, Lösungen für Probleme zu suchen, die mich im Verlauf des Tages nicht einmal streifen. Gerade jetzt kommt zum Beispiel eine weiß Gott unangebrachte Frage zum Vorschein: Wer bin ich wirklich? Eine Italienerin, eine Schwedin oder eine Deutsche?

Ich wurde immer auf unterschiedliche Seiten gezogen: Mutter hat immer gesagt, dass ich eine kleine Schwedin bin, wegen meiner strohblonden Haare, glatt wie Spaghetti, wegen der Züge und der Form des Gesichts, wegen der blauen, aber nicht wirklich blauen Augen, wegen meiner Figur; also wegen meiner körperlichen Erscheinung. Vater lachte darüber. Er sagte, dass ich effektiv eine deutsche Staatsbürgerin bin, seinen Familiennamen trage, einen deutschen Pass habe, seine Sprache spreche und die Tochter eines Deutschen sei. Ich aber bin in Roselle geboren, wenige Kilometer von Grosseto entfernt, mitten in der Toskana, und alle meine Freunde sind Italiener.

Ohne meinen Vornamen zu bedenken.

Und hier platzt endgültig die Bombe: Ich heiße Serafina, genau, SERAFINA, ein Name der weder schwedisch noch deutsch ist.

Indem sie mir diesen Namen aufgepfropft haben, haben mir meine Eltern einen üblen Streich gespielt, und ich möchte noch hinzufügen: einen lebenslänglichen. In der Tat bleibt dieser Name an mir hängen, wie eine zweite Haut.

Ich frage mich heute noch, wie man einer armen Kreatur mit einem derartigen Namen kaltblütig die zukünftige Existenz versauen kann. Meine Proteste kamen mit dem sogenannten Alter der Erkenntnis, das heißt sowie mir das Verbrechen bewusst wurde. Ihre Entschuldigungen waren kaum glaubwürdig. Sowie ich auf der Welt war, sah ich wie ein Engelchen aus, ein himmlisches Wesen. Kann man sich vorstellen. Zum Glück kamen sie nicht auf den Gedanken mich Celestine, die Himmlische, oder noch schlimmer, Angelina, das Engelchen zu nennen. Also haben sie mir diesen antiquierten, altmodischen Namen angehängt, der mir eine Menge Ärger in der Schule und außerhalb eingebracht hat. In der Grundschule versteckten sich die Kinder hinter einer Ecke, um zu rufen: „Serafina, tutta fina[1]" und Grimassen zu schneiden. In der Mittelschule wurde ich zur ‚Fina', wie der Name einer Tankstellenkette. Und das war der Gipfel des Unglücks. Auch weil mich heute noch alle FINA rufen.

Hier bin ich zur alten Serafina zurückgekehrt, weil niemand auf die Idee gekommen ist, meinen Namen abzukürzen. Und ich weiß nicht, was ich bevorzuge.

Jetzt, da man so viel über Identität redet, fällt mir auf, dass ich mich nie mit meinem Namen identifiziert habe. Punkt und Amen. Niemand schert sich um die zukünftigen Auswirkungen, um die Konflikte, die Scham, die ein schlecht gewählter Name mit sich bringen kann. Wenn mich jemand fragt, wie ich heiße, würde ich mir lieber auf die Zunge beißen, als zu antworten, weil ich mir bereits das Grinsen vorstelle, die übliche überraschte Reaktion, die mehr oder weniger spöttische, ironische Miene: „Was für ein Name ist denn das? Nie zuvor gehört!" Eine ‚Nicht-Reaktion', das ist es, was ich möchte, und das wäre einfach mit irgendeinem Namen. Jedes Mal, wenn ich meiner Mutter meine Schwierigkeiten klarzumachen versucht habe, sah sie mich mit jenem verlorenen Blick an, den ich so gut kenne und mir fielen die Arme in den Schoß. Ich kann aber nicht auf sie losge-

---

[1] Serafina, die ganz Feine

hen, auch weil ich weiß, dass Vater für alles Übel in meiner Familie verantwortlich ist; er war es, der kurz vor meiner Geburt beschloss, sich in Italien niederzulassen; er war es, der meine Mutter überredete ihm zu folgen, ‚die korrupte und kapitalistische Welt in Deutschland zu verlassen‘, um im direkten Kontakt mit der Natur ein neues Leben zu beginnen, indem er einen Sprung rückwärts um einige Jahrhunderte machte. Mein Vater war ein sogenannter *Aussteiger*, jene Kategorie von Personen, meist mit Universitätsabschluss und einem dicken Konto auf der Bank, entschlossen sich den Strukturen der modernen Gesellschaft zu verweigern, die laut ihnen alle das Produkt der übermäßigen Ausbeutung der Natur und der unterentwickelten Völker sind. Aus Protest verzichtete er auf seine Position als international renommierter Architekt, um sich in einem kleinen Dorf in der Toskana zu verkriechen, eben in Roselle, gemeinsam mit anderen Aussteigern wie er. Zu denen er übrigens keinen Kontakt hatte.

Ich will aber nicht weiter gehen. Schließlich will ich nur festhalten, dass es mit aller Wahrscheinlichkeit er war, der meinen Namen wählte. Das heißt, ich bin mir ganz sicher.

Während ich schreibe, spüre ich aus ich weiß nicht welcher Tiefe etwas aufsteigen, das mit dem Begriff Groll zu tun hat. Ich bin überrascht.

Vielleicht wäre es besser eine kurze Unterbrechung einzuschieben, um die Wogen zu glätten.

Die Geschichte mit den Aussteigern war mir immer sehr zuwider, vor allem wegen der ironischen Kommentare meiner Freunde, die die philosophische Überlegung, die dahinter steckt nie verstanden haben. Laut ihnen war mein Vater nur ein Versager, ein Verzichtender und ich weiß nicht was noch. Ich glaube, in Italien gibt es keinen Aussteiger. Ich bin sogar überzeugt, dass die Aussteiger eine typisch deutsche

Spezies sind. Ich denke, dass das mit der romantischen Vorstellung zu tun haben muss, die sie von der Welt und der Natur haben.

Vor einigen Tagen, als die Langeweile oder vielleicht etwas anderes mich fast in eine Depression trieb, habe ich beschlossen, eine Art Tagebuch zu schreiben, nicht etwa wie die üblichen Tagebücher der sechzehnjährigen Mädchen (mit zwanzig ist die Jugendzeit nur mehr eine weit entfernte Erinnerung), aber ohne Datum und nichts Wichtigem, nur um mich mit mir selbst zu unterhalten, um die Illusion zu haben, nicht alleine zu sein. Meine Freundinnen in Grosseto schicken mir jede Menge SMS, ich bekomme ein Dutzend am Tag. Ich bin über alles informiert, was in der Gegend passiert, aber es reicht mir nicht. Diese Sätzchen im Telegrammstil, häufig aus Kürzeln bestehend, nur Konsonanten und Nummern, vermitteln mir ein Gefühl der Nicht-Zugehörigkeit; ich spüre, dass mich mittlerweile Lichtjahre von jener Zeit, jenen Personen trennen. Auf irgend eine Art deprimieren sie mich.

Ich habe auch entdeckt, dass das Schreiben mir hilft auf eine andere Art zu denken als früher: Ich muss überlegen, muss mich im Spiegel betrachten, mich und die anderen sehen, und vor allem mich kennenlernen.

Nur um anzufangen, möchte ich den Ort beschreiben, an dem ich momentan lebe, die Wohnung, die Straße. Das Viertel. Ich glaube, das ist ein guter Anfang.

Die Wohnung ist im dritten Stock eines Hauses, das, wenn ich nicht irre, 1903 erbaut worden ist; so steht es in der Kartusche beinahe unterm Dach geschrieben. Aber heißt das nicht Giebel? Schön, jetzt geht das mit den ersten Ungewissheiten los; ich frage mich, was mir all die Schuljahre genützt haben, doch lassen wir das.

Es muss vor kurzem restauriert worden sein, zumindest die Fassade, der Eingang und das Treppenhaus. Sehr schön, im Jugendstil. Das Innere des Gebäudes scheint mir exakt so geblieben zu sein, wie früher. Hier wohnte der Großvater, Vaters Vater, mit seiner Familie.

In dieser Wohnung bin ich niemals zuvor gewesen; zumindest habe ich keinerlei Erinnerung daran. Ich habe die Wohnung genau vor zwei Monaten, als ich in München angekommen bin, in Besitz genommen.

„Ich habe Besitz ergriffen." Was für pompöser Satz; mir kommt das Lachen. Ich wohne hier und fühle mich als Gast. Nicht mehr und nicht weniger. Das mag daran liegen, dass hier eine alte Dame wohnt, die Besitzerin des Katers, und Maryla, die Hausangestellte. Aber davon werde ich später schreiben, jetzt habe ich keine Lust dazu.

Andererseits verstehe ich nicht, warum es mir nicht möglich war, in der Wohnung in der Franz-Joseph-Straße zu wohnen, eine Wohnung, die ich seit meiner frühesten Kindheit sehr gut kenne, als wir drei, vier Mal im Jahr einige Wochen dort wegen gewisser Geschäfte verbrachten, die Vater hier erledigen musste. Was ist daraus geworden? Ich habe Mutter danach gefragt, und sie hat mit ihrer üblichen ausweichenden Art die Frage zu ignorieren versucht. Sie hat nur geantwortet, dass diese Wohnung viel größer ist als die andere und als Immobilie mehr wert ist. Das war alles. Ich glaubte verstanden zu haben, sie direkt vom Großvater geerbt zu haben.

Warum wohl hatte er die Wohnung mir überlassen wollen, wenn er mich doch nie kennen gelernt hat, anstatt sie, was Recht gewesen wäre, Vater zu überschreiben? Er muss mich einige Monate nach meiner Geburt gesehen haben (Mutter war auf der Durchreise nach Schweden hier), und auch später, wie Mutter sagt. Ich habe mir keine Erinnerung daran bewahrt, nicht an den Großvater und noch weniger an die Wohnung. Ich war zu klein. Als Großvater starb, war ich gerade vier. Mutter wusste mir keine Erklärung zu geben. Vage wie immer, sagte sie mir, dass Großvater von meiner Existenz wusste, mich sogar sehr gut kannte: Vater brachte mich jedes Mal, wenn er nach München kam zu ihm. Eine ziemlich seltsame Geschichte, vor allem, wenn ich daran denke, dass es noch fünf weitere Enkel außer mir gibt, alle berechtigt diese Wohnung zu erben. Ich kenne nur drei, die Kinder meines Vaters. Die beiden anderen leben in Amerika, ich erinnere mich nicht in welcher Stadt Floridas. Sie tragen nicht einmal meinen Familiennamen, weil sie Kinder der Schwester meines Vaters sind, die mit einem Amerikaner verheiratet ist.

Während ich schreibe merke ich, dass ich eine komplizierte Familie habe. Es würde mir gefallen, alle Fäden zu entwirren, die ihre verschiedenen Mitglieder verbindet (oder nicht verbindet?), ohne die Verwandten meiner Mutter in Schweden mit einzuberechnen. Aber mit denen will ich gar nicht erst anfangen.

Von meinem Vater hingegen habe ich eine nicht näher definierte Rente geerbt, das heißt, jeden Monat wird eine nicht gerade astronomische, aber zum Überleben reichende Summe auf mein Konto überwiesen. Wer gibt mir dieses Geld? Mutter hat gesagt, dass es eine Rente ist und Amen. Die klassische Antwort, die nichts sagt.

Die Wohnung ist ziemlich heruntergekommen: Ich habe den Eindruck, dass seit einer unendlichen Anzahl von Jahren sich niemand darum gekümmert hat gründlich sauber zu machen. Da riecht es nach Moder, nach abgestandener Luft, nach Staub. Es bräuchte einen frischen Anstrich in allen Zimmern, eine Auffrischung der Türen, neue Bäder, eine neue Küche, ohne die Möbel zu bedenken, ein Sammelsurium an Altertümlichkeiten, die die Freude eines jeden Trödlers wären. Ich weiß aber nicht, ob die bedrückende Atmosphäre dieser Wohnung von den Mauern, den Möbeln, den Gegenständen der Einrichtung kommt. Was würde sich ändern, wenn sie erneuert würde, wenn alles weggeworfen würde? Wer oder was könnte die Existenzen verjagen, die zwischen diesen Wänden gelebt wurden, die Worte, die gesagt und verschwiegen wurden, die Schreie und Streitereien, die nächtlichen Gedanken, den Ärger, die Träume und Alpträume der Menschen, die in diesen Betten geschlafen haben? Ich rede nicht von Festen, ich kann mir hier weder Feste noch Bälle vorstellen (obwohl es Platz gäbe). Ich weiß nicht wieso, kaum eingezogen, ja sogar schon von draußen, sowie ich das Gebäude von der Straße aus gesehen habe, ich mich beklommen fühlte, ich würde sagen, dass ich spürte, wie das ganze Gewicht dieser Wände auf meine Schultern drückte. Drinnen dann, abgesehen von der Begegnung, beziehungsweise dem Zusammenstoß mit dem Kater, hat mir die düstere, muffige Atmosphäre den Rest gegeben. Die ganze Wohnung, vom Eingang bis in die letzten Zimmer ist von einem abgestandenen Geruch verpestet, der einem die Luft nimmt. Ich habe mich noch nicht daran gewöhnt, und es scheint mir unnütz, die Fenster zu öffnen; ich habe den Eindruck, dass die Luft, wenn sie in diese Mauern eindringt, von einer Schar fresssüchtiger Feinde überfallen wird, die nur auf sie gewartet haben. Was vermag die frische, ich möchte sagen unschuldige Luft gegen dieses Heer von antiken Gerüchen auszurichten, das das Feld bis zu meiner Ankunft ungestört beherrscht hat? Und so geschieht, was geschehen muss: Kompakt, bis an die Zähne bewaffnet, überfallen die schlechten Gerüche die frische Luft, und saugen sie ausnahmslos auf und bringen sie in den ursprünglichen Zustand des Muffs zurück, diesem unsagbaren Modergeruch, den kein Deodorant zu neutralisieren vermag.

Nichts kommt gegen die Vergangenheit auf. (Wo hab ich

diesen Satz gelesen?)

Ob es eine Zurückweisung mir gegenüber ist? Eine alte Wohnung, die die neue Besitzerin zurückweist, jung, unerfahren, ohne Gerüche, ohne Persönlichkeit, beinahe ohne Vergangenheit. Mit einem Wort, eine, die niemandem etwas zu sagen und nichts zu ihrer Geschichte hinzuzufügen hat.

Sechs Fenster blicken zur Straße. Tag und Nacht macht eine erschreckende Anzahl von Autos einen Höllenlärm. In Roselle kann man die Autos, die an einem Tag durchfahren, an den Fingern einer Hand abzählen.

Auf der anderen Seite der Straße ist der Fluss, ich glaube die Isar, und obwohl die Wohnung im dritten Stock liegt, sieht man von den Fenstern aus rein gar nichts, wegen der sehr hohen und dichten Bäume, die in zwei Reihen den Gehsteig gegenüber flankieren. Wer weiß, was für eine Stille vor hundert Jahren, als das Haus gebaut wurde. Die Bäume waren sehr jung, aber vielleicht waren sie gar nicht da, und mir gefällt, die Vorstellung, dass der Fluss näher war, seine grünen Ufer direkt von der Straße aus zugänglich.

Die Fenster der Fassade spenden den sogenannten Herrschaftszimmern Licht: groß, beeindruckend wegen ihrer Geräumigkeit und ihrer Einrichtung. Als erstes Großvaters Studierzimmer, dann der Empfangssalon, und gleich dahinter, durch einen hölzernen Bogen und eine prachtvolle Tür mit geschliffenem Glas abgetrennt, das Speisezimmer. Die dunklen Möbel, die schweren und staubigen Vorhänge, die Teppiche und die Stoffbezüge der Sofas ... hier erwartet man sich einen Toten, dachte ich mir beim ersten Betreten dieser Zimmer. Aber vielleicht ist die Leiche einige Stunden vorher fortgeschafft worden. Ich atmete wegen des Staubs, der in tausenden Teilchen herum schwebte, sehr schwer, und riss gleich die Fenster auf. Ich irrte mich. Da war noch etwas. Es war, als ob der Hausherr beim Weggehen vergessen hätte das Licht auszumachen, die Schubladen zu schließen, seine

Papiere in Ordnung zu bringen. Gerade so wie einer, der glaubt gleich zurückzukommen.

Gewiss hat jemand das Licht gelöscht, die Schubladen geschlossen, aufgeräumt, aber der Eindruck des Wartens, des nicht Abgeschlossenen ist geblieben, ist auch nach Jahren noch greifbar. Die Wohnung scheint noch auf die Rückkehr des alten Besitzers zu warten.

Es mag daran liegen, dass sie beinahe gänzlich unbewohnt ist, oder an der Abwesenheit von Leben, die ich nicht zu deuten weiß. Ich glaube aber, dass diese in die Stille und Einsamkeit versunkene Wohnung (ich ertappe mich dabei, wie ich auf Zehenspitzen gehe, vorsichtige Bewegungen mache, um ich weiß nicht wen, nicht zu stören) häufig von gleichfalls einsamen Gespenstern besucht wird. Sie ist leer, aber in Wirklichkeit gehen Wesen um, Schatten die still von einem Zimmer zum anderen irren ohne sichtbare Spuren zu hinterlassen. Wesen, die ich spüre. Sie erscheinen mir im Traum – ich weiß es, auch wenn ich es gleich darauf vergesse –, dringen in meinen Geist ein. Sie kommen nicht zum Vorschein, das heißt, sie zeigen sich nicht in der wirklichen Welt, sondern sind dort hinten, irgendwo in meinem Gehirn versteckt. Zwischen mich und ihnen schiebt sich nur eine Tür, eine winzige gut getarnte Tür.

Ein sehr seltsames, schwer mit Worten zu erklärendes Gefühl.

Wer weiß wie viele Menschen zwischen diesen Wänden gelebt haben; manchmal meine ich ihre Stimmen zu hören, ihr Atmen, ihr Weinen. Wenn die Wände sprechen könnten! Eine haarsträubende Vorstellung, die mich erschauern lässt. Hier hat der Großvater gelebt und vielleicht auch der Urgroßvater, wer weiß. Wenn ich daran denke, dass mein Vater als Kind in diesen Zimmern umhergegangen ist, auf diesen Sofas gesessen hat, auf diesen Stühlen ... und mir scheint, seine Beinchen herunterhängen zu sehen, ohne den Boden zu berühren, die schwarzen Schühchen mit dem glänzenden

Lack, die weißen Söckchen. Warum habe ich dieses Bild vor Augen? Ich muss ein Foto gesehen haben, irgendwo, vielleicht in Roselle. Ein kleines, ernstes Gesicht, verschlossen, eine kleine Krawatte, ein Anzug, bestimmt aus schwarzem Samt. Wie konnte er hier leben, in dieser Wohnung? Wagte er es, in den Fluren mit seinen Freunden Fangen zu spielen? Lachte er, lärmte er, stritt er sich mit seiner Schwester? Mir scheint es ein Haus für Erwachsene, gar für Alte zu sein, für stille, ernste Menschen. Hier störten die Kinder nur und fertig. Davon bin ich überzeugt.

Ich fühle mich wie ein Eindringling, eine die nicht dazugehört, eine von auswärts: Was habe ich mit dieser Familie zu tun? Sie waren alle Deutsche und ich fühle mich nicht als Deutsche, das ist der Punkt. Es stimmt, ich habe einen deutschen Pass. Aber kann ein Stück Papier meine ‚wahre‘ Identität bestimmen? Und was ist diese verfluchte Identität? Ein schwer zu erklärender Begriff: Identität. Ich denke, dass ein Ausweis nur die Nationalität eines Individuums festlegen kann. Niemand spricht von Zugehörigkeit, was im Grunde genommen das Wichtigste wäre. Vielleicht, weil wir den tieferen Sinn verloren haben: Gehören wir nicht zur selben Erde, dieser wunderbaren Welt, die uns umgibt, dem so weiten Universum, zu dem wir gehören?

Basta, Schluss mit diesen für mich zu großen Gedanken, kehren wir zur Realität zurück.

Diese Wohnung hat eine unendliche Anzahl von Räumen, viele Türen, die ich nicht zu öffnen wage, weil ich mich als Gast fühle. Es muss mit einer Art Hemmung oder Angst zu tun haben: Ich fürchte irgendeine böse Überraschung. Ich erwarte mir irgendjemanden zu finden, vielleicht einen vergessenen, einen verrückten, mit Lumpen bedeckten, in einem zerfetzten Lehnstuhl sitzenden, halb verhungerten Alten; oder, noch besser, ein Skelett, einen mumifizierten Kadaver; oder nur dessen Knochen, menschliche Reste unterschiedlicher Art, Zeugen vergangenen Lebens.

Übrigens wäre es seltsam, wenn ich jedes Zimmer inspizieren würde, jeden Abstellraum, jede Ecke. Mit welchem Recht? Ich brauche Zeit, auch weil ich mich beobachtet fühle.

Mein Zimmer hat einen kleinen Balkon zum Hof hin. Es war eine echte Überraschung, dort einen richtigen Garten zu entdecken, gut gepflegt, mit Blumen und Pflanzen und einem wunderbaren Baum in der Mitte, der von einer Menge Vögel bewohnt wird. Nie hätte ich gedacht so viele Vögel in einer Stadt wie München anzutreffen. Und wie die im ersten Licht des Morgengrauens zwitschern. Ich denke, die grüßen sich, feiern die Geburt eines neuen Tages.

Aber vielleicht erklären sie sich aus voller Kehle den Krieg: „Dies ist mein Ast und Wehe dem, der sich ihm nähert!"

Da ist einer, der schwätzt jeden Morgen mit einem Nachbarn, der ist ein Typ weniger Worte, um nicht zu sagen einsilbig. Seine Antworten begrenzen sich auf zwei immer gleiche Töne, ein „So ist es", wie einer, der nichts zu entgegnen hat. Ersterer hingegen – ich glaube eine Amsel ausgemacht zu haben –, fängt mit einem hoch-philosophischen Diskurs und immer neuen Beweisführungen an, logische und sehr gut modulierte, ich war dabei zu schreiben, gut formulierte Sätze, mit großer Überzeugung und, würde ich sagen, mit Sachkenntnis über dies und jenes dissertierend: Einer der jedenfalls weiß, wo's lang geht.

Ich möchte schreiben können, um die Stimmen, die Lockrufe, die Gesänge, die Explosion der Freude einsammeln zu können, die den Garten füllen. Am Abend dann, wenn sie sich zum Schlafen zurückziehen, ist das ein Gepiepse, ein sich halblautes Rufen, ein letzter Gruß. Nie habe ich in Italien ein derartiges Konzert gehört, obwohl ich praktisch auf dem Land gelebt habe. Dort habe ich viele Elstern gesehen, die, scheint mir, überhaupt nicht singen können – die krächzen auf ziemlich zusammenhangslose Art –, und manch ausgemergeltes, gleichfalls argumentloses Vögelchen. Ob ich taub und blind war? Ich wüsste nicht, wie ich dieses Phänomen sonst erklären könnte: Ist es möglich, dass in Italien die Vögel aufgehört haben zu singen?

Als ich hierher gekommen bin, habe ich sofort die Balkontüren aufgemacht, um das Zimmer zu lüften: Dieser wunderbare Baum stand in voller Blüte. Ich glaube es ist eine Rosskastanie, doch bin ich mir nicht sicher, ich bin keine Baumexpertin. Jetzt, da er verblüht ist, gefällt es mir, mich an den Eindruck des ersten Augenblicks zu erinnern: Er kam mir wie ein riesiger Kandelaber vor. Jeder Ast – genau wie ein Arm eines Kerzenleuchters von riesigem Ausmaß – trug eine Art Kolben, oder besser eine Blütentraube, die sich nach oben verlängerte, wie dicke Kerzen von einem leuchtendem Rot: die Illusion war perfekt. Dann habe ich entdeckt, dass die Stadt voll davon ist. Ein magischer Moment. In verschiedenen Farben erblühte Alleen: weiß, rosa, rötlich. Eine Begegnung, die mich ein wenig über mein Fortgehen von Roselle hinweggetröstet hat.

Hier aber fehlen die Zypressen und die Pinien, meine wunderbaren Pinien mit den prunkvollen Schirmkronen, und nicht zu reden von den Pinienkernen, die ich aus den Zapfen hervorholte. Wie viele Nachmittage habe ich mit dem Aufbrechen der Kerne mit einem Stein zugebracht.

II

Seit zwei Tagen schreibe ich nicht ein Wort.

Ich glaubte die italienische Sprache zu kennen, aber genügt es, eine Sprache zu sprechen, um in ihr schreiben zu können? Als ich die wenigen Seiten las, die ich vor einigen Tagen geschrieben habe, ist mir aufgefallen, dass ich die Worte nicht gut aneinandergefügt habe, dass ich keinen einzigen orthodoxen Satz hingekriegt habe. Die Sätze hinken, sind kantig, zerfleddert. Ich zerbreche mir den Kopf: Wie schreibt man auf originelle Art? Muss ich ungebräuchliche Worte finden, eine neue Sprache erfinden, oder ist es ein Spiel, das nur von der Kombination der Worte abhängt, alter Wörter (denn die Wörter, glaube ich, sind alle alt). Oder sollte ich die Wörter verändern, zum Beispiel die Verben substantivieren oder die Substantive zu Verben machen, na ja, die Sprache manipulieren?

Und die Gedanken, dann? Sind in Wirklichkeit die Gedanken Ursprung der Worte, oder ist alles umgekehrt, und die Worte formen die Gedanken? Was für ein Durcheinander: Muss ich schließen, dass meine Gedanken banal sind? Oder besser schwach, das ist das richtige Wort. Wie ich die Menschen beneide, die mit der Leichtigkeit des Windes oder der Unbeständigkeit des Wassers eines Baches Worte und Sätze in perfekter Harmonie kombinieren können; Sätze, die wie Blumen erblühen und wie Blumen einen dünnen Geruch ausströmen, wenn auch von kurzer Dauer. Am Ende bleibt nichts, ein Nichts aber voller Fantasie und Schönheit.

Wer hat das alles erfunden? Warum muss die Sprache einem logischen Faden folgen? Warum diese Verkettung von Substantiven, Verben und Adjektiven nach strengsten syntaktischen und grammatikalischen Regeln, vorbestimmt seit undenklichen Zeiten von ich weiß nicht wem, mit dem alleinigen Grund zu zivilisieren, zu verfeinern und vielleicht Gedanken, Gefühle, Emotionen in Käfige zu stecken, anstatt sich nur des Grunzens, der Schreie und solcher Dinge zu bedienen? Wie doch alles einfacher wäre.

Man müsste dann die Grammatik des Grunzens und der hässlichen Laute erfinden, um sie aufschreiben zu können, um sie verständlich zu machen. Und alles begänne von vorne. Genau genommen ist das vielleicht der Ursprung der Sprachen dieser Welt.

Da kann man die Dinge auch so lassen wie sie sind.

Mir kommen Zweifel, ob es sinnvoll ist, dieses Experiment weiterzuführen. Ich bin verwirrt.

Anderseits, wenn ich nicht schreibe, lerne ich auch nicht zu schreiben und vergesse meine Sprache gänzlich.

Ich weiß nicht was tun.

Aber die Idee, mich hier hinzusetzen und zu schreiben, egal was, tröstet mich. Ich fühle mich nicht so allein: Es ist, als erzählte ich jemandem was geschieht und nicht geschieht. Vielleicht mehr das, was nicht passiert. Oder was nur in meinem Kopf passiert. In Wirklichkeit eine Einladung zu denken und nachzudenken; ein alltägliches Rendezvous, eine Begegnung mit mir selbst, das ich immer mehr brauche.

Ich gehe auf Entdeckung von mir selbst, von Serafina, der richtigen, die niemand kennt. Nicht einmal ich.

Da ist dann noch der Umstand, dass wegen, ich weiß nicht welcher Klausel im Testament, oder einem ersessenen Recht, eine alte Frau, Frau Edith, ich glaube eine ehemalige

Bedienstete meines Großvaters, in dieser Wohnung wohnt und da bis ans Ende ihrer Tage bleiben wird. Amen.

Und ihr Kater. Doch über ihn habe ich bereits geschrieben.

Kurz bevor ich aus Roselle wegfuhr, verschwendete meine Mutter wie üblich kaum zwei Worte: „In der Wohnung wirst du eine alte Dame vorfinden. Sie wohnt dort schon seit immer."

Roselle! Die Sehnsucht bricht mir das Herz. Bisher wusste ich nicht einmal, dass sie existiert, die Sehnsucht. Na also, ein schönes deutsches Wort, das ich nicht ins Italienische zu übersetzten weiß. Dieses Wort bedeutet ganz einfach ‚krank vor Begehren'.

Ich weiß nicht, ob es eine Krankheit ist, aber ich möchte dorthin zurück. Mit dem Mofa die Zypressenallee entlangfahren, bis an ihr Ende, wo sich unser Haus befindet, das Gartentürchen aufmachen, eintreten, über den ungepflegten Rasen laufen, Mamas Stimme hören, die von der Küche her ruft: „Bist du's?" Und auch wenn Roselle in Wirklichkeit nur ein Dörfchen am Fuße dreier bis ins Innerste geborstener Berge ist, bestehend aus ein paar unbedeutenden Häusern – mittlerweile schon seit Jahrhunderten –, bleibt es für mich der Ort meiner Träume, meine Realität, der Anfang von allem. Dort habe ich Gehen gelernt, Sehen, die ersten Worte gestottert. Ich will mich nicht lange ausbreiten indem ich das Warum und Weshalb zu erklären versuche, aber ich wäre nicht ich, wenn ich nicht dort geboren worden wäre. Das spüre ich sehr stark.

Roselle ist ein uralter Ort, das habe ich in der Schule gelernt, eine etruskische Siedlung erst und eine römische Stadt von großer Bedeutung dann; man kann ihre Überreste einige Kilometer von Zuhause sehen. Es hat mich immer sehr beeindruckt zu wissen, dass ich denselben Boden betrete, auf dem vor über zweitausend Jahren wer weiß welche antiken Menschen gelebt haben. Ich kann mir keinen Etrusker aus Fleisch und Blut vorstellen, während es sehr wahrscheinlich ist, dass zumindest ein im Laufe der Jahrhunderte verlorener Nachkomme noch unter uns weilt. Eine haarsträubende Realität für einen Science-Fiction-Film.

Ich will ja nicht übertreiben, aber Roselle ist nicht irgendein Ort und das genügt mir.

Aber während ich wünsche zurückzukehren, macht mich irgendetwas unsicher. Ich fürchte auch dort eine Fremde zu sein, die Verbindungen verloren, die Fäden durchtrennt zu haben; auch, wenn man es recht bedenkt, gerade das der Grund ist, weshalb ich fortgegangen bin: Ich wollte die Fäden kappen, mein Leben verändern, gewisse Beziehungen abbrechen, die mir unerträglich geworden waren. Aber darüber möchte ich lieber nicht reden. Gewiss, alle Menschen, die ich kenne, sind dort geblieben, meine Freundinnen, meine Freunde. Wie viele Dinge sind in diesen Monaten meiner Abwesenheit geschehen, wie viele kleine Dinge, die ich nicht weiß, trotz hunderter SMS? Jeden Tag ändert sich etwas, aber auf so unscheinbare Art und Weise, dass man es nicht sieht, aber spürt. Und doch spricht man von der Ewigkeit wie von der Quintessenz des Unveränderlichen. Die Zeit, die immer gleich verrinnt, Tag und Nacht, in einer langsamen Evolution, ohne Maß und ohne Raum, das wäre die Ewigkeit. Aber ist es so? Das was nicht verrinnt, was nicht vergeht, ist ewig?

Vielleicht bringe ich alles durcheinander, vielleicht ist das Gegenteil wahr.

Nein, nein. Ich glaube nicht an die Ewigkeit, sie interessiert mich nicht, ich wüsste nichts damit anzufangen. Ich brauche Bewegung: ,Ich' will der Zeit vorauseilen, ,ich' will schneller sein als die Zeit. Ich habe der Zeit die Ewigkeit im Tausch gegen das äußerst wandelbare Leben geraubt.

Ich habe alles vor mir, und die Ewigkeit habe ich hinter

mir gelassen.

Bei alle dem erinnere ich mich an die Angst als Kind, jedes Mal, wenn ich nach unseren Reisen nach Deutschland und nach Schweden nach Roselle zurückkam: Ich fand die Orte und die Menschen nicht wieder. Alles war verändert, alles war mir fremd. Bis ich begriff, dass ich die Fremde war, ich, anders von Mal zu Mal. Die Orte blieben dort, die Steine, die zerborstenen Berge, die Bäume, die Häuser, die Menschen. Alles in einer Art Ewigkeit versteinert.

Der Gedanke an eine versteinerte, unverrückbare Ewigkeit ohne Leben gefällt mir sehr.

Nur ich war verändert, ich hatte nicht mehr die Augen von vorher, weil ich anderswo gelebt habe, andere Menschen gesehen hatte, andere Orte, andere Erfahrungen machte. Das bedeutet, dass ich die Welt mit fremden Augen gesehen habe, die Dinge, die Menschen, die ich kennen lernte; ich fand keine Verwandtschaft in dem was mir einige Monate früher noch familiär war; schließlich war ich anderswo geblieben, ein Teil von mir schaffte es nicht, in derselben Haut von vorher zurückzukehren.

Und in welcher Haut steckte ich bevor ich wegfuhr, bevor ich hierher kam? Ich war nur Serafina oder besser Fina, die Tochter der Schwedin und des Deutschen, ein Mädchen wie alle anderen. Welche anderen? Wenn ich es recht bedenke, habe ich mich nie den anderen gleich gefühlt. Abgesehen von meinem nordisch-skandinavischen Aussehen, ist da noch die Sache mit den Sprachen und meinen Eltern, so verschieden von anderen Eltern. Mein Vater war nicht nur Deutscher sondern auch Naturist. Er hatte einen seltsamen Kräuterladen mit verschiedenen Mixturen, nur natürliche Sachen, geschäftlich immer passiv. Wir lebten gewiss nicht von jenem Laden – Mutter beeilte sich, ihn sofort nach seinem Tod zusammen mit dem Jeep, den sie ziemlich unbequem fand, zu liquidieren. Unsere Einnahmen kamen aus

Deutschland, das wussten alle, der Laden war für meinen Vater nur ein Zeitvertreib, eine Methode, einige Stunden am Tag auszufüllen, um irgendeinen Kontakt zu den Leuten im Ort zu haben.

Mama! Auch Mama war anders als die anderen Mütter, aber über sie schreibe ich ein anderes Mal. Erst jetzt wird mir die Andersartigkeit meiner Familie bewusst: Wir waren nicht wie alle anderen, konnten es nicht sein. Vom ersten Tag an hat mein Vater Distanz bewahrt, hat keinen Kontakt zu den Nachbarn gesucht, nicht im mindesten den Wunsch gezeigt, sich zu assimilieren. Ich sah das, wenn er mich zur Schule begleitete: Nie ein Wort zu den Eltern meiner Schulkameraden, nie ein Annäherungsversuch. Es gefiel ihm, die Tür hinter sich zu schließen. Einer seiner beliebtesten Sätze lautete: Ich lasse die Welt draußen vor den Mauern meines Hauses.
Vielleicht fühlte er sich abgewiesen.

Warum mache ich mir all diese abstrusen Gedanken?

Ich gewöhne mich inzwischen an die Großstadt, an die Einkaufszentren, in denen ich, fasziniert von der Menge der ausgestellten Dinge, Kleider, falscher Schmuck, Schuhe, Handtaschen, manchmal ganze Nachmittage verbringe. Ich bin nicht imstande die unzähligen Dinge aufzuzählen, die die riesigen Räume in den drei-, vierstöckigen Gebäuden füllen. In Grosseto gibt es nichts Ähnliches, und auch nicht in Florenz. Vielleicht in Mailand, aber dort war ich noch nie. Ich stehe verträumt da, mitten unter den vielen Wunderdingen, häufig verwirrt. Ist das der meinem Vater so zuwidere Kapitalismus? Alles wunderschöne Sachen, die so wenig kosten: Liegt das an der Ausbeutung der unterentwickelten Länder? Ich würde gerne verstehen, wie das kapitalistische System funktioniert.

Und außerdem ist da niemand, der mich fragt, ob ich etwas brauche, wie das immer in den Geschäften in Grosseto passiert. Manchmal kommt es mir vor, als gäbe es da nicht einmal Personal, als wäre niemand am Verkaufen interessiert; am Ende muss ich nichts kaufen, um meine Anwesenheit zu rechtfertigen. Die Menge der Dinge nimmt mir jeden Wunsch etwas zu kaufen. Nichts was mich anzieht, was ich besitzen möchte.

Die ‚Provinzlerin‘ in einer großen Stadt: Ich stolpere von einem Wunderding zum nächsten, ich seh’ mir die Augen satt an den vielen Sachen, von den T-Shirts bis zu den Tischdecken, vom Geschirr zu den Töpfen bis hin zu den exotischsten Früchten, und ich komme da jedes Mal benommen heraus.

Aber es gibt einen Laden hinter dem Rathaus, der, was exotische Früchte und andere Nahrungsmittel anbelangt seinesgleichen sucht. Er heißt Dallmayer: Ich bleibe stehen, um die Auslagen mit den kalten Platten, den belegten Brötchen, dem Gebratenen oder den Torten und anderen Leckerbissen anzusehen. Ich verlasse diesen Laden nie, ohne etwas gekauft zu haben; da gibt es sogar toskanisches Brot, das ungesalzene, und wenn mich das Heimweh überkommt, kaufe ich ein Stück davon. Dann, auf dem Weg, breche ich Bissen davon ab, kleine Brocken, und ich habe das Gefühl, Bruchstücke, kleine Schollen Toskana zu kauen. Ich habe das trockene Brot ohne Zutaten immer geliebt. Das Brot der Toskana. Das Essen meiner Heimat. Meiner Heimat? Ist das meine Heimat, weil ich da geboren bin? Ich habe immer gedacht, dass die ganze Welt meine Heimat wäre, und jetzt entdecke ich, dass sie sich auf Roselle, auf Grosseto, höchstens auf die Toskana reduziert.

Bevor ich wegging, wusste ich nicht, dass ich so darunter leiden würde. Ich wollte einen Schlussstrich ziehen, mit jenem provinziellen Leben abschließen, bei dem man sich jeden Tag an denselben Orten trifft und niemand jemals etwas zu sagen hat, weil nie etwas passiert. Ich wollte mit Dino Schluss machen, vor allem mit ihm: Ich konnte die Misere dieser Beziehung ohne Zukunft nicht mehr aushalten. Immer das Gespenst meines Vaters zwischen uns (Dino hat rein gar keine Ähnlichkeit mit ihm), das Schweigen der Mutter, die sich mit ihrer üblichen Methode, alles was sie nicht sehen will zu ignorieren, geweigert hat, ihn zu empfangen. Ich hätte für Dino in den Krieg mit ihr ziehen müssen, versuchen müssen, dass sie ihn akzeptiert, als ich selbst ... Basta. Ich habe beschlossen, nicht mehr daran zu denken, und ich will mein Wort halten. Nicht einmal in meinen SMS' erwähne ich seinen Namen. Für mich ist er gestorben und begraben. Ich sollte seinen Namen von dieser Seite löschen. Besser noch, die Seite herausreißen. Na also, wieder die unkontrollierte Wut.

Ich hatte keine Wahl: Entweder hierher kommen, oder nach Stockholm. Dort studieren, mit jenem Klima, der Dunkelheit, der Kälte. Nein, da hätte ich mich noch fremder gefühlt.

Dann sind dort die Großeltern, *Mormor* und *Morfar*, also Oma und Opa. Ich sehe sie einmal im Jahr, seit ich geboren bin, glaube ich. Niemand hat mich je gefragt, ob ich mitkommen wollte. Ich musste mit und Schluss. Andererseits war es unmöglich, Mama allein zu lassen. Schon in meiner Kindheit ,wusste' ich, dass ich sie beschützen musste; ich war sogar überzeugt, eine Art Schild, eine Rüstung zu sein, die jede Gefahr von ihr fernhält. Auch wenn ich mir immer noch nicht vorstellen kann, wer ihre Feinde waren und vor was ich sie hätte schützen sollen. Ein Gefühl der Stärke, aber auch äußerster Verletzbarkeit, weil ich sie mit einer absoluten Liebe voller Schmerzen und Machtlosigkeit liebte. Häufig voller Verzweiflung und Hass. Ich hätte zurück in sie wollen, ganz eins sein mit ihr, um ihr meine Kraft zu übertragen: zu zweit ist man stärker, dachte ich.

Ich sah sie immer am Rande eines Abgrunds, herumirrend in einer Welt voller Nebel, und ich war ihr einziger Bezugspunkt, ihre Unterstützung, ihr Rettungsfloß. Ohne mich wäre sie untergegangen, wäre sie verloren gewesen. Davon war ich absolut überzeugt.

Hier fehlen mir die Worte, um die Gefühle zu beschreiben, die sich in meiner kleinen Seele (wieder ein Wort, das ich hasse) bekämpften, Gefühle, viel größer als ich, das wird mir erst jetzt bewusst, erschütternd und seltsam gegensätzlich. Was gab mir die Gewissheit, dass sie mich so sehr brauchte? Jetzt, im Nachhinein, kommt mir der Verdacht, dass es nur eine Projektion war, das was man einen Wunschtraum nennt. Ich wünschte mir, dass ‚sie‘ mich gebraucht hätte. In der Tat war sie nie eine besitzergreifende Mutter, ganz im Gegenteil: Häufig ignorierte sie mich.

Aber vielleicht gab sie nur vor mich zu ignorieren.

Und weshalb?

Ich erstickte sie mit meiner exklusiven Liebe, deshalb also.

Ein schrecklicher Gedanke, bei dem mir schlecht wird.

Mir ist bewusst, dass ich meine Mutter nicht mehr wie damals liebe. Seit wann? Seit ich die Kindheit hinter mir habe. Als Kind konnte ich nicht zwischen mir und den anderen unterscheiden. Meine Gefühle kannten keine Grenzen; ich gestehe es mit einer gewissen Scham. Extrem, sei es im Guten wie im Schlechten. Häufig ließ ich mich von den Leidenschaften so sehr überwältigen, dass ich gewisse Grenzen überschritt, die notwendig sind, um ein gemeinsames Leben zu ermöglichen, so sagte Papa. Ich verlor den Verstand, so möchte ich meinen Zustand von damals beschreiben; ich liebte und hasste im selben Moment, immer bis auf den Boden dieser beiden Gefühle sinkend, bis zur Schmerzgrenze. Ich kannte keine Halbheiten.

Beim Erwachsenwerden liebt man weniger exklusiv,

oder besser gesagt, man kann die eigenen Leidenschaften besser im Zaum halten. Man tritt nicht über das eigene Ich hinaus. Das heißt, an die Stelle der Einheit tritt die Dualität oder die Pluralität; von der symbiotischen Vereinigung mit dem Anderen, wechselt man zum Ich und zum Du, klar voneinander getrennt: Ist das die berühmte Reife, die Weisheit? Heute bin ich in der Stimmung für profunde Überlegungen über das Ich und das Du … beeindruckend! Ob ich gerade erwachsen werde?

Vor zwei Tagen habe ich einen Film gesehen, wunderschön, einen koreanischen, glaube ich, der mich zum Nachdenken brachte, deshalb diese Überlegungen: Nur wenn wir im Stande sind, die Leidenschaften zu überwinden oder zu beherrschen – was nicht dasselbe ist –, dann haben wir die Möglichkeit uns der Reife, der Weisheit anzunähern. Alle Leidenschaften. Die Liebe inbegriffen. Ich habe den Eindruck, dass sich die Asiaten mehr als wir um diese Probleme kümmern. Vielleicht, weil sich hinter dieser Fassade des absoluten Abstands, der Selbstkontrolle im Ausbruch befindliche Vulkane verbergen.

Jetzt könnte ich bis ins Unendliche fortfahren Spekulationen anzustellen. Bis zu diesem Augenblick habe ich nie von Weisheit sprechen gehört. Vielleicht handelt es sich um ein in Vergessenheit geratenes, aus der Mode gekommenes Wort. Die Weisheit verschwindet aus Europa und sucht in Asien Zuflucht. Wer kümmert sich hier um die Suche nach dem Pfad zur Weisheit, wer spürt diese Notwendigkeit?

Genug damit. Ich bin dabei mich im Gestrüpp zu verirren.

Seit ich schreibe, habe ich den Eindruck alles in einem anderen Licht zu sehen, ein unbarmherziges Licht, das eine Realität zeigt, die anders ist als die, die ich mir als Realität vorgestellt habe. Aber welcher Unterschied besteht zwischen der Wirklichkeit und ihrer Interpretation? Jeder von uns interpretiert die Realität, indem er von präzisen Vorgaben ausgeht, die ihrerseits von Kausalitäten bestimmt sind, die vom Willen des Einzelnen absehen, na also. Eine Erleuchtung, die alle meine vorhergehenden Gewissheiten über Bord gehen lässt.

Ich glaube einfach, dass ich meine Beziehung zu Mama einschränken, aus einer anderen Perspektive sehen muss. Eine Beziehung zwischen Erwachsenen, keine Leidenschaft, keine Besitz ergreifende Liebe und solche Dinge mehr, eine Beziehung, nur durch einen Hauch von asiatischer Weisheit erreichbar.

Das wird noch dauern, bis ich die asiatische Weisheit erlange. Es wäre angebracht, jetzt eine Tasse Tee darauf zu trinken.

Muss ich daraus folgern, dass es gut war, mich von ihr zu trennen? Sie war es, die mir vorschlug hierher zu kommen. Vielleicht wollte sie mir einen Weg aufzeigen, eine Art und Weise, meine wahre Identität zu finden, meine Einzigartigkeit außerhalb von ihr.

Oder wollte sie hingegen, dass ich ihr ihre Freiheit zurückgebe?
Sie wollte mich einfach nur loswerden, das ist es.
Ich war ihr eine Last, ich habe sie mit meiner Anwesenheit unterdrückt, habe sie daran gehindert zu leben wie sie gewollt hätte, wenn ich nicht gewesen wäre.
Ich fühle mich böse, abgelehnt.
Ich bin außer mir.

Ich frage mich, von wo diese beunruhigenden Gedanken herkommen. Eine Reihe kleiner Szenen, unbedeutender Episoden, Gesten oder überraschter und sofort vergessener Blicke: Papa, der mich in ein anderes Zimmer trägt, mich, die ich mich störrisch (um nicht zu sagen, dass ich wie eine Besessene schreiend und um mich tretend) an Mamas Beine klammerte. Hat sie mich gewollt? Wollte sie mich, bevor ich geboren wurde? Bin ich aus Versehen auf die Welt gekommen? Immer das Gesicht Papas, über das Bettchen gebeugt, am Abend, am Morgen; er, der mich anzieht, der mich füttert, der sich um mich sorgt. Immer Papa.

Und Mama? Wo war Mama?

Erinnerungen an mich als Kind. Und dann? Diese letzten Jahre sind vorbeigegangen, ohne eine Spur zu hinterlassen, ich, völlig von jener unseligen Geschichte eingenommen, die ich nicht als Liebe bezeichnen will, und sie. Wo war sie? Ich wüsste nicht zu sagen, was sie während der Jahre nach Papas Tod gemacht hat.

Wie ist es möglich im selben Haus zu wohnen und nichts voneinander zu wissen?

Die Großeltern mütterlicherseits sind nie nach Italien gekommen, und wenn ich mich recht erinnere, kam mein Vater nie mit uns nach Schweden. Vielleicht haben diese Großeltern meinen Vater nie kennen gelernt. Ob sie sich wohl vor meiner Geburt begegnet sind?

Was soll ich über die beiden Alten sagen? Die Oma schien mir eine frustrierte Frau zu sein (ich muss zugeben, dass mir alle alten Frauen frustriert vorkommen), auch weil sie ziemlich krank ist, wenn ich mich nicht irre, etwas mit der Wirbelsäule. Sie kann nicht recht gehen, behilft sich mit zwei Stöcken. Außer Haus benötigt sie einen Rollstuhl.

Sie redet wenig. Auch Opa redet wenig. Wie Mama. Sie muss es von ihnen übernommen haben. Ich denke an die Stille an den langen Winterabenden in jenem Haus. Die Oma immer mit einer Handarbeit beschäftigt, ich weiß nicht, welche Pullover oder Westen fabrizierend, die ich dann anziehen muss, obwohl ich sie scheußlich finde, während mein

Opa liest. Dann lässt er es und legt eine Patience. Sie sehen auch nicht fern. An einem bestimmten Punkt steht die Oma auf und geht zu Bett, nachdem sie und der Opa sich eine gute Nacht gewünscht haben. Die einzigen Worte, die den ganzen Abend über gesprochen wurden.

Stelle ich mir diese Szene nur vor? Oder sprechen sie, wenn wir nicht da sind? Ich frage mich, was sie sich noch zu sagen haben, nach fünfzig Jahren Ehe. Sicher haben sie sich schon alles gesagt, was zu sagen war. Haben sie immer so gelebt? Ich kann sie mir nicht jung vorstellen.

Mir kommt die Idee, einen Krimi mit den beiden Alten als Hauptfiguren zu schreiben. Der eine vergiftet den anderen, versteckt die Leiche in einer Grube im Garten und pflanzt darauf einen Baum. Alles in einer düsteren, nebeligen Atmosphäre ohne Sonne. Der Baum wächst und an den Ästen wachsen keine Früchte, sondern Organe, Teile eines menschlichen Körpers, da ein Arm, dort ein Bein, ein Fuß, eine Leber. Entsetzlich. Langsam, langsam entdeckt man, dass es sich um Frauenfüße und -hände handelt: Die Oma ist wegen des Geldes vom Opa beseitigt worden, oder wegen alter Zwistigkeiten.

Was für eine schlechte Geschichte. Ich sollte eine bessere erfinden.

Die Oma, soweit ich das verstehe, ist immer noch schön, beziehungsweise sie hat ein sehr schönes Gesicht, während ich den Rest als eine Art Verwesungszustand betrachte. Aber das Gesicht ist sehr schön, auch wenn ihr im Grunde, wenn ich es recht bedenke, eine gewisse Weichheit fehlt, jene, die zum Beispiel meine Mutter hat. Sie sieht Mama ähnlich, so wie eine Statue einem lebenden Wesen ähneln kann. Exakt die Linie der Nase, perfekt geschnitten; schön die immer geschlossenen Lippen, beinahe so, als wolle sie sich verbieten zu sprechen, Dummheiten zu sagen, oder auch nur Gemeinheiten (alles Vermutungen von mir, da ich sie nur selten sprechen hörte); die Form des Jochbogens; die leicht eingefallenen Wangen, die ich sinnlich nennen würde (sinnliche Wangen, arme Oma, sicher weiß sie nicht einmal was Sinnlichkeit ist); die blauen Augen von einem kalten Blau, beinahe metallisch. Als Kind fühlte ich mich von diesen Augen beobachtet. Zwei ausdruckslose Messerklingen, die sich gegen mich richteten, mir bei all meinen Bewegungen folgten. Zwei wachsame, kalte Augen. Aber auch ängstlich.

Ich glaube nicht, dass Oma mich ein wenig gern gehabt hat, ich habe sogar den Eindruck, dass sie unfähig ist, irgend jemanden gern zu haben, nicht einmal Mama, die immerhin ihre Tochter ist. Sie scheint mir eine jeder Leidenschaft entkleidete Frau zu sein. Ist das die Weisheit? Wenn das die Weisheit ist, muss ich sagen, dass sie mich entsetzt und ich sofort darauf verzichte.

Vielleicht bin ich ungerecht, vielleicht hat die Oma nur zwei ausdruckslose Augen, wie alle Alten. Und sie spricht nicht, weil ... ich weiß nicht warum und ich kann es mir auch nicht vorstellen.

Ich hatte nie Lust nach Schweden zu fahren, ich habe das später auch gesagt, als ich erwachsen wurde. Aber niemanden interessierte meine Meinung, ohne zu bedenken, dass auch Mama nicht zurückkommen wollte, dass sie erst nach meiner Geburt, mit mir als Neugeborene, die Kraft hatte heimzukehren, nach ich weiß nicht wie vielen Jahren, gerade Mal um mich ihren Eltern zu zeigen. Nie würde sie in Schweden leben wollen, das ist klar; im Grunde ist es ihre Heimat, da spricht man ihre Sprache, da gibt es Menschen wie sie. Sind nicht das die Gründe, die die Menschen überzeugen, in dem Land zu leben, in dem sie geboren wurden?

Will ich darum nach Roselle zurückkehren?

Seit ich diese Seiten vollschreibe, beginne ich mir Fragen zu stellen, die ich mir vorher nie gestellt hätte. Mir scheint, ich

stehe vor einer verschlossenen oder nur angelehnten Tür.
Ein leichter Stoß, nur mit einem Finger, damit sie sich in den
Angeln dreht, und voilà: Man macht furchtbare Entdeckun-
gen. Aber es wäre besser zu sagen, dass es ein Bewusstwer-
den von Tatsachen ist, die man als zweitrangige betrachtete,
während sie es mitnichten sind. Mir scheint, ich kratze ohne
mein Wissen an einem irgendwo in meinem Gehirn sedi-
mentierten Bodensatz von Kenntnissen; ich weiß viele Dinge zur Hälfte, als ob ich nur mit einem Ohr hingehört hätte,
vielleicht in der pränatalen Phase oder als ich noch sehr
klein war.

Woher kommen all diese Botschaften, diese Fragmente
von Botschaften?

III

Auf Großvaters Schreibtisch habe ich ein wunderschönes Buch gefunden, groß, in grünen Samt gebunden, mit einem Wappen in der Mitte. Es ist verschlossen, wie ein Schrein. An der Seite ist eine Art Schließe, die ich nicht zu öffnen im Stande bin. Es muss einen Trick geben, einen verborgenen Mechanismus. Ich wende mich an Frau Edith: Man muss eine Art Knöpfchen in der Mitte drücken, und die Schließe reagiert sofort. Es ist ein Fotoalbum, das Familienalbum.

Ich habe angefangen darin zu blättern. Die Fotos sind in die, in weiße Pappe gestanzte Rahmen mit sehr romantischem blühendem Girlandendekor gesteckt. Eine nie gesehene Sache. Es handelt sich um ziemlich robuste Pappe, uralte, verblasste Fotografien. Ich bin fasziniert davon. Was für seltsame Persönlichkeiten. Alle in Pose, keiner, der einen natürlichen Gesichtsausdruck hätte. Es scheint, als ob sie seine Rolle spielen würden, die Szene einer Komödie.

Die erste Seite macht mit einem monumentalen Hochzeitsfoto auf. Unter einem anscheinend heiteren Himmel, der von einigen Wölkchen durchquert wird, heben sich zwei Säulen ab; einige hagere Efeuranken wickeln sich um eine der Säulen. Ob das irgendeine Bedeutung hat? Wenn ich nicht irre, symbolisiert das Efeu die Treue. Die Braut: Eine drollige weiße Haube auf dem Kopf, einen langstieligen Blumenstrauß, der beinahe bis an den Saum des ziemlich weiten, in der Mode des neunzehnten Jahrhunderts gehaltenen Kleides hinunterreicht. Daneben der Bräutigam, steif, mit Frack und Zylinder. Sie sind nicht schön; zwei Gestalten, die ich nicht zu definieren wüsste, die Augen starr auf das Objektiv gerichtet, kein Lächeln, nichts von der Freude oder auch nur dem Bangen, das aus ihren Gesichtern sprechen müsste, nicht einmal ein verliebter Blick. Nichts. Bin ich die Romantische, der es gefällt, sich solche Dinge vorzustellen? Ein gar nicht mehr so junges Paar. Ob es eine Vernunftehe war? Wenn ich nicht irre, bezeichnete man so die vereinbarten Ehen. Frau Edith sagt, es seien die Großeltern meines Vaters, meine Urgroßeltern.

Ich habe den Eindruck, sie kennt sie alle, nennt sie beim Namen, weiß, wann sie gelebt, was sie gemacht haben, wie viele Kinder sie hatten.

Eine Art rötlicher Ball, etwas elastisches und haariges plumpst zwischen mich und Frau Edith. Ein gut gezielter Sprung vom Fußboden hoch. Er, immer er, der Hausherr. Mit der dreisten Unverschämtheit, die ihm eigen ist, hat er sich gemütlich auf den Seiten des geöffneten Albums gesetzt, entschlossen, sich nicht einen Zentimeter von der Stelle zu rühren. Er muss gespürt haben, dass wir uns mit etwas Interessantem beschäftigen. Bis zu diesem Moment tat er tatsächlich so, als schlafe er – ein wahrer Künstler für Schlafimitation – in einem Polstersessel versunken, ‚seinem‘ Polstersessel, in den sich zu setzen mittlerweile unmöglich ist, weil er erstens voller Katzenhaare ist, zweitens es gefährlich ist, sich ihm zu nähern, weil er sofort einen Angriff startet und seine Angriffe, wie ich bereits mehrmals erfahren habe, mörderisch sind.

Frau Edith beginnt ihn zu streicheln und flüstert ihm einige Worte zu, um ihn zu überzeugen, Platz zu machen. Er schnurrt selig und sein Hals vibriert augenscheinlich. Es scheint ein kleiner Motor zu sein, der, einmal angesprungen, von alleine läuft, bis ihn ein Gegenbefehl plötzlich stoppt. Auf Deutsch nennt man dieses für Tiger, Löwen und ich weiß nicht welch andere Katzen typische Geräusch, das ich vielleicht eher Klang nennen sollte, *schnurren*, eines der vielen lautmalerischen Wörter der deutschen Sprache, das hier den Eindruck von etwas wiedergibt, das schmilzt und vibriert, ganz wie der Motor meiner Vespa.

Ich bemerke, dass ich immer öfter auf Deutsch denke, und nicht mehr die entsprechenden Worte in den beiden anderen Sprachen finde.

Wie sehr würde es mir gefallen Linguistik zu studieren. Verstehen, wie die Wörter entstehen, wie sich die Sätze, die Gedanken im Gehirn bilden, den Ursprung der grammatikalischen Regeln und das alles. Welch faszinierende Materie! Sich auf die Suche nach den Geheimnissen der Sprache zu machen und mit ihr in das große Mysterium der menschlichen Essenz vorzudringen. Denn ohne das Wort und den Gedanken, die schließlich die Basis sind, gäbe es keinerlei Spiritualität, und ohne sie wäre auch die Idee einer Seele nicht entstanden! (Sieh an, da kehrt das magische Wort wieder.) Wenn man es recht bedenkt, ist der Ursprung Gottes an die Geburt des Wortes und des Gedankens geknüpft: Der menschliche Gedanke hat, sich des Wortes bedienend, nur des Wortes, die Idee von der Transzendenz geboren ... nein, nein, ich muss einhalten.

Siehst du, was geschieht, wenn einer anfängt zu denken: Gedanken, die von wer weiß woher kommen, Intuitionen, Anstöße, die sich in die Unendlichkeit ausdehnen könnten. Alles Dinge, die mich über alle Maßen begeistern. Vielleicht sollte ich Philosophie und Psychologie studieren. Aber auch ein wenig Theologie.

Doch ich habe mich schon für Architektur entschieden und warte auf die Zertifizierung der Kenntnis der deutschen Sprache, um mich einschreiben zu können. Aber das hat noch Zeit, die Einschreibungen beginnen in ungefähr einem Monat. Bevor er nach Roselle zog, war Papa Architekt und hatte zusammen mit einem Kollegen ein namhaftes Architekturbüro. Es scheint als habe er große Projekte in

Deutschland und im Ausland verwirklicht. Dieses Studio gibt es noch, obwohl auch sein Kollege verstorben ist, soweit ich weiß; dort könnte ich mein Praktikum machen. Einer meiner Brüder arbeitet da bereits seit Jahren. Ist das vielleicht die Ursache meiner Entscheidung? Mein Gott, wie viele Gedanken und wie viele Zweifel.

Ich erinnere mich, wie mir mein Papa die Häuser von Grosseto zeigte, um mir verständlich zu machen, wie man ‚nicht' bauen soll. Häufig sprach er dieses Thema an: Wo sind die großen italienischen Architekten geblieben, die die wunderbaren Städte gebaut haben, die heute noch ihresgleichen auf der Welt suchen? Welches Ende hat diese große Tradition genommen? Na also, ich fühlte mich bereits als Kind berufen.

Während ich schreibe, merke ich Schritt für Schritt, dass ich jedes Wort im Gegenlicht betrachte, in einer Art durchsichtigem Prisma, das das Licht und verschiedene Farben reflektiert; ich unterteile das Wort, zerstückle es, wie man es macht, wenn man etwas analysieren möchte, und jedes Mal verwandelt es sich in etwas Neues. Die Bedeutung, die ich ihm zuvor zugeschrieben habe, während ich noch nicht schrieb, löst sich wie in einem chemischen Prozess auf, bis sie verschwindet: Mir bleibt nur eine leere Hülle, ohne Sinn; ein Durcheinander eigenartiger Töne, in denen ich kein einziges Wort wiedererkenne. Schließlich stürzt mich die Wahl eines jeden Wortes in eine Krise. Es bereitet mir eine Art Genuss, mich darin zu verlieren, entdecke aber unbekannte Welten, furchtbar faszinierende; ein Meer von Worten überschwemmt mich ... ,*e il naufragar m'è dolce in questo mare*[2].
Ich bin glücklich über diese schulische Reminiszenz, wer hätte das gedacht?

---

[2]Giacomo Leopardi, ... *und Schiffbruch in diesem Meer zu erleiden ist mir lieb.*

Ich wollte nur sagen, dass ich, als ich klein war, diese verflixte Berufung gespürt habe, wunderbare Häuser zu bauen, die die Welt revolutionieren, eine Epoche kennzeichnen würden. Und ich habe seit dem Kindergarten Häuser gezeichnet, Tausende Häuser, die ich Papa übergab, damit er sie korrigiere und ein professionelles Urteil abgebe. Er hat mich immer ermutigt, mich Ernst genommen und fand sogar, dass ich viel Fantasie habe.

Erst jetzt denke ich, dass in Wirklichkeit alle Kinder Häuser und Häuschen zeichnen, ohne deshalb an Architektur zu denken. Welche Schmach.

Ich habe mehrere Male Frau Ediths Hände betrachtet. Sie sind groß, knöchrig, von einer beeindruckenden Anzahl dunkelgrüner Venen überzogen, die sich aufblähen, sich von der Haut abheben. Aber vielleicht sind es nicht alles Venen. Es müssen Sehnen sein, die bei jeder kleinsten Bewegung, jeder mindesten Anstrengung hervorspringen, ein Netz von Linien ohne jede Logik, ohne jede Harmonie bilden: Eine wahre Geografie des Schreckens. Ich kann sie nicht ohne ein gewisses Unbehagen ansehen, auch wenn ich weiß, dass sie überhaupt nichts für ihre eigenen Hände kann. Aber was soll ich machen, sie gefallen mir nicht.

Insgesamt gefällt mir Frau Edith nicht, zu groß, hölzern, asketisch. Sie muss mindesten einsfünfundachtzig groß sein, vielleicht sogar größer, und in ihrer Jugend dürfte sie es nicht leicht gehabt haben, dem Ausdruck ihrer Augen nach zu schließen.

Das Gesicht, von Falten durchzogen, wie ich es noch nie zuvor gesehen habe, lässt mich, im Vergleich der zu bedeckenden Fläche, an eine Menge überflüssiger Haut denken. Ein längliches Pferdegesicht, immer streng. Die Haare sind weiß mit einigen schwarzen Strähnen dazwischen, sehr eng im Nacken nach einer längst vergangenen Mode verknotet.

Wer weiß, warum einer sehr großen Frau die Grazie fehlt; man braucht nur an die Models zu denken, die ja keine richtigen Frauen sind, sondern lebende Kleiderpuppen. Die zu großen Frauen gefallen mir nicht. Punkt und Schluss.

Ich wüsste nicht zu sagen, ob sie freundlich zu mir ist. Ich weiß nicht, wie ich das Verhältnis zu ihr definieren soll. Fest steht, dass der wahre Hausherr dieser wilde Kater ist, der zweite Rang wird von Frau Edith eingenommen.

Ich weiß nicht einmal, ob es hier für mich einen Platz gibt.

Fuset, so der Name des Katers, genießt es augenscheinlich im Mittelpunkt der Aufmerksamkeit zu stehen, und er scheint keinerlei Absicht zu haben, das Feld zu räumen. Ich versuche nicht einmal in anzufassen, erstens, weil ich keine Lust dazu habe, zweitens, wegen der berühmten Tatzenhiebe, die ihre Spuren hinterlassen.

»Warum heißt er *Fuset*? Was bedeutet das?«

»Er ist ein französischer Kater, und ich kenne ihn mit diesem Namen. Die Namen der Katzen haben keine bestimmte Bedeutung ... obwohl, Fuset könnte auch vom Verb *fuser* abgeleitet sein: ,*une fusèe de rires*' heißt im Französischen, in ein Lachen ausbrechen. Wenn du so willst, ein Name, der sein lebhaftes Temperament widerspiegelt. Eine Kreatur, die viel gelitten hat, armes Tier; der Veterinär hat ein leichtes psychisches Ungleichgewicht diagnostiziert, das offensichtlich von in der Vergangenheit erlittenen Misshandlungen herrührt.«

Ein hysterischer Kater, psychisch gestört, hat man jemals einen solchen Käse gehört? Die Alte scheint zu einem Schwätzchen aufgelegt, denn sie fährt mit der Geschichte von Fuset fort, der bis vor einigen Jahren im Stock darunter lebte, wo eine Familie von Franzosen mit drei Kindern wohnte. Sie mussten es gewesen sein, die ihn quälten, wenn die Eltern außer Haus waren. Im Moment des Umzugs, hat der Kater das allgemeine Durcheinander und vor allem die offene Tür genutzt und ist weggerannt. Es scheint, dass ihn niemand von der Familie mehr wiedergefunden hat. Aber vielleicht hat sich niemand darum gekümmert, ihn zu suchen. Einige Tage nach der Abreise der Franzosen, hat ihn Frau Edith bei ihrer Rückkehr vom nachmittäglichen Spaziergang vor dem Haustor sitzen gesehen, zerlumpt, ausgehungert, zum Herzerweichen. Sie sagt, dass er genau auf sie gewartet habe, davon ist sie überzeugt. Ich frage mich, wie sie es angestellt hat, das zu erraten. Um es kurz zu machen, sie hat ihn ohne lange zu überlegen adoptiert, obwohl sie nie eine Katze gehabt hatte und auch nicht wusste, wie das Tier zu behandeln wäre. Wie ich verstanden habe, hat sie gleich ein Taxi bestellt, und sich zwecks einer Generalvisite zu einem Tierarzt bringen lassen. Ich kann mir diese Fahrt mit diesem hungrigen Vieh nicht vorstellen. Wer weiß, wie der die Autositze zugerichtet hat.

Schließlich sagte sie, dass das arme Geschöpf, so nennt sie diese kleine Bestie, unter richtigen hysterischen Anfällen leidet. Die Haare auf dem Rücken gesträubt, der Blick irre, rennt er herum und springt auf die Möbel, klettert die Vorhänge hoch – man sieht die Spuren –, kippt die Stühle und alles was sich ihm in den Weg stellt um. Während dieser Anfälle ist es besser, ihm aus dem Weg zu gehen, schließt sie verständnisvoll ab, er erkennt dabei niemanden: Völlig außer sich greift er alle ohne Unterschied an, das arme Geschöpf! Was den Rest angeht, ist er ein normaler Kater, brav, liebevoll.

Leider kann ich ihre Meinung nicht teilen. Für mich ist Fuset eine Bestie, vielleicht eine richtige Wildkatze und nicht ein unzurechnungsfähiger, nervenkranker Kater.

Vorsichtig versuchen wir das Fotoalbum unter dem Rücken

des Tiers wegzuziehen, sie, um es nicht zu stören, ich, um einem eventuellen Angriff zu entgehen. Er fährt inzwischen mit seinem Schnurrkonzert fort, streckt sich schmachtend in seiner ganzen Länge, wie wenn er die Widerstandsfähigkeit der eigenen Sehnen auf die Probe stellen wollte, während er die Krallen im regelmäßigen Rhythmus ausfährt, vielleicht um seine Angriffswaffen elastisch zu halten. Er scheint intensiv zu genießen, so wie es nur Katzen tun können. Von einer Sekunde zur nächsten findet eine Veränderung statt: Die Ohren nach hinten gelegt, der Körper zu einer Kugel zusammengezogen, ein überraschender Satz und in nullkommanix ist er auf dem Fußboden. Ein Satz, ein Bogen in der Luft, ein haariger Körper, der fliegt. Eine seiltänzerische Vorführung. Ich halte den Atem an. Ohne einen Augenblick des Zögern stürzt er sich in voller Geschwindigkeit in Richtung Tür, in dem rasenden Versuch da durchzuschlüpfen, rutscht er auf dem Parkett aus, die Krallen in den zu glatt gebohnerten Fußboden bohrend. Er richtet sich beleidigt auf und verschwindet im Flur. Er hat die Kurve zu eng genommen. Wir bleiben betroffen zurück. Ich beeile mich die Tür zu schließen, sollte er es sich anders überlegen. Ich bleibe in der Mitte des Zimmers stehen und breche in ein triumphierendes Gelächter aus (*une fusèe de rires*); Frau Edith lacht nicht, sie scheint auch nicht belustigt, versteht meine Heiterkeit nicht, man sieht es am Ausdruck ihrer kalten Augen. Plötzlich verstehe ich ihre Missbilligung: Ich habe über die Schwäche eines Anderen gelacht.

Auch wenn dieser Andere nur eine Katze ist, ein böser Kater zudem.

Ich nähere mich ziemlich verlegen dem Tisch.

Die Frau schafft es, mir immer ein Missbehagen zu vermitteln. Ich habe den Eindruck, als beobachte sie mich ohne große Sympathie.
Noch so eine Alte, die mich beobachtet. Genau wie die Oma.

Während ich diese Zeilen schreibe, überrasche ich mich bei der Frage, welche Rolle diese Frau in der Familie meines Großvaters eingenommen haben könnte: War sie wirklich die Haushälterin? Was heißt Haushälterin? Hier kommt jeden Morgen eine Frau, die den Haushalt in Ordnung bringt, stottert ein paar Worte auf Deutsch (eine Polin), wäscht und bügelt für sie, bringt den Einkauf, bereitet ihr das Mittagessen zu. Kurz, betreut sie rundherum: Die Haushälterin, die wie eine Hausherrin bedient wird. Seltsam.

Wer weiß, wie alt sie sein mag. Mir kommt sie alt und gebrechlich vor. Sie bekommt nie Besuch, und jeden Nachmittag, wenn schönes Wetter ist, geht sie für einige Stunden von der Polin begleitet aus. Wie verbringt sie ihre Tage? Geheimnis. In der Wohnung ist es immer sehr still, außer am späten Nachmittag und am Abend, wenn sie vor dem Fernseher sitzt. Zu mir hat sie ziemlich sporadische Kontakte, auch weil ich den größten Teil der Zeit außer Haus verbringe, und wenn ich heimkomme, schließe ich mich in meinem Zimmer ein, um meine Deutschaufgaben zu machen, zu schreiben, zu lesen.

Sonntag ist immer ein schlechter Tag, ich habe keinen Unterricht, die Geschäfte sind geschlossen und ich weiß überhaupt nicht was tun. Um die Zeit totzuschlagen, habe ich mich heute darangemacht, die Wohnung auszukundschaften – unter anderem weiß ich nicht einmal wie viele Zimmer es gibt –, und ich habe bei Großvaters Studierzimmer angefangen.

Ich muss zugeben, dass ich mich dabei überhaupt nicht wohl fühlte, ganz im Gegenteil.

Jetzt noch, während ich schreibe, habe ich das Gefühl einen Streich beichten zu müssen, eine Zuwiderhandlung, die mir Unwohlsein verursacht. Beinahe so, als hätte ich die Abwesenheit des rechtmäßigen Besitzers ausgenützt, um in seinen Sachen zu herumzuschnüffeln. Verrückt, wenn man bedenkt, dass Großvater seit ungefähr fünfzehn Jahren tot ist.

Auf jeden Fall habe ich entdeckt, dass dieses Zimmer mich abweist. Es klingt seltsam zu sagen, dass ein Zimmer jemanden abweist, aber ich hatte dieses Gefühl der Ablehnung genau gespürt. Ich wüsste nicht, wie ich dieses Gefühl sonst beschreiben sollte.

Eine Wand wird buchstäblich von einem großen, ziemlich hässlichen, imposanten Portrait des Großvaters mit Toga beherrscht (Großvater war Richter), die Hand auf den Schreibtisch gestützt, beinahe wie um auf ein großes, offenes Buch hinzuweisen, bestimmt ein Gesetzbuch, den Blick geradeaus, streng auf den Betrachter gerichtet. Trotz der roten Farbe der Toga hat das ganze Bild etwas Bedrückendes an sich, ich würde sagen etwas Unheilvolles; ein dunkler Hintergrund, energisch, schnell hingeworfenen Pinselstriche, beinahe so, als hätte sich der Maler nicht zu sehr mit dem für ihn vernachlässigbaren Detail aufhalten wollen; kaum Licht, das, wenn ich nicht irre, nur die Schreibtischplatte und im Widerschein die Gestalt beleuchtet; die markanten Züge des Gesichts, in dem dunkle Töne vorherrschen, unterstreichen die Härte (aber vielleicht handelt es sich nur um einen Malstil). Abschließend: ein Bild, das mir nicht gefällt.

Nach einer ersten Untersuchung des Bildes fällt mir auf, dass ich es nicht ansehen kann, ohne dabei ein gewisses Unbehagen zu spüren. Mich stört die Autorität, die extreme Sicherheit der ganzen Gestalt. Instinktiv schrumpfe ich, verberge ich mich vor seinem Blick. Ich habe den Eindruck, dass er mich mit seinem Blick verfolgt, während ich mich im Zimmer bewege: Wenn ich mich umdrehe, um ihn anzusehen, überraschen mich seine starr auf mich gerichteten, forschenden Augen.

Ich frage mich, ob auch die gesamte Einrichtung der Wohnung mein Eigentum ist. Ich weiß wirklich nichts und denke, dass es notwendig ist, dass ich Großvaters Testament durchlese. Warum hatte er gerade mir diese Wohnung überlassen wollen, und nicht andere Besitzungen, die er, glaube ich, unter den anderen Erben aufgeteilt hat? Ich muss mich erst eingewöhnen, gut deutsch lesen lernen. Aber wenn tatsächlich alles was sich in der Wohnung befindet mir gehört, werde ich eines Tages dieses Bild eliminieren; ich werde es in einen Abstellraum stellen, in den Keller, oder ich verkaufe es einem Trödler, zusammen mit all dem Zeug, das hier drinnen ist.

Ich habe einen Blick auf das Bücherregal geworfen, das die gesamte Wand gegenüber dem Bild einnimmt. Vielleicht finde ich etwas, das mich zum Lesen anregt, habe ich mir gedacht, beinahe um meine Anwesenheit in diesem Zimmer zu rechtfertigen: Ich habe gesehen, dass nur Klassiker hier sind, alle in rotes Leder gebunden, Goethe, Schiller, Kleist und andere. Ich werde bestimmt nicht *Faust* oder *Kabale und Liebe* zu lesen beginnen! Es gibt kein einziges Buch, das mich nur im Entferntesten interessieren könnte.

Es ist Abend. Kurz vorher hat Mama angerufen. Seit einigen Wochen ist sie bei ihren Eltern zu Besuch. Sie hat mich angefleht, ich solle ausgehen. Ein Mädchen zu Hause, an einem Sommerabend. Sie konnte es nicht glauben.

»Geh' in die Leopoldstraße! Dort geht um diese Zeit die ganze Münchner Jugend spazieren. Setzt dich in ein Kaffee, die Gegend ist voll davon.«

Ich höre ihre Stimme wieder, ihre schöne Stimme, die schwedische Sprache, die, von ihr gesprochen, zur langsamen, melancholischen Musik wird. Aber vielleicht ist sie bereits Opfer des Hauses, des Schweigens der beiden traurigen Alten. Daher der fügsame und müde Tonfall.

Anstatt auszugehen, habe ich mich an den Schreibtisch gesetzt und habe einige Seiten in dieser Art Tagebuch gelesen.

Wie viele Überraschungen. Diese verfluchte Formulierung ausgenommen, oder besser die zerknautschte, schwunglose Art meine Gedanken auszudrücken, bleibt nichts übrig. Ich müsste alles noch einmal schreiben. Angefangen bei dem Wort ‚Formulierung‘, das definitiv hässlich ist, beziehungsweise schrecklich. Das will ich sofort löschen, ausmerzen. Ich bekommen einen Wutanfall.

Mir scheint, ich habe eine Person vor mir, die ich nicht kenne. Während ich schreibe, folgen die Gedanken ohne mein Wissen einem auf gewisse Weise bereits vorgesehenen, besser wäre es zu sagen, einem ‚festgelegten‘ Kurs. Ich möchte wissen von wem. Mir ist nicht erlaubt auf vernünftige Weise einzugreifen, das heißt, indem ich meine Rationalität einsetzte, oder die, die ich dafür halte: Meine Beziehung zu meiner Mutter, zum Beispiel.

Gewiss, ich habe sie geliebt, wie, so glaube ich, jede Tochter die eigene Mutter liebt, nicht mehr und nicht weniger. Stattdessen geschieht in demselben Moment, in dem ich schreibe, eine Art Manipulation, wie wenn sich der Realität, dem was ich mir als Realität vorstelle, eine andere Realität entgegenstellt, die ich aber nicht kenne. Das heißt Realitätsfragmente, die sich über andere legen, enden damit, die anfänglichen Voraussetzungen zu verfälschen, wie Farbschichten unterschiedlicher Tönungen, die, wenn sie sich in einem zufälligen Spiel mischen, eine andere Farbe bilden. Oder besser, wie farbige Glasscherben, die sich in einem Kaleidoskop trennen und ein neues, komplexeres Bild bilden, eine absolut unvermutete Komposition.

Als Kind hatte ich ein Kaleidoskop und konnte Stunden um Stunden damit zubringen, es zu drehen, verzaubert von den Figuren, die von Mal zu Mal erschienen. Wer weiß, wo es gelandet ist.

Ich komme ganz durcheinander.

Ich stehe vor dem Ansatz eines Gedankens, einer Intuition, die von wer weiß woher aufgetaucht ist, die ich am Schopf packen möchte, entwirren, wie man es mit einem verworrenen Wollknäuel macht. (Genug mit den Vergleichen! Wann komme ich auf den Punkt?) Ich will es versuchen, auch weil es von außerordentlicher Wichtigkeit für mich sein könnte. Während ich aber schreibe, spüre ich, dass ich dabei bin, den Faden zu verlieren: Bin ich es, die meine Wirklichkeit schafft? Jeder von uns baut sich die eigene Wirklichkeit? Oder gibt es eine universelle Realität, die für alle gilt?

Ich, zum Beispiel, fahre fort, in der Wirklichkeit von Roselle zu leben: ich bin mit jenen Orten verbunden, mit dem Leben, das ich führte, mit meinen Beziehungen zu den anderen; aber auch mit meinen Zypressen, mit den so gequälten und uralten Olivenbäumen, mit den Pinien, mit den zerklüfteten Bergen, die den Horizont eingrenzen. Alles ist Teil von mir, der innerste Teil von mir, jener, den ich als mein Hinterland bezeichnen möchte. Diese Wohnung, auf ihre Art luxuriös, der wunderbare blühende Baum im Hof, die Stadt und der ganze Rest sind mir fremd, sind außerhalb von mir; sie überlappen sich mit meiner inneren Welt und gehören mir nicht. Sie streifen mich gerade einmal.

Eine Welt, die ich nur an der Oberfläche lebe, in der ich mich nicht wohl fühle, die ich ablehne und die nur eine mikroskopische Spur in mir hinterlassen wird.

Jedenfalls nehme ich das an.

Wenn man von Flucht vor der Wirklichkeit spricht, spielt man, wenn ich recht verstanden habe, auf eine Art Entfremdung an, auf eine Nicht-Akzeptanz der Realität, die uns umgibt: Laufe ich Gefahr mich zu entfremden, weil ich mich nicht an diese Realität gewöhnen kann oder will? Vor Jahren wurde in der Schule ein Mädchen in eine psychiatrische Klinik eingewiesen. Es hieß, dass sie sich in der Wirklichkeit nicht zurechtfände, dass ihre Idee von Realität nicht mit der unseren übereinstimme.

Damals verstand ich nichts von der ganzen Geschichte. Ich frage mich, ob wir alle damals eine Vorstellung von unserer Realität hatten. Außerdem war sie nicht einmal meine Klassenkameradin, und ich kannte sie kaum. Sehr schweigsam, mit den Gedanken immer anderswo, keine Freundinnen, sie schottete sich ab. Dann, eines Tages, stürzte sie sich aus dem Klofenster, während wir seelenruhig dem Unterricht folgten. Es war zehn Uhr morgens, ich erinnere mich noch, Mathestunde.

Sechs Monate später kam sie wieder in die Schule. Was soll ich sagen? Sie war dieselbe wie vorher. Niemand sprach jemals das Vorgefallene an; es schien, als habe sie es selbst vergessen. Hatte sie die Wirklichkeit akzeptiert, unsere Realität? Ich weiß es nicht.

Wie geht es ihr, jetzt? Ich habe sie nicht mehr gesehen.

IV

Gestern Abend habe ich das Schreiben sein lassen müssen. Die Geschichte mit der sich entfremdenden Wirklichkeit hat mich derart verwirrt, dass ich es vorgezogen habe zu Bett zu gehen und zu versuchen einzuschlafen.

Und dann Mama. Sie hat mich angerufen, um mir zu sagen, dass sie nicht mehr in Schweden bleiben könne, wie sie es ursprünglich vorgesehen hatte, und dass sie es vorziehe nach Roselle zurückzufahren, obwohl es da nichts mehr gäbe, was sie dort hielte. Vage wie gewöhnlich, nichts Genaues, Greifbares. Ich weiß nicht, wie ich diesen für Mama typischen Zustand der Nebelhaftigkeit, der Ungewissheit beschreiben soll. Sie schreitet, ohne den Boden zu berühren, ohne zu sehen, wohin sie die Füße setzt. Mein Gott, warum ist sie so? Hat auch sie ein gestörtes Verhältnis zur Realität?

Sie werde in den nächsten Tagen kommen, hat sie gesagt, und ein paar Tage hierbleiben, bevor sie nach Roselle weiterfährt.

Obschon ich mich über ihre Reise nach Schweden gewundert habe, die mir wie ein wiederholter Versuch der Wiederversöhnung, mit ich weiß nicht recht was, vorkam, beunruhigt mich diese Veränderung doch.

Mich überrascht ein altes Gefühl, dass ich so gut kenne, seit ich ein Kind war, eine feine Beunruhigung, erst nicht wahrnehmbar, dann immer beherrschender: Ich muss sie beschützen, an die Hand nehmen, ihre blinden Schritte lenken.

Gestern Nachmittag dann, Frau Edith und das Fotoalbum. Mein Großvater als Kind, nackt auf einem Schaffell (darunter, mit Bleistift, ein Datum: 1904), dann, ein wenig größer, in Begleitung eines Mädchens von vielleicht drei Jahren, ein langes, bis zu den Füßen reichendes Hemdchen, in Wirklichkeit das Brüderchen – wie mir Frau Edith erklärte, war es damals Brauch, Kinder so anzuziehen –, und ein anderes Mädchen, diesmal ein authentisches Mädchen, Helga, die Schwester, ziemlich jung an Diphtherie gestorben. Da waren andere Fotos von Großvater und seinem Bruder in Militäruniform, zwei kerzengerade Burschen mit drolligen Schnurrbärtchen und glatt über den Schädel gekämmtem Haar. Großvaters im Zweiten Weltkrieg in Russland gefallener Bruder, sagte mir Frau Edith. Ein sehr fanatischer Mensch.

»Damals war Fanatismus von der Gesellschaft sehr geschätzt. Es brauchte fünfzig Jahre, um zu verstehen, dass das ins Verderben führt«, murmelte sie, beinahe so, als spräche sie zu sich selbst.

Jedenfalls musste sie ihn gekannt haben.

Aber vielleicht hatte sie bloß von ihm erzählen gehört.

Sie sind mir nicht sympathisch, weder der eine, noch der andere, aber ich habe keine Bemerkung gemacht. Sicherlich war es die Mode von damals, so gerade, in militärischer Haltung dazustehen. Vater war ganz anders, auch wenn, am Ende, gewisse seiner Reaktionen, etwas von jenem Autoritarismus, von jener Steifheit in seiner DNA geblieben sein muss.

Wenn ich an jene Fotos denke, muss ich eine Anmerkung machen: Das Unwohlsein, das mich jedes Mal überkommt, wenn ich Großvaters Portrait ansehe, ist völlig gerechtfertigt. Ich komme sogar zu dem Schluss, dass es mir überhaupt nicht Leid tut, ihn nicht gekannt zu haben. Obwohl er mittlerweile seit vielen Jahren tot ist, atmet man seine beunruhigende Gegenwart in der ganzen Wohnung ein, besonders in seinem Arbeitszimmer. Vielleicht hat er mir diese Wohnung überlassen, weil sie niemand anderer haben wollte? Oder weil sie wegen Frau Edith unmöglich zu verkaufen ist? Wie viele Jahre hat sie noch zu leben? Ein makabrer Gedanke, den ich sofort verjagen will. Und dann, wenn sie tot ist, was wird aus dem Kater?

Anderseits zwingt mich niemand, hier zu wohnen.

Ich fange an hysterisch zu werden.

Ich habe Papas Foto als Kind gesehen – ein völlig unbekanntes Kind, das nicht dem Bild entspricht, das ich von ihm habe –, und von Katia, der Schwester, die noch in Amerika lebt. Mich hat das Foto von zwei, vielleicht drei-, vierjährigen Mädchen überrascht (ich kann das Alter von Kindern nicht einschätzen); eines scheint mir Katia zu sein, das andere kenne ich nicht. Es ist größer als sie, und sie halten sich an den Händen. Sie schauen entschlossen ins Objektiv, bereit den Fotografen und die Angst vor diesem höllischen Apparat herauszufordern, der von einem zum anderen Augenblick explodieren könnte; wenn ich mich nicht irre, gab es damals noch kein Blitzlicht wie heute. Darunter, mit Bleistift, ein Datum, 1932, und ein Satz: ‚Die kleinen Freundinnen‘. Es muss der Geburtstag eines der beiden Mädchen gewesen sein, denn daneben ist noch ein Foto, auf dem man eine Torte mit kleinen Kerzen sehen kann und verschiedene Kinder rund herum.

Ich sehe, wie sich Frau Ediths Miene verfinstert, und wage es nicht Fragen zu stellen. Wir fahren fort: Andere Bilder, andere Familienszenen, Papa in Pfadfinderuniform, sage ich, doch sofort höre ich in meinem Rücken:

»Jungvolk, später trat er in die HJ ein«. Frau Edith weiß wirklich alles. Ich habe diese beiden Begriffe noch nie gehört, auch wusste ich nicht, dass es diese Vereinigung für die Jugend gab. Sie sieht mich kalt und ungläubig an:

»HJ bedeutet Hitlerjugend«, und sie hat mir keine weitere Erklärung geben wollen. Mir scheint, dass es nichts

Schlimmes ist, wenn mein Vater der Hitlerjugend angehört hat, oder diesem unbekannten Jungvolk, auch wenn es mir nicht gefällt, dass mein Vater mit Hitlers Namen in Zusammenhang gebracht wird. Aber es steht mir nicht zu, über meinen Vater zu urteilen, schließe ich leichtfertig ab. Frau Edith schließt das Album ganz plötzlich; der Blick hart, die Lippen zusammengepresst.

»Du würdest gut daran tun, dich erst zu informieren, bevor du so dumm daherredest. Wenn du in der Schule nichts gelernt hast, lies einige Bücher, es erscheinen Hunderte. Ich kann's nicht glauben, aber diese Leute entdecken bei der Aufarbeitung ihrer Vergangenheit nur, dass sie einen Groß-vater oder einen Onkel hatten, der bei den Nazis war, weil sie von den Umständen dazu gezwungen werden ... ein Va-ter Soldat wider Willen oder gar ein Verwandter als Deser-teur verfolgt. Auch du gehörst zur Generation der Nichten und Neffen, hast kein Recht die Geschichte deines Landes zu ignorieren; du kannst dir nicht erlauben, nur heute zu leben, in der heutigen Welt, ohne Vergangenheit. Interessiert es dich nicht zu wissen, woher dieses Deutschland kommt, wer dein Großvater war, wie dein Vater aufgewachsen ist? Im Grunde genommen handelt es sich doch um deinen Ur-sprung.«

Ich muss sagen, dass mich dieser unerwartete, harte, un-gerechte Diskurs erschüttert hat. Doch nicht nur die Worte haben mich verletzt. Der Ton. Der Ton, die schneidende Stimme, ihre Art das Wort ,Nazi' auszusprechen, die Ladung Hass, die darin steckte: Da habe ich zum ersten Mal gedacht, dass auch ein Wort töten kann.

Es wäre besser gewesen, ich hätte nichts über Papas Uni-form gesagt. Ohne einen Laut von mir zu geben, bin ich in mein Zimmer gegangen.

Diese Geschichte mit den Nazis, Opa, Papa mit diesen Leuten in Verbindung gebracht zu haben, ist eine kalte Du-sche gewesen, ein Schlag auf den Schädel. Was für Sachen!

Sie hat mich gerügt, wie man es mit einem dummen, blöden und unwissenden Mädchen macht. Sie hat mich gedemütigt, mich dazu gebracht, dass ich mich wie ein Nichts fühle.

In meinem Zimmer habe ich mich zu zerstreuen versucht, indem ich den Vogelbaum betrachtete. Ich hatte Mühe die Tränen zurückzuhalten; ich könnte nicht sagen ob es Wut oder etwas anderes war.

Sie hat Papa beschuldigt. Was erlaubt sie sich!

Ein wirklich schöner Sonntag.

Ich habe versucht zu lesen, oder zumindest Kafkas Brief an den Vater weiter zu lesen versucht, laut dem Deutschlehrer ein einfacher Text, auch für Leute wie mich, die mit dem Schriftlichen noch nicht so gut zurechtkommen, leicht verständlich. Ich bin mir dessen nicht so sicher, denn in Wahrheit schaffe ich es nicht einmal, eine ganze Seite ohne die Hilfe des Wörterbuchs zu lesen; ich habe mir sogar angewöhnt, alle Vokabeln, die ich nicht kenne, in ein Heftchen zu schreiben, und ich habe schon eine Menge Seiten damit vollgeschrieben; ohne die komplexe Form zu berücksichtigen, die in einem Labyrinth von Sätzen und Nebensätzen ausgedrückten verzwickten Gedanken, die mich schwindlig machen.

Wenn ich recht überlege (ich habe aufgehört zu lesen, da ich mich nicht konzentrieren kann), irritiert mich Frau Ediths Diskurs, obwohl ich den Grund dieser Gereiztheit nicht begreife. Vielleicht war es die Ironie, der aggressive Unterton aber auch der Groll, den sie nur mit Mühe zu verbergen vermochte. Ich gebe es zu, und habe kein Schuldgefühl: Die Geschichte meines Großvaters und meines Vaters interessieren mich überhaupt nicht. ‚Meine‘ Geschichte mit Papa nimmt in Roselle ihren Anfang. Niemand kann mir eine Schuld daraus drehen, sie am allerwenigsten. Was soll das heißen, der Generation der Enkel angehören? Die Generation meines Vaters und meines Großvaters. Ich lebe jetzt, heute, in diesem vereinten Europa. Was habe ich mit dem Deutschland meines Großvaters zu schaffen?

Ich habe meinen Vater, wenn ich so sagen darf, in Roselle kennen gelernt und es kommt mir eigenartig vor zu sagen, dass ich meinen Vater kennen gelernt habe, als er nicht mehr so jung war, zumindest, wenn ich ihn mit den Eltern meiner Freunde vergleiche.

Vater ist immer schon alt gewesen. Als ich auf die Welt kam, war er fünfzig Jahre alt, war mager, groß, hatte schütteres Haar und Brillen. Gewiss, neben meiner Mutter war er ein älterer Mann, was mich überhaupt nicht störte. Und im Übrigen waren sie nicht verheiratet. Ich habe es zufällig erfahren, und ich muss sagen, dass mich das völlig kalt gelassen hat. Papa war schon verheiratet, erzählte mir Mama. Ich weiß nicht, aus welchen Grund er sich nicht scheiden lassen wollte. So gibt es nun eine offizielle Witwe, und eine, ich weiß nicht, wie ich sie nennen sollte, eine inoffizielle.

Als ich auf die Welt kam, hatte Papa drei Kinder, sechsundzwanzig, dreizehn und zwölf Jahre alt. Er hat sie verlassen, um eine neues Leben anzufangen, ein Satz, den ich ziemlich oft hörte. Mama sagte mir, dass das viele machen: Eine Art Verjüngung, ein Lebenselixier. Mama (oder ich selbst) wären Papas Lebenselixier gewesen.

Ich habe meine Geschwister viel später, ich war vielleicht zehn, hier in München kennen gelernt. Papa hatte sie, ohne mich darauf vorzubereiten, zum Mittagessen in ein Restaurant eingeladen, an dessen Namen ich mich nicht erinnere. Vielleicht wollte er mir eine Überraschung bereiten.

Wir saßen da, ich und er alleine, Mutter hatte anderswo zu tun, und nach einiger Zeit kamen die Kinder. Papa stellte sie mir mit seinem mir wohl bekannten ironisch-zeremoniösen Gehabe vor: „So, das sind deine Brüder", und hieß sie an unserem Tisch Platz nehmen. Ich starrte sie die ganze Zeit an, ohne ein Wort über die Lippen zu bringen. Ich wusste von ihrer Existenz, aber es war etwas Unwirkliches, etwas, was mich nichts anging. Sie waren nie nach Roselle gekommen (der älteste, Hans Georg, ausgenommen, der gerade einmal ein paar Stunden wegen irgendwelcher Arbeiten da blieb), während Papa mindestens ein Mal im Monat hierher kam, um die Erziehung des Jüngsten zu verfolgen; so rechtfertigte er seine häufigen Reisen.

Jetzt, aus der Sicht meiner zwanzig Jahre, finde ich seine Geschichte kaum romantisch, eine Geschichte, in die ich mich, ohne im mindesten dafür verantwortlich zu sein, verwickelt finde. Die Burschen blickten mich ohne eine Spur von Freundlichkeit an, um ehrlich sein, sogar mit einer gewissen Feindschaft, und obwohl ich verletzt war, und daran erinnere ich mich gut, verstand ich ihre Reaktion: Sie waren eifersüchtig, nicht mehr und nicht weniger.

Ich habe sie hier wiedergesehen, in der Klinik, während Papas Krankheit, als ich auch seine Frau kennen lernte, die ihn gerade besuchte. Auch Mama war da. So sind sich zum ersten und zum letzten Mal die beiden Familien auf neutralem Boden begegnet. Ich vergesse das Begräbnis. Auch dort sind wir uns begegnet und vielleicht war mitten unter den Geladenen auch Frau Edith, aber ich weiß es nicht mit Gewissheit: Ich erinnere mich nur an den Sarg, in dem ich mir den Körper meines Vaters nicht vorstellen konnte. An die Zeremonie, die Leute die dort herumstanden, nicht. Ich war mit ihm allein. Zum letzten Mal.

Das also ist die Geschichte meines Vaters, zumindest die, die ich kenne.

Die Generation der Enkel.

Das will mir nicht aus dem Kopf.

Was habe ich mit Großvater zu schaffen?

Und dann: Wie soll ich ein Geschichtsbuch lesen, wo ich

doch schon Schwierigkeiten habe, eine einfache Erzählung zu entziffern – um so mehr, wenn es eine Erzählung Kafkas ist?

Da kommt mir in den Sinn, dass ich vor einigen Tagen, als ich an einem Nachmittag früher als sonst heimkam, die Wohnung voller Menschen vorfand, ein Gehen und Kommen von geschäftigen Leuten, Scheinwerfer, am Boden Schnüre und Elektrokabel. Ein Chaos. Frau Edith am Schreibtisch in Großvaters Zimmer sitzend. Sie machten ein Interview fürs Fernsehen mit ihr! Ich blieb in der Tür stehen und schaute zu, neugierig geworden, ohne zu verstehen, was sie von ihr wollten. Einer der Männer des Teams beeilte sich sofort die Tür zu schließen, sowie er mich sah, das heißt, er knallte mir die Tür ohne Komplimente direkt auf die Nase. „Nicht stören!", schrie jemand.

Was für arrogante Leute.

Nachher brachte Frau Edith jenen Nachmittag nicht im mindesten zu Sprache. Beinahe so, als wäre nichts geschehen.

Ich hütete mich wohlweislich Fragen zu stellen.

Zwischen uns zweien besteht ein eigenartiges Verhältnis. Ich habe noch nicht begriffen, wie ich mich verhalten soll, und denke befreit an die Ankunft meiner Mutter, sicher, dass sie die Situation entwirren kann. Ich glaube, dass Mama viele Dinge weiß, die ich nicht kenne. Vielleicht kennt sie Frau Edith bereits von früher. Papa wird von ihr erzählt haben. Papa sprach viel mit Mama. Ganze Vormittage, ganze Tage lang. Ich rannte davon, sowie ich in seinen Augen jenen gewissen Ausdruck sah, der für mich bedeutete: jetzt ist der Augenblick der Beichte gekommen. Mama hörte teilnahmslos zu, unterbrach ihn nie mit Fragen und Bemerkungen; manchmal hatte ich den Eindruck, dass sie ihren eigenen Gedanken nachhing, ohne seinen Worten große Aufmerksamkeit zu schenken. Aber vielleicht brauchte auch er in Wirklichkeit keine Zuhörer, redete, weil er reden musste und Schluss.

Ich habe sie nie verstanden.

V

Seit einigen Tagen schreibe ich nicht mehr. Ich bin nervös wegen Frau Edith, oder besser gesagt, wegen ihres Verhaltens mir gegenüber. Seit jenem Sonntagnachmittag hat sie nicht mehr mit mir geredet, ich habe sogar den Eindruck, dass sie es vermeidet mir zu begegnen, sich in ihrem Zimmer einschließt. Aber vielleicht geht es ihr nicht gut. Vielleicht sollte ich an ihre Tür klopfen oder zumindest die Polin fragen. Nichts. Ich tue nichts.

Und gesetzt dem Fall, es ginge ihr schlecht, was könnte ich tun?

Bei alledem beunruhigt mich diese Geschichte.

Auf der Straße, in der Uni, überall wo ich auch bin, sehe ich junge Leute, ‚die Generation der Enkel‘, denke ich jedes Mal, und ich frage mich, ob sie wissen, dass sie dieser besonderen Kategorie von Menschen angehören, und ob es ihnen etwas ausmacht.

Enkel einer Generation, die eine Epoche, einen Geschichtsabschnitt geprägt haben. Aber was haben die Enkel damit zu schaffen? Was habe ich mit der ganzen Angelegenheit zu tun?

Mit wem darüber reden? Schade, dass Papa tot ist, mit ihm hätte ich reden können, da bin ich mir sicher. Er hätte mir viel erzählt. Ihm gefiel es zu erzählen.

Ich sollte jemand von seiner Generation suchen, von der ‚Generation der Kinder‘.

Ich könnte den Deutschlehrer fragen, aber ich glaube, auch er gehört zur Generation der Enkel.

Ich wüsste, an wen ich mich wenden könnte, aber ich habe nicht den Mut dazu: Papas Ehefrau. Ich habe sie zwei Mal gesehen, und sie scheint mir eine sanftmütige Frau zu sein, sogar Mama gegenüber versöhnlich. Bei der Beerdigung hat sie sie vor allen anderen umarmt, und auch mich hat sie umarmt. Sie hat mir sogar zwei Küsse auf die Wangen gedrückt, mit tränenüberströmten Gesicht. Wir beide waren die einzigen, die weinten, geradezu wie zwei Brunnen. Mama nicht, und auch die drei Kinder nicht. Damals achtete ich nicht darauf, so sehr war ich mit meiner Verzweiflung beschäftigt. Ach, lassen wir das bleiben.

Ich sollte zu ihr gehen, und sie geradeheraus fragen, wer mein Großvater und seine ganze Generation war. Das wäre ein schöner Streich.

Sie hat ihn sicher gekannt.

Dieser Gedanke ist mir zur Qual geworden. Ich habe sogar geträumt, dass ich versucht habe mit ihr zu sprechen, sie in einer Menge unbekannter Menschen entdeckt zu haben. Der Ort war bedrückend, eine Art finstere Unterkunft ohne Fenster, ohne Türen. Wahrscheinlich ein Bunker (und ich frage mich, wie ich von einem Bunker träumen konnte, wenn ich nie einen gesehen habe). Wir waren darin eingesperrt, aber es schien kein Kerker zu sein. Sie, inmitten all jener Menschen mit feindseligen Gesichtern, nur kreischende Frauen und Kinder, lächelte mir von Weitem in einer Art Einverständnis zu: Wir beide kennen uns, schien sie zu sagen. Ich versuchte mich ihr zu nähern, aber es war ein derartiges Gedränge, dass ich mich keinen Zentimeter zu bewegen vermochte. Ich war verängstigt und wünschte mir sehr aufzuwachen. Das heißt, ich wusste, dass ich träumte.
Was für ein hässlicher Traum. Er kommt mir fortwährend in

Erinnerung und ich weiß nicht warum.

Gewiss, ich könnte sie suchen, sie anrufen, sie bitten sich mit mir zu treffen. Sie kann es ablehnen, was sonst könnte sie mir antun?

Außerdem möchte ich sie kennen lernen. Ich wünsche es sogar sehnlichst, ich weiß nicht warum.

Diese Einsamkeit beginnt mich zu bedrücken. Ich merke, dass ich Papas Gegenwart zwischen all den Menschen suche, die ihm in irgendeiner Weise nahe gestanden haben.

Sie saß bereits am Tischchen des Kaffees, in dem wir uns verabredet hatten, ein Lokal an der Ecke Georgen- und Leopoldstraße, nahe der Universität, das ich nicht frequentiere; sie hat es vorgeschlagen, und ich hatte nichts dagegen einzuwenden. Ich war sehr in Eile, da der Professor zehn Minuten länger gesprochen hatte und ich nicht den Mut hatte aufzustehen, sobald die Stunde um war.

Lächelnd zeigte sie freundlich auf den Sitz ihr gegenüber. Noch keuchend, erhitzt durch das Laufen, außer Atem, ließ ich mich einfach auf den Stuhl fallen. Sie ist dicker als ich sie in Erinnerung hatte, in etwas eingewickelt, das ein Kleid zu sein scheint, ein großes Stück Stoff mit ziemlich auffallenden Blumen, die, so glaube ich, nur die Funktion haben, ihre üppigen Formen zu verbergen. Bei alledem ist sie nicht fett, sie ist ganz einfach rund, klein, ich würde sagen, leicht wie ein Berg Schlagsahne. Sie hat zwei große, helle, gütige Augen; ich wüsste nicht, wie ich sie anders beschreiben sollte.

Sie lächelt mir aufmunternd zu.

»Wie schön du bist! Das Ebenbild deiner Mutter im gleichen Alter. Ich hätte auch gerne ein Mädchen gehabt, aber der Herr hat mir drei Buben geschenkt, und außerdem hätte ein Mädchen nicht so hübsch wie du sein können ... ich bin nie schön gewesen.« Sie seufzte obwohl sie fortfuhr zu lächeln.

»Sie haben meine Mutter als junge Frau gekannt?«

»Gewiss, gleich nach deinem Vater. Er hat nie von dieser Begegnung erfahren, und ich glaube, auch deine Mutter hat das Geheimnis gewahrt. Sie kam vor mehr als zwanzig, vielleicht vierundzwanzig Jahren – ich kann mich nicht mehr genau erinnern –, in eben dieses Lokal. Damals hieß es anders, ich glaube es hieß ‚Extra-Blatt‘, und war von etwas eigenartigen Leuten besucht. Wie immer noch, übrigens.« Sie schaute sich um. »Jetzt heißt es anders, ‚Formula 1‘, aber die Besucher sind dieselben. Ich weiß nicht, warum ich es auswählte, vielleicht weil es leicht mit der U-Bahn erreichbar ist, oder wegen einer Art Anonymität, die auch damals schon eine Charakteristik dieses Lokals war. Ich bat sie um ein Treffen um diese Uhrzeit, um drei Uhr am Nachmittag, und ich wartete an diesem Tischchen auf sie, so wie ich jetzt auf dich gewartet habe, mein Kind.« *Mein Kind.* Eine Redensart von ihr, die sie nach jedem Satz einschob.

Diese Eigenart von ihr ohne Einleitung, beinahe ohne zu grüßen, zu beginnen gefiel mir gleich. Und die warme Stimme, der familiäre, gar vertrauliche Ton, wie von jemanden, der mich seit jeher kennt.

Sie schwieg und fuhr fort mich wie verzaubert anzusehen. Sie fragte mich, ob ich etwas trinken wolle. »Coca Cola«, und aus meinem Hals kam eine abgewürgte Stimme, derer ich mich gleich schämte. Mir schien als würde ich meine Mutter genau dort sehen, wo ich saß, gegenüber der Frau ihres Liebhabers (Papa ein Liebhaber, welch komische Vorstellung!): Wie mochte sie sich gefühlt haben? Auch ich habe mich seltsam gefühlt, irgendwie fehl am Platz.

»Ich erfuhr sofort von ihrer Existenz, von der Existenz deiner Mutter; ich kann sagen, gleich nachdem mein Mann sie kennen gelernt hatte. Wir hatten zwei Abonnements für die Konzerte im Herkulessaal, du weißt, wo der ist, hinter der Residenz. An jenem Abend war ich ein wenig erkältet und beschloss zu Hause zu bleiben. Er aber ging hin; es gab ein Konzert, das ihn interessierte. Ich kann mich nicht mehr erinnern, welcher international berühmte Pianist unter anderem die Präludien Debussys aus dem ersten und zweiten Band spielen sollte. Es waren genau die Präludien, die ihn interessierten. Auch er spielte einige davon. Er erzählte mir, dass er in dem kleinen Gedränge von Studenten bei den Stehplätzen ein Mädchen gesehen habe, *La fille aux cheveux de lin*[3], wie er sie dann immer nannte. Mit einem Handzeichen lud er sie ein, sich neben sich zu setzten, ihr versichernd, dass der Platz den ganzen Abend unbesetzt bleiben würde. Und so lauschte er dem Konzert, neben dem Präludium Debussys sitzend ... in Fleisch und Blut! In der Pause lud er sie dann ein, etwas mit ihm zu trinken, sie mit Fragen überhäufend, wie es seine Angewohnheit war. Deine Mutter war äußerst schüchtern, sagte er mir, verwirrt, weil ein Mann seines Alters sich derart für sie interessierte. Sie war Studentin der Musikhochschule, glücklich, stolz die Aufnahmeprüfung geschafft zu haben: Fünf aus hundertachtzig Konkurrentinnen, oder vielleicht zehn aus hundertzwanzig ... ich kann mich nicht recht erinnern. Sie war voller Hoffnung, wollte Opernsängerin werden. Sie träumte von der großen Karriere, von den Bühnen der ganzen Welt, den Konzertsälen und ich weiß nicht von was sonst noch.

Dein Vater erzählte mir bis spät in die Nacht von ihr, und wiederholte ständig, ‚sie ist die schönste Kreatur, die ich je in meinem Leben gesehen habe‘. Ich bat ihn, mir zu erklären, worin diese Schönheit bestünde, und er tat nichts anderes als ständig zu wiederholen: ‚Sie ist wunderschön, ich kann sie nicht beschreiben; kann man denn die Schönheit oder die Musik beschreiben? Kann man einen musikalischen Gedanken, ein Präludium Debussys auf Worte reduzieren ...? *La fille aux cheveux de lin* ... als Debussy dieses Präludium komponierte, muss er an eine Kreatur wie sie gedacht haben, erhaben, beinahe unwirklich, völlig aufgelöst

---

[3] *Das Mädchen mit dem Flachshaar,* ein Präludium von Claude Debussy.

in einer Frage, die keine Forderung ist, die keine Antwort erwartet.‘ Ich erinnere mich an nichts anderes. Ich kannte deinen Vater ein ganzes Leben lang, aber ich habe ihn nie in einer derartigen Verfassung gesehen. Er war überwältigt, außer sich.

Mir hat er nie etwas verheimlicht. Er hatte ein extremes Bedürfnis zu reden, seine intimsten Gedanken zu beichten, und ich wusste zuzuhören ...« Sie hielt einen Augenblick inne und fügte hinzu: »Es ist wichtig, zuhören zu können.«

In ihren eigenen Erinnerungen verloren, dachte ich, sie hätte mich vergessen. Sie rührte ihren bereits kalten Kaffee um, und fuhr fort. Es schien, als redete sie zu sich selbst, beinahe wie um sich die Tragödie ihres Lebens noch einmal zu erzählen.

»Vor mir hatte er keine Geheimnisse. Ich wusste alles von ihm. Unsere Beziehung basierte auf dem Vertrauen und dem gegenseitigen Respekt. Er erzählte mir von den Projekten, die ihm in den Sinn kamen, den Büroangelegenheiten, seine Einfälle für architektonische Lösungen. Er ließ nicht einmal seine kleinen sentimentalen Abenteuer aus.«

(Und hier verwendete sie ein Wort, das mir gut gefiel: *Seitensprung*, Sprung zur Seite, das heißt neben die Ehe. Eine sehr komische Art den Ehebruch zu benennen.)

»Dieses Mal aber hatte ich den Eindruck, dass es sich um etwas Ernstes handelte. Auch die darauffolgenden Tage schien er verwirrt zu sein, von einem Gedanken besessen, von einer Vision, ich weiß nicht, wie ich sagen soll, er war anders als sonst, abwesend, ungeduldig mit mir und allen. Deshalb beschloss, ich das Objekt seiner Erregung kennen zu lernen. Es war nicht schwer, sie ausfindig zu machen, und du kannst dir ihre Überraschung vorstellen, als sie erfuhr, wer ihr gegenüber saß. Sie versicherte mir, dass sie keine Absicht hatte, mir meinen Mann wegzunehmen, dem sie übrigens nur einige Male zufällig am Ausgang der Musikhochschule begegnet war – ein Zufall, an den nur sie in ihrer unendlichen Unschuld glauben konnte –, dass sie nicht daran dachte, eine Beziehung mit einem verheirateten Mann anzufangen und so weiter.

Ich machte ihr klar, dass nicht sie ein Verhältnis anfangen würde, sondern dass die Beziehung bereits ohne ihr Wissen begonnen hatte, und dass es ihr sehr schwer fallen würde, ihrem Schicksal zu entgehen. Wie du siehst, hatte ich Recht, auch weil ich meinen Mann kannte: Er ist immer ein sehr resoluter, zu allem bereiter Mann gewesen, um zu erreichen was er wollte.« Sie hielt einen Moment inne und seufzte.

»Nur um diese Geschichte abzuschließen, kann ich sagen, dass er sich im Grunde gut benommen hat; er hat seine Familie nicht verlassen, wie das viele andere machen, und hat es uns nie an etwas fehlen lassen. Ich konnte ein ruhiges Leben ohne finanzielle Sorgen führen, kann mich nicht beklagen, und die Kinder ... na ja, am Ende haben sie begriffen, wie die Dinge lagen. Er hat sich um sie gekümmert. Er ist oft wegen jeder Kleinigkeit gekommen, und hat nie von Scheidung gesprochen. Wenn er mich darum gefragt hätte, hätte ich sie ihm nicht verweigern können. Er wollte, dass ich seine Frau blieb, und sie *La fille aux cheveux de lin.*«

Sie sprach ruhig, ohne Groll, aber auch ohne Kummer. Ich spürte eine seltsame Demut, eine völlig verwirrende Akzeptanz des Schicksals, wie sie es nannte; ich war verblüfft.

»War das der Grund, warum du mich sehen wolltest? Wolltest du wissen, was ich von dieser ganzen Geschichte halte und welche Rolle ich einnahm?«

»Nein. Ich will nichts von dieser ganzen Geschichte wissen. Sie interessiert mich nicht, es käme mir wie eine Indiskretion meinen Eltern gegenüber vor. Und übrigens denke ich, dass es richtiger wäre, dass meine Mutter mir davon erzählt, wenn sie es für notwendig erachtet. Mich interessiert anderes. Ich glaube, dass Sie den Großvater gekannt haben: Gerade von ihm möchte ich etwas wissen, und von Frau

Edith. Das ist es, weshalb ich Sie treffen wollte. Wer war Großvater, was für eine Mensch war er? Und Frau Edith … wer ist diese Frau?«

Ihre hellen Augen verfinsterten sich für einen Augenblick, durchzuckt von einem Blitz der Überraschung und des Unbehagens, einem Blitz, der aber beinahe augenblicklich erlosch. Meine zu direkte, harte Antwort und auch meine Frage müssen sie verletzt haben. Das tat mir sehr leid. Das Lächeln kehrte zurück, ihr ständiges Lächeln, während sich die Falten auf ihrer Stirn glätteten.

»Man merkt, dass du sehr jung bist und aus Italien kommst. Hier tat man vor ungefähr fünfzehn Jahren nichts anderes, als über deinen Großvater zu reden, und ich glaube, es gibt immer noch welche, die sich an seinen Namen erinnern, irgendwelche Journalisten auf der Suche nach Sensationsmeldungen. Ich werde versuchen, deine Frage zu beantworten: Ich weiß wirklich nicht, was ich dir sagen soll, er war ein gerechter, strenger Mensch, ein Richter, wie du sicher weißt, der die Handhaben der Justiz gewissenhaft angewandt hat, gewissenhaft entsprechend der Zeit, in der er gelebt hat.«

Sie atmete einen Moment durch, um nachzudenken; es kostete sie Mühe zu antworten. War es das erste Mal, dass sie dieses Thema ansprach, oder hatte sie bereits mit ihren Söhnen darüber gesprochen? Ich war nicht in der Lage, das zu verstehen. Sie fuhr mit einem Seufzer beinahe widerwillig fort.

»Wir können nicht nach heutigen Maßstäben urteilen: Jede Zeit, jedes Regime hat ein anderes Gewissen. Vielleicht auch eine andere Gerechtigkeit. Was können wir machen? Jetzt tut man nichts anderes, als über jene Zeit zu reden, niemand vermag sich vorzustellen, wie bestimmte Dinge geschehen konnten. Es waren andere Zeiten, eine andere Art zu denken, andere Lebensumstände, eine andere Erziehung …« Sichtbar verlegen, mit niedergeschlagenen Augen, hörte sie auf zu reden. Ich hatte den Eindruck, dass sie seit jeher versucht hat, dieses Thema zu vermeiden, und dass es sie nun viel kostete, zu jener Zeit zurückzukehren, der im Grunde auch sie angehörte.

»Möchtest du noch was trinken?« Sie winkte den Kellner herbei.

»Warum redete man so viel über ihn?«

»Es war eine Kampagne, die von gewissen Typen der ehemaligen DDR organisiert worden war, die damit die Regierung in Bonn zu treffen glaubten. Sie wollten zeigen, dass sie besser waren, gerechter, dass sie sich besser mit der damals noch jungen Vergangenheit auseinandersetzen konnten. Ich weiß es nicht. Sie machten es in beinahe gleichmäßigen Intervallen, indem sie irgend eine Institution aufs Korn nahmen und ihre Galle über das erstbeste Opfer ergossen. Eine sehr komplizierte Geschichte von Dokumenten, die sie aus ihren Gerichtsarchiven kramten, Verzeichnisse von ‚Blutrichter‘ genannten Richtern … das alles ungefähr zehn Jahre nach Kriegsende. Als Blutrichter wurden sie auf Grund gewisser Todesurteile bezeichnet, die unter dem alten Regime gefällt worden waren, aber damals war die Todesstrafe absolut legal!« Sie unterbrach sich einen Augenblick.

»Jedenfalls eine lange Liste von Richtern. Und dein Großvater war ein sehr wichtiger Mann, ganz im Rampenlicht. Es wurde ein Prozess gegen ihn und weitere seiner Kollegen angestrengt. Der endete mit dem Freispruch, was im Übrigen auch richtig war. Und dann, wo die Richter finden, wenn sie selbst die Angeklagten waren? Gleich nach Kriegsende füllten sich die Konzentrationslager mit Deutschen, die des Nazismus angeklagt waren, nur weil sie im Besitz des Parteibuches waren … wer hatte es damals nicht? Aber die von der ehemaligen DDR gaben sich nicht geschlagen. Sie gruben was weiß ich welche Dokumente aus, weitere Beweise gegen deinen Großvater. Sie beschuldigten ihn, eine Menge von Leuten wegen kleiner Delikte zum Tode verurteilt zu haben, was weiß ich, unbedeutende Diebstähle, Bagatellen. Aber es waren harte Zeiten, man musste Exempel statuieren! Und es war noch nicht vorbei. Viele Jahre später, vor ungefähr fünfzehn Jahren, zeigte einer, der unter ich weiß nicht welchen Umständen der Todesstrafe entgangen war, deinen Großvater an, gerade ihn. Er zeigte den Richter an, der ihn verurteilt hatte. Hatte man jemals so etwas gehört? Als er glaubte, endlich einen Schlussstrich unter jene schrecklichen Geschichten gezogen zu haben, begann jemand in wer weiß welchen Archiven zu kramen, und alles begann von vorne. Eine andere Generation von Richtern war jetzt im Amt, junge, ohne Geschichte, unfähig, die Schwierigkeiten der Zeit zu begreifen, in der sogar ein Richter, wenn er die von oben herab erlassenen Gesetze nicht angewandt hätte, Gefahr lief, selbst angeklagt zu werden und mit ihm seine Familie, und den Arbeitsplatz und ich weiß nicht was sonst noch zu verlieren.« Sie schwieg lange. Jetzt kam sie mir traurig vor, sogar niedergeschlagen. Ich bin mir sicher, dass sie nicht gedacht hatte, dass eine Begegnung mit der Tochter ihres Mannes eine Gegenüberstellung mit jener unbequemen, so schmerzlichen Vergangenheit bedeuten könnte. Unzufrieden fuhr sie fort.

»Stell dir vor, dass dein Großvater zu jener Zeit bereits in Rente war. Jeden Tag Nachrichten in der Zeitung, im Fernsehen, eine richtiggehende Verleumdungskampagne, der sich zu entziehen ziemlich schwierig war. Zeiten, die ich nicht mehr erleben möchte. Dein Vater war bereits in Italien, du warst als Kind auch da … dort sprach man über solche Dinge nicht, aber er las die deutschen Zeitungen und wusste alles. Noch bevor der neue Prozess gegen deinen Großvater begann, beschloss dieser, die Verleumdungen, die Ungerechtigkeit, die Vulgarität der ganzen Prozedur nicht mehr ertragend, Schluss zu machen. Ich verstehe noch immer nicht, wie er sich zu dieser Tat entschließen konnte.Er schoss sich eine Pistolenkugel in den Kopf, in seinem Arbeitszimmer, abends, wenn ich nicht irre, vor seinem Schreibtisch.«

Sie stockte abermals und ich begriff, dass sie keinerlei Lust mehr hatte fortzufahren. Ich aber sah sie aufmerksam an. Meine Augen müssen sie gezwungen haben weiterzureden.

»Er hinterließ eine Nachricht. Wenn ich mich recht erinnere, schrieb er mehr oder weniger, dass man das Gesetz immer respektieren müsse, unter jedem Regime. Ich kann mich nicht mehr an die genauen Worte erinnern, aber das war der Sinn. Es stand in allen Zeitungen und ich muss sagen, dass es für unsere Kinder nicht leicht war, diesen Namen zu tragen. Lange Zeit sprach man nicht mehr darüber. Jetzt, ich weiß nicht aus welchem Grund, ist wieder ein krankhaftes Interesse an den Ereignissen von damals erwacht; da gibt es auch eine Serie im Fernsehen, vielleicht hast du die eine oder andere Folge gesehen. Ich habe nach den ersten Folgen beschlossen, sie nicht mehr anzusehen: Diese Szenen regen mich auf, nachts träume ich dann von bestimmten Episoden aus dem Krieg, von denen ich glaubte sie für immer vergessen zu haben.

Ich weiß nicht, für wen es interessant sein könnte, in jener Vergangenheit herumzuwühlen. Vielleicht für deine Generation. Sicher nicht für meine. Wir haben versucht zu vergessen. Jeden Tag. Es ist gut, die Schmerzen, die Leiden, die Entbehrungen zu vergessen. Und auch die Ungerechtigkeiten. Genug. Wozu soll es nützen, sich zu erinnern?«

Jetzt endlich blickte sie mich mit ihren hellen, klaren Augen eines verletzten Kindes an, und gleich bereute ich es, sie gezwungen zu haben, mir diese für sie so unerfreulichen Geschichten zu erzählen.

»Es würde mich nicht überraschen, wenn einige übereifrige Journalisten die alte Geschichte deines Großvaters wiederentdecken würden, um daraus einen Skandal zu schmieden. Für Geld sind sie zu allem bereit, auch Tote auszugraben.« Mir kam gleich wieder das Interview in Großvaters

Zimmer in Erinnerung. Ich wagte nicht zu atmen.

»Und Frau Edith? Hat sie mit der ganzen Geschichte zu tun?«

»Sie hat mit allen Geschichten deiner Familie zu tun. Ich kann dir weiter nichts sagen. Frage lieber sie. Sie wird viel zu erzählen haben.« Ihr gutmütiger Blick zeugte von einer gewissen Müdigkeit. Ich wollte mich nicht weiter aufdrängen, auch weil ich mit Großvaters Geschichte genug zum Nachdenken hatte.

Ich fragte sie nur, ob ich sie wiedersehen dürfe.

Sie ist eine Frau, die mir gefällt, die mich beruhigt. Sie vermittelt mir Zärtlichkeit, ich wäre geneigt zu sagen, dass sie in mir Gefühle der Geborgenheit weckt, das heißt ich fühle mich beschützt und gleichzeitig habe ich das Gefühl, sie beschützen zu müssen. Ein Durcheinander. Ich kapiere nichts. Jedenfalls scheint mir die gute Seite meines Vaters begegnet zu sein. Seltsam, dass ich meinen Vater eher in seiner Frau als in meiner Mutter wiederfinde. Hängt wohl mit der älteren, längeren, sicherlich auf anderen Grundlagen aufgebauten Verbindung zusammen.

Es gefällt mir zu wissen, dass ich sie wiedersehen kann. Sie hat mir gesagt, dass ich sie anrufen kann, wann ich will; jetzt lebt sie alleine, die Söhne haben sich selbständig gemacht, nur der Jüngste hat ein Töchterchen, aber auch er ist nicht verheiratet. Es würde ihr gefallen, viele Enkel zu haben, und während sie diese Worte aussprach, lächelte sie, wieder im Frieden mit sich selbst.

Jetzt sitze ich alleine an diesem Schreibtisch und versuche eine Art Zusammenfassung dessen niederzuschreiben, was ich an diesem Nachmittag gehört habe. Eine nicht einfache Aufgabe. Gewisse Sätze, bestimmte Wörter klingen noch in meinen Ohren und ich versuche sie wiederzugeben, sie so aufzuschreiben, wie sie gesagt wurden. Aber wo jenen Ton der Stimme finden, die Seufzer, die Zurückhaltung, oder besser die Schmerzen, mit denen sie ausgesprochen wurden?

Eine Frau, ganz anders als Mutter würde ich sagen, aber ich kann es nicht. Gewiss, rein physisch ... nicht einmal zu reden. Da gibt es aber noch etwas anderes, etwas, was sie vereint. Eine Art Resignation vielleicht.

Wenn man die Resignation bei Seite schiebt, bleibt aber die Zärtlichkeit, oder handelt es sich nur um Zerbrechlichkeit, Unsicherheit? Seltsame Überlegung: Ein selbstsicherer Mensch kann nicht zärtlich sein. Papa war ein selbstsicherer Mensch, da gibt es keine Zweifel, aber voller Zärtlichkeit, zumindest mir gegenüber.

Ich habe den Eindruck, dass ich mich immer weiter verlaufe. Besser, ich lass es bleiben.

Ich weiß nicht, was mich denken lässt, dass auch sie, genau wie Mama, nicht mit den Füßen fest auf dem Boden steht. In Wirklichkeit ließ auch sie sich von Papa führen, legte auch sie ihr Leben in seine Hände.

Was heißt das schon, mit den Füßen auf dem Boden stehen?

Heute bin ich in der Stimmung, alles durcheinander zu bringen, alles in Frage zu stellen, all das über Bord zu werfen, was ich für meine Prinzipien, meine Gewissheiten hielt. Mit einem Satz, den Boden zu verlieren, auf den ich immer meine Füße gesetzt habe.

Während ich schreibe, bemerke ich, dass ich dabei bin, das Verhältnis meiner Eltern als Paar mit einem kritischen Blick zu betrachten, wie ich es noch nie zuvor getan hatte. La fille aux cheveux de lin. Sie will mir nicht aus dem Kopf. Was für fantastische Geschichte!

Bis zu diesem Augenblick, bin ich um die Wirklichkeit herumgetanzt, ohne sie jemals wirklich zu treffen.

Und da ist es wieder, das Thema Wirklichkeit.

Das ist eine richtige Zwangsvorstellung, aber ich will verstehen, in welcher Wirklichkeit ich lebe. In der meiner Mama oder in der Papas? Und ich? Wo stehe ich?

Auch ich habe Augen, ein Gehirn, die Fähigkeit unabhängig von ihnen zu denken. Was hab ich vom einen, was von der anderen? Die Augen sind von Mama, die Farbe, die Form, alles, aber der, der schaut, ist Papa. Eine verwirrende Feststellung, ohne mein Wissen aus der Feder geflossen. Ich bin betroffen.

Aber da ist ein Teil ganz von mir, nur von mir ... oder bin ich nur das Produkt, die Fortsetzung zweier Menschen, die unterschiedlicher gar nicht hätten sein können? Alle sagen, dass ich äußerlich meiner Mutter ähnlich sehe, aber ich bin nicht so schön wie sie, ich habe nicht dieses Unbestimmte, dieses Undefinierbare, das ihre ganze Persönlichkeit ausmacht. Mama ist wirklich *La fille aux cheveux* de lin, noch und immer auf der Suche nach etwas, das nicht einmal in ihrer Phantasie existiert, ständig auf der Flucht, vor ich weiß nicht welcher Realität. Und Ich? Was habe ich mit dieser nicht existierenden Person, ich wage es auszusprechen, mit diesem Musikstück zu schaffen?

Ich muss wohl doch die Präludien Debussys suchen.

Aber vielleicht kenne ich sie bereits; Papa spielte viel, und ich muss sie bereits wer weiß wie oft gehört haben.

Was für eine Dummheit ist denn jetzt das, Mama anhand eines Musikstücks definieren zu wollen.

Und Papa? Er ist seit zwei Jahren tot und immer noch nicht kann ich ihn mit einer gewissen Objektivität sehen. Auch er entflieht mir, obwohl er aus Fleisch und Blut war, mehr noch als Mama. Er war autoritär, bestimmt, aber war er nur das? Kann man den Charakter eines Menschen mit nur einem

Wort definieren? Autoritär. Das ist nur ein Wort. Im übrigen frage ich mich, ob es möglich ist, jemanden oder irgend etwas objektiv zu sehen. Objektivität. Ich werfe einen Blick ins Lexikon und finde da: Gerechtigkeit, Neutralität. Auch das nur Wörter. Wer ist beim Urteilen nicht zumindest teilweise selbst mit verwickelt oder von alles anderem als von unbefangenen Motiven geleitet? Was heißt denn unbefangen? Gibt es ein Wesen ohne Leidenschaft? Da komme ich also wieder auf das Thema Leidenschaft zurück: Dieses ganze Überlegen bringt mich dazu zu glauben, dass es keine menschliche Gerechtigkeit gibt, dass es kein Wesen ohne Leidenschaft gibt.

Nach den Gesetzen seiner Zeit angewandte Gerechtigkeit: Die Blutrichter. Was für ein hässliches Wort! Mein Großvater ein erbarmungsloser Richter.

Warum bin ich so verängstigt?

Mein Papa von einem erbarmungslosen Menschen erzogen; eine mit einem Menschen verbrachte Kindheit, der andere Menschen zum Tode verurteilte. Welch schrecklicher Gedanke: Der Sohn, das Kind, der Knabe wusste er von dieser Tätigkeit, akzeptierte er sie ohne Widerrede? Und zu Hause? Er war sicher kein gutmütiger, liebevoller Vater: Es genügt mir, sein Portrait zu sehen, um mir alles vorzustellen. Ich glaube nicht, dass er eine gespaltene Persönlichkeit hatte.

Oder vielleicht doch.

Und wie äußerte sich seine Unerbittlichkeit, wie war sein Verhältnis zum Sohn, zur Familie?

Eine Tatsache ist gewiss: In diesem Haus spürt man noch seine beherrschende, erdrückende Anwesenheit.

Ich bin beunruhigt. Ich stehe dauernd vom Schreibtisch auf, schreibe zwei Zeilen und drehe eine Runde im Zimmer.

Und Mama, hat auch sie ihn gekannt? Und was dachte Papa über so einen Vater? Er wird doch mit Mama darüber gesprochen haben. Vielleicht war das der hauptsächliche Gesprächsstoff bei seinen langen Beichten.

Ich würde gerne Mutters Meinung zu dieser ganzen Angelegenheit kennen.

Aber vielleicht weiß sie überhaupt nichts: Sie war es, die mir sagte, dass Frau Edith Großvaters ehemalige Haushälterin oder so etwas ähnliches ist.

Wer weiß, wann sie sich endlich entschließt zu kommen, jeden Tag hält sie etwas anderes auf. Wenn wir ausgehen, verreisen oder irgendetwas unternehmen sollten, war sie unruhig, versuchte den Augenblick der Abfahrt hinauszuschieben, auch nur um wenige Minuten, indem sie eine plötzliche Arbeit vorschob, einen Schrank, der aufzuräumen war, Schuhe, die nicht passten, Schallplatten, die sie in ihre Hüllen stecken musste, sie, die sich normalerweise nie um diese Dinge kümmerte. Tausend Erinnerungen, kleine Szenen stauen sich im Gedächtnis. Mama von der Panik ergriffen zu gehen, unwichtig wohin, aber zu gehen. Wie oft habe ich als Kind zu schreien begonnen, während Papa mich ermahnte: „Lass es bleiben. Es ist ihr Charakter." Er verlor nie die Geduld mit ihr. Er setzte sich hin und wartete etwas lesend, während ich alles hätte zerstören wollen.

Mit mir schon verlor er die Geduld; mit der Ausrede, mich erziehen zu müssen, ließ er mir überhaupt nichts durchgehen. Wenn er mich bestrafte, und ab und zu setzte es eine Kopfnuss, schaute ihn Mama verloren an, unfähig einzuschreiten oder sich auf meine Seite zu schlagen. In jenen Momenten empfand ich sie als Gleichgestellte, eine erschrockene Schwester, keine über mir stehende Mutter. Ich fürchtete meinen Vater nicht, es gefiel mir sogar, ihn herauszufordern. Ich erinnere mich an die ungestüme Freude, immer dann, wenn es mir gelang, ihn zu erzürnen. Was für Zeiten! Meine Revoluzzerjahre. Ich war wütend, weil ich seine Verbote und das ganze Erziehungssystem für völlig falsch, ungerecht hielt, mit einem Wort veraltet. Wie ich die Handlungsfreiheit, die kritischen Diskussionen, die ständigen Zuwiderhandlungen meiner Freunde beneidete. Die Aufbruchstimmung, die Unduldsamkeit gegenüber der Autorität, die von oben kam begeisterte mich, machte mich euphorisch.

Hier fehlt mir das alles, ich habe das Gefühl, als wäre ich fälschlicher Weise in die Welt der Erwachsenen eingetreten, beinahe so, als hätte mich jemand oder etwas direkt von meiner unbeschwerten Kindheit in Roselle in diese langweilige Welt der Erwachsenen katapultiert. Gewiss, man beschließt nicht erwachsen zu werden – ich glaube, niemand würde das tun –, man wird erwachsen und Amen.

Das heißt aber nicht, dass ich auf einen Schlag erwachsen wurde, oder dass ich mich als Erwachsene empfinde.

Das stimmt aber nicht: Mama, glaube ich, hat jene Schwelle noch nicht überschritten; ich glaube, dass Papa sie ein Mädchen bleiben lassen wollte. Er hat sie dazu verurteilt, für immer La fille aux cheveux de lin zu bleiben.
Im Übrigen, wusste sie nichts von diesem Kosenamen.

Ich mache nichts anderes, als Gedanken zu wälzen, die mich, ich möchte sagen, ohne mein Zutun überfallen. Dieser Entschluss, niederzuschreiben, was ich denke, zwingt mich entgegen jeder meiner vorhergehenden Gewohnheiten über eine Reihe von Problemen nachzudenken, die andernfalls irgendwo weiter vegetieren würden.
Jetzt denke ich anstatt zu handeln, oder besser ich denke nach, kaue, wie es die Kühe machen, wieder, was ich in weit

zurückliegenden Zeiten geschluckt habe, ohne mir dessen bewusst zu sein, und ich bemerke, dass ich eine Menge an Dingen wiederzukäuen habe.

Zum Beispiel Papas Ehefrau: Sie hat die Präsenz meiner Mutter sklavisch ertragen, ohne aufzubegehren. Wer weiß aber was für Szenen; mir hat sie es nicht erzählt, warum hätte sie es auch tun sollen? Oder vielleicht hat sie alles vergessen, jetzt, da er tot ist. Den Toten verzeiht man alles, sagte mein Vater immer.

Gewiss, Papa hat ihr ‚ein sorgloses Leben‘ garantiert. Ich weiß nicht, was sie unter einem sorglosen Leben verstand. Sie hat den Mann ohne zu reagieren mit einer anderen Frau geteilt. Kann ich das glauben? Ich zumindest hätte gekämpft, hätte mich aufgelehnt, hätte … Alles nur Worte, so wie ich Papa kenne. Bei ihm war es einfach unmöglich, einen ihm entgegengesetzten Willen zu behaupten. Ich weiß es, ich habe es mehr als einmal ohne großen Erfolg versucht. Mir kommt der Verdacht, dass ich von ihm den despotischen Charakter geerbt habe.

Ich habe das Wort ‚despotisch‘ geschrieben, und ich bin schockiert. Mit Mama war er nicht despotisch, er war es nur mit mir. Das ist die Wahrheit. Er war es zu mir, weil ich ihm standzuhalten vermochte. Mama hatte nie die nötige Energie, um auf irgendeinen Schlag zu reagieren. Sie hat sich immer von den Strömungen treiben lassen. Sie leistete keinerlei Widerstand. Sie tat immer das, was er wollte.

Nun, da ich beschlossen habe, nicht mehr daran zu denken, kehre ich wieder zum Thema Eltern zurück. Mir scheint aber, dass das der Schlüssel ist, um mich selbst zu verstehen. Auch so ein Satz, der mir ohne meine Beteiligung aus der Feder geflossen ist; es ist als würde die Hand beim Schreiben von wer weiß welchem inneren Antrieb geleitet, den ich nicht zu kontrollieren vermag, beinahe als ob in mir eine andere Person wäre, bereit Entscheidungen zu treffen, zu denken, bestimmte Worte an Stelle anderer zu wählen. Ich muss nichts anderes tun, als sie niederschreiben. Ich bin in meiner eigenen Gewalt! Einerseits ist es ein Prozess, der mich fasziniert, andererseits erschreckt er mich ein wenig: Wer ist in mir, wer trifft diese Entscheidungen?

Inzwischen, noch bevor Mama kommt, muss ich Papas Ehefrau wiedersehen. Ich werde einige Tage verstreichen lassen, bevor ich sie anrufe, um nicht aufdringlich zu erscheinen.

Es hat keine Eile. Wie ich Mama kenne, wird sie nicht vor Herbst aufkreuzen.

Wer weiß, wann es hier Herbst wird. Vielleicht ist er schon gekommen, und ich habe es nicht bemerkt. Ich habe sagen hören, dass auch der September noch sehr schön ist. Bis zu diesem Moment, habe ich noch sehr wenig Schönwetter gesehen, aber man darf nicht verzweifeln, hat mir der Deutschlehrer gesagt; wenn man es am wenigsten erwartet, kommt ein schöner Tag, und dann vergisst man alles, alle gehen hinaus und strömen in den Englischen Garten und in die anderen Parks, von denen die Stadt voll ist. Ich habe noch nie so viel Grün gesehen, wie hier. Überall Bäume, Wiesen, Sträucher, Blumen: Ich glaube, dass es die grünste Stadt Europas ist. Und wenn die Luft klar ist, hat er gesagt, kann man die Alpen sehen.

Zu Hause sah ich die Hügel meiner Maremma und das genügte mir.

VI

Papas Frau wohnt außerhalb der Stadt, zehn Kilometer von München entfernt, in einem Städtchen das Schleißheim heißt. Ich bin mit der S-Bahn gefahren, um dort hinzukommen, eine Art Lokalzug, der die umliegenden Orte mit dem Stadtzentrum verbindet. Am Telefon hat sie zu mir gesagt, dass sie einen speziellen Zwetschgenkuchen backen würde, einen *Zwetschgendatschi*, ein Wort, das sicher nicht deutschen Ursprungs ist. Sie hat sich beeilt mir zu sagen, dass sie einen Baum voll mit Zwetschgen in ihrem Garten habe, und wenn ich wolle, könne ich eine Tasche davon mit nach Hause nehmen.

Ich habe den Eindruck gehabt, dass sie meinen Anruf erwartet hatte. Ich weiß aber nicht, was mich das vermuten hat lassen, aber ich habe eine Spur von Angst gespürt. Sie hat auf dem Bahnhof auf mich gewartet, Bahnhof, na ja, eher eine U-Bahn Haltestelle. Sie hat eine Art Auto, ich weiß nicht wie alt. Mir hat er sehr gefallen; sie schämte sich fast seinetwegen.

»Ich brauche ihn nur, um hier herumzufahren, für meine Besorgungen. In die Stadt gehe ich höchstens ein Mal in der Woche, und dann fahre ich mit der S-Bahn.« Nach wenigen Minuten waren wir angekommen. Auf dem Weg dahin hat sie kein einziges Wort gesprochen, ganz auf den in Wahrheit sehr spärlichen Verkehr konzentriert. Ganz wie in Roselle.

Es ist Abend, und ich versuche mich zu sammeln, um die Eindrücke von heute Nachmittag aufzuschreiben. Es ist nicht einfach, auch weil ich viele Dinge zu beobachten hatte. Ich muss zugeben, dass ich einen Anflug von Neugierde gehabt habe: Zu sehen, wo mein Vater früher gelebt hat, ihn in seinem vorherigen Leben zu entdecken, den anderen Mann kennen zu lernen, den jungen, den, den ich mir nie vorzustellen vermocht habe; ihn vielleicht im Polstersessel wiederzuerkennen, in den er sich setzte, wenn er hier war, seine Spuren wiederzufinden.

Er muss sich in der zweiten Hälfte seines Lebens sehr verändert haben: Nie hätte ich gedacht, dass Vater in einem solchen Haus gewohnt haben könnte. Und es war sein Haus, seine Frau hat es mir bestätigt; sie haben da über dreißig Jahre miteinander gewohnt. Das nennt man Doppelleben. In jeder Hinsicht. Wenn ich an die spartanische Einrichtung unseres Hauses in Roselle denke, ohne irgend etwas Überflüssigem, beinahe leer, nur zwei große antike Schränke, in denen ich mich mitsamt meiner Puppe Susi ganze Nachmittage lang verstecken konnte, bis ich zwischen Anzügen, Jacken und Kleidern einschlief: Papa steckte überall Lavendelsäckchen hinein. Susi war eine Stoffpuppe, die mir meine schwedische Oma gemacht hatte; ich erinnere mich an das Wollkleidchen, die Zipfelmütze. Wie alt mag ich da gewesen sein?

In dem sogenannten Esszimmer war eine große, dunkle Truhe, die so schwer war, dass es unmöglich war sie zu bewegen. Ich kletterte mit Mühe hinauf, weil sie sehr hoch war, und mir schien, als säße ich auf einem Thron. Wir hatten nicht einmal einen Fernseher, nur viele Langspielplatten und einen Flügel. Papa spielte immer am Abend darauf, nach dem Abendessen. Mama, mit einem Buch in der Hand, auf einer Art Divan sitzend, den man eher als Holzbank mit einer Rückenlehne hätte bezeichnen können, tat so, als würde sie lesen. Sie blätterte nie eine Seite um.

Ich, zu ihren Füßen zusammengekauert, kämpfte die Augen offen zu halten, ich erinnere mich sehr gut, entschlossen nicht ins Bett zu gehen. Diese verfluchte Musik hatte aber die Macht, mich mit dem Schlaf zu versöhnen, ich gebe es zu, und bald fiel ich zusammen wie ein Kartoffelsack. Jeden Abend dieselbe Erniedrigung. Papa, wie immer Sieger, sammelte mich vom Boden auf, und legte mich trotz meiner halblauten Proteste in mein verhasstes Bett.

Ich habe seit meiner Geburt viel Musik gehört. Ich habe mich daran gewöhnt.

Manchmal sang Mama. Nie abends, immer morgens, wenn Papa aus dem Haus ging, um in seinen Kräuterladen zu gehen. Sehr vage Erinnerungen an eine Zeit vor der Schule und vor dem Kindergarten. Mama, neben dem Flügel, schlug ab und zu eine Taste an, um ich weiß nicht was zu kontrollieren, und gleich sang sie im selben Ton, den sie eben angeschlagen hatte, weit weg, absolut unerreichbar: Sie sagte zu mir, dass ich, wenn sie singe, brav sein müsse.

Ich bin ausgeufert.

Seit ich schreibe, passiert es immer öfter, dass ich abweiche; mir scheint, als würde ich von einer Fülle von Gedanken bestürmt, die sich alle mit dem Anschein einstellen, äußerst wichtig zu sein. Eine ständige Überlagerung von Ereignissen, die sich anhäufen, im Versuch zu klären, zu präzisieren, zu unterscheiden. Mit der Zeit sollte ich eine Auslese machen, verwerfen, auswählen, bevor ich schreibe. Was aber verleiht einem Gedanken Wichtigkeit, wie wählen zwischen dem Ballast, der meinen Kopf vollstopft? Wenn ich lese, was ich bis zu diesem Moment geschrieben habe, finde ich keinen einzigen Gedanken, der es wert wäre auf ein Blatt Papier gedruckt zu werden.

Kehren wir zurück.
Ich hatte die Absicht, das Haus meines Vaters zu beschreiben, die Eindrücke festzuhalten, bevor sie in wer weiß welchen Nischen des Gehirns für unnütze Informationen verschwinden, der sogenannte *Abfall des Gedächtnisses*. Dieser

Ausdruck gefällt mir sehr: der *Abfall des Gedächtnisses.*

Also, hier erstickt man: Möbel, Teppiche, Vorhänge und Gardinen für jeden Geschmack. Die Fenster, klein, sind zum Teil mit eigenartigen Spitzenstreifen, alle voneinander verschieden, verhängt; und dann Mitteldeckchen, Spitzentischdecken und -deckchen auf die ganze Wohnung verteilt, eher zufällig als einer bestimmten Notwendigkeit wegen. Es muss jemanden geben, der diese Spitzen unablässig produziert. Und dann tausend überflüssige Dinge, Nippes, Porzellanstatuetten, Tand, verschiedener Krimskrams, den ich nicht einmal zu beschreiben wüsste. Ich vergaß beinahe die Lehnsessel, riesig, schwer, mit grünem Samt, mit einem komischen Deckchen, natürlich Spitze, als Auflage für den Kopf. Noch nie habe ich etwas Ähnliches gesehen. Wenn ich an unsere Holzbank in Roselle denke, muss ich lachen.

Das schon ist eine Überraschung. So lebte Papa, bevor er Mama kennen lernte. In einem kleinbürgerlichen Haus, hier würde man ‚bieder‘ sagen, erstickt von Spitzen und Samtkissen, verschiedenen Stoffen, Teppichen, Möbeln und Möbelchen. Vaters Frau muss mein Erstaunen bemerkt haben, da sie die Notwendigkeit empfindet, sich zu entschuldigen.

»Es ist mein Hobby. Ich fülle meine freien Stunden mit diesen kleinen Arbeiten aus; bevor du weggehst, darfst du dir etwas aussuchen, was deinem Geschmack entspricht. Ich habe eine kleine Sammlung.«

Sie öffnet eine Schublade, vollgestopft mit Deckchen, Spitzen und anderem Zeug, das ich nicht unterscheiden kann.

Vielleicht hat sie die Leidenschaft für diese ‚kleinen Arbeiten‘ entdeckt, nachdem sie verlassen worden war, vielleicht hat sie ‚danach‘ die Wohnung mit Krimskrams vollgestopft, vielleicht um sich zu trösten. Was für eine traurige Geschichte. Zum Teil fühle ich mich schuldig auf der Welt zu sein; meine Geburt hat das Leben dieser Familie durcheinander gebracht. Mein Gott, ich habe nie daran gedacht.

Vielleicht wollte Papa ein ‚neues‘ Leben beginnen, völlig verschieden von dem vorhergehenden: Ich habe ihm nur eine gute Ausrede geliefert. So liegen wohl die Dinge.

»Ich hoffe, dass dir mein Kuchen schmeckt. Kennst du ihn? Backt man so etwas auch in Italien?« Vaters Frau hat auf einem kleinen runden Tischchen mit einer Tischdecke angerichtet, in welcher man zwischen all den Spitzen einige Stoffstückchen erkennen kann, aus denen sie besteht: Darauf ein Mischmasch aus Tellern, Tassen und ich weiß nicht was noch. Das nennt man hier einen Kaffee trinken. Ich sehe auch einen großen und einen kleineren Krug, ich nehme an für die Milch, Zucker, Schlagsahne und jede Menge an Bienen oder Wespen, die summend überall herumfliegen. Ich bin ziemlich verlegen, denn der Kaffee schmeckt mir nicht und auch der Kuchen interessiert mich nicht sehr. Soll ich meine Gastgeberin enttäuschen? Ich mache mir Mut, und sage, dass ich lieber ein Glas kühles Wasser hätte, da ich bereits heute Früh Milchkaffee getrunken hätte. Sie lächelt triumphierend.

»Ich hab es mir schon gedacht. Ich habe eine Coca Cola für dich gekauft«, und sie scheint sehr stolz auf sich zu sein. Inzwischen legt sie mir ein großes Stück Kuchen auf den Teller, gefolgt von einem riesigen Berg Schlagsahne. Ich fühle mich überrannt, wie als Kind: Wenn die Menge auf meinem Teller nicht die Proportionen hatte, die ich zu beherrschen wusste, verlor ich derart den Mut, dass ich nicht einmal beginnen konnte zu essen. Es war nämlich verboten, Reste auf dem Teller zu lassen; Papa versäumte keine Gelegenheit, mir die übliche Predigt über die Kriegszeiten, die Kinder in Afrika und die in Indien zu halten, die Hungers sterben. Was tun? Sie hatte sich inzwischen gesetzt und gleichfalls bedient. Eine Menge, die genügt hätte, eine Armee kleiner Inder und Afrikaner gemeinsam zu sättigen. Sie sieht mich an und beginnt zu lachen.

»Ist etwas nicht in Ordnung?« Ich stottere irgendeine Entschuldigung und sie verkleinert den Kuchenberg auf meinem Teller, genauso, wie es mein Papa gemacht hätte.

»Meine Söhne hätten nicht lange Faxen gemacht. Sie essen gerne.« Ich muss sofort an Papa und an die Diäten gedacht haben, zu denen er auch Mama gezwungen hatte. Zwei Wochen, im Frühling, aßen sie jeden Tag ein Brötchen zum Frühstück, eines zu Mittag und eines am Abend, ohne etwas Anderes dazu als frisches Wasser, um den Körper von ich weiß nicht welchen Schlacken zu reinigen. Eine gesunde Kur, betonte Papa, um den Körper von den Giften der Zivilisation zu säubern. Mama beteiligte sich ohne großen Enthusiasmus und häufig überraschte ich sie, während sie heimlich etwas naschte. Ich habe sie nie verraten, habe Papa nie etwas davon erzählt und auch mit ihr selbst habe ich nie darüber geredet. Nach seinem Tod hat Mama die Frühlingskur mit Brot und Wasser nicht mehr gemacht.

Während ich schreibe, fällt mir ein, dass es immer Papa war, der kochte, der alles bestimmte, zum Beispiel, dass das Fleisch, die Sahne, die Butter, die Süßigkeiten und eine Menge anderer Produkte sehr schädlich für die Gesundheit seien, und dass man sie unbedingt eliminieren müsse. Ich habe zu Hause nie Fleisch gegessen, ausgenommen das eine oder andere Schinkenbrötchen, wenn ich mit Freunden ausging. Nach Papas Tod hat auch Mama wieder begonnen Fleisch zu essen, ohne Gewissensbisse, glaube ich.

Ich konnte nicht anders, als zu fragen, ob Papa, als er mit ihr zusammenlebte, so gerne aß, wie seine Söhne, und ob er auch Fleisch und Süßigkeiten und den ganzen Rest aß. Sie schaut mich stumm an, und in ihren Augen ist nur Staunen, eine Art Unverständnis, das ich nicht zu erklären vermag. Hat sie mich nicht verstanden, oder war meine Frage unangebracht? Ich denke noch daran, auch weil sie mir keine richtige Antwort gegeben hat.

Heißt das vielleicht, dass er, jedes Mal wenn er wegen der Erziehung der Söhne nach Hause heimkehrte, sich den Bauch mit all dem Zeug vollgeschlagen hat, das er uns dann versagte? Ist es möglich, dass er ein Doppelleben bis zu diesem Punkt führte? Seine Frau jedenfalls hat nicht antworten wollen, und ich, feige, habe nicht den Mut gehabt zu beharren. Deshalb bleibe ich im Ungewissen.

»Ich weiß, dass du kommst, weil du noch Fragen hast: Was willst du dieses Mal wissen, über wen soll ich dir erzählen?« Ich gehe erneut mit Frau Edith in die Offensive und will etwas über sie wissen, warum sie immer alleine ist, ob sie keine Familie, Kinder, Verwandte hat. Schließlich, warum sie in Großvaters Haus wohnt und wovon sie lebt, wer sie erhält. Papas Frau sieht mich an ohne zu verstehen.

»Warum interessiert dich diese Frau so sehr? Behandelt sie dich schlecht? Hat sie etwas gesagt?« Anstatt zu antworten, ein Bombardement von Fragen. Dann fährt sie fort: »Letzte Woche war ich bei ihr. Sie hat deine Anwesenheit mit keinem Wort erwähnt, so, dass ich einen Moment lang sogar daran gezweifelt habe, dass du dort wohnst. Ich habe nicht fragen wollen, um zu vermeiden ... ich habe den Eindruck gehabt, dass Wochen vergehen, ohne dass ihr euch begegnet. Das könnte in meinem Haus nicht geschehen.«

Sicherlich eine ziemlich komische Geschichte. Allein der Gedanke, an diesem Tisch zu sitzen, in diesem Haus, mit Papas Ehefrau, verursacht mir einen Lachkrampf, den ich mich zu unterdrücken bemühe. Laut den Regeln, wäre sie meine Stiefmutter. Daran habe ich nicht gedacht. Sieh an, da finde ich mich mit einer Mutter und einer Stiefmutter wieder, und zusätzlich diese Frau Edith, von der ich nicht recht weiß, wer sie ist, obschon ich zu glauben beginne, dass sie zur Familie gehört.

»Ich habe die Edith 1946 kennen gelernt. Ich war acht

Jahre alt, und sie war bereits erwachsen, zumindest für mich. Fünfzehn oder sechzehn Jahre alt, wie Katia, deine Tante. Dein Vater war fünf Jahre älter als ich. Er war ein bisschen hochnäsig. Er behandelte mich von oben herab. Er wollte es nie zugeben, später, aber es war so.

Ich glaube, ich muss dir vorher viele Dinge erklären, sonst kannst du die ganze Situation nicht verstehen.

Ich bin in Lobostz geboren, du weißt nicht einmal, wo das ist, ich seh's am Ausdruck in deinen Augen. Das ist ein Dorf in Böhmen. Heute wird es Lovosice genannt, praktisch dasselbe. Diese Geschichte, die Namen der Orte zu ändern, habe ich auch in Südtirol bemerkt; letztes Jahr sind wir in Sterzing gewesen, und stell dir vor, ich musste entdecken, dass die Italiener es in Vipiteno umgetauft haben! Ich frage mich, welche Beziehung zwischen den beiden Namen bestehen könnte. Lobostz und Lovosice sind zumindest sehr ähnlich. Jedenfalls leben dort jetzt andere Leute, während, glaube ich, in Sterzing immer dieselben Menschen von vorher geblieben sind. Bei uns hingegen ist alles anders: Vorher waren wir dort, und jetzt gibt es da nur Tschechen. Du findest dort keinen einzigen Deutschen mehr.« Jetzt ereifert sie sich derart, dass sie vergisst ihren Kuchen zu essen. Das ist ein Thema, dass ihr sehr gefallen muss. Sie macht es sich gemütlicher, endlich entspannt, ohne jegliche Angst.

»Wie soll ich's dir erklären? Noch bevor Böhmen an Habsburg fiel, bevor es Teil der Donaumonarchie war, waren wir da. Meine Großeltern und meine Urgroßeltern sind dort zur Welt gekommen; ich sehe immer noch, dass du mich nicht verstehst. Unsere Heimat ist weder Deutschland noch Österreich, auch wenn wir deutschen Ursprungs sind: Unsere Heimat ist dort, wo wir geboren sind, wo unser Haus steht – aber ich müsste sagen stand –, wo die, wie ich sagen hörte, mittlerweile von den Tschechen zerstörten Gräber unserer Angehörigen sind. Dort sind unsere Wurzeln geblieben. Von der verschwundenen Heimat haben wir unsere Gewohnheiten und unsere Sprache bewahrt, die traditionellen Trachten und die Feste. Noch heute, wenn Versammlungen oder Feste unserer Leute stattfinden, gehe ich immer in meiner Tracht. Willst du sie sehen? Sie ist sehr schön.«

Sofort, mit überraschender Behändigkeit, steht sie auf und eilt, beinahe im Laufschritt, in ein anderes Zimmer, während sie mir zuruft ihr zu folgen. Es ist ihr Schlafzimmer. In der Mitte, beherrschend, ein großes Ehebett. Ein Berg von Federbetten unterstreicht die Prächtigkeit. Ein riesiger Schrank nimmt die ganze Wand ein. Sie beeilt sich, eine Schranktür zu öffnen, und nimmt eine prunkvolle, farbenfrohe Tracht heraus, die ich nicht zu beschreiben wüsste. Sie kommt mir wundervoll vor. Dann nimmt sie aus einem anderen Fach eine Art Haube mit Bändern und steifer, gestärkter Spitze und ich weiß nicht was noch, und setzt sie sich auf den Kopf, um mir die Wirkung, dem Alter zum Trotz, vorzuführen. Ich muss zugeben, dass sie ihr gut steht, sie hat in der Tat das richtige Gesicht für eine derartige Kopfbedeckung. Sie selbst ist verwandelt, mit glänzenden Augen, wiederbelebt, lebhaft: die Macht einer Tracht! Wer hätte das je gedacht?

Vor allem aber das Zimmer hat mich erstaunt: Da ist ein großes Ehebett! Meine Eltern schliefen immer in getrennten Zimmern, zwei kahle Zellen mit zwei Betten, beinahe zwei Feldbetten, auf denen nicht Platz für zwei Personen war, wie mir meine Mama jedes Mal verständlich zu machen versuchte, wenn ich als Kind mit tausend Ausreden versuchte unter ihre Decke zu kriechen. Sie sagte nämlich, dass sie sich nicht umdrehen könne, dass es ungemütlich sei.

Wie gut hätte es mir gefallen, normale Eltern zu haben, mit einem großen Bett, das in einem geräumigen Zimmer gethront hätte, wie ich es immer bei den anderen Kindern gesehen habe. In Italien gibt es in jeder Wohnung immer ein Zimmer mit einem großen Bett, dem Ehebett, *Matrimoniale*‘

heißt das. Nur wir, die Fremden, hatten keines. Und jetzt entdecke ich, dass auch mein Vater es hatte, das ‚Matrimoniale‘.

Während ich schreibe, überrasche ich mich dabei, Überlegungen zu meinem Vater anzustellen, zu seiner Beziehung zu Mama. Nein, ich vermag die Zweideutigkeit nicht zu begreifen. Mir scheint, eine andere Sichtweise zu entdecken, eine andere Wirklichkeit.

In wie vielen Wirklichkeiten lebte er?

Ich vergaß eine sehr wichtige Sache: Papas Frau hat mir angeboten, sie Tante zu nennen, schließlich, hat sie gesagt, sind wir beinahe Verwandte, deine Brüder sind auch meine Kinder. Und jetzt kommt das Beste: Sie heißt *Sidonie*, ganz genau *Tante Sidonie*. Na also, ein Name der meinen, was die Einzigartigkeit anbelangt, übertrifft. Sie hat hinzugefügt, dass es ein alter Name ist, so hieß die Großmutter und die Urgroßmutter; zu jenen Zeiten war es Tradition, den Kindern die Namen der Eltern zu geben. Tante Sidonie. Ich werde meiner Mutter sagen müssen, dass ich eine Tante mit einem absolut fantastischen Namen habe. Besser noch, ich werde es meinen Freundinnen in Roselle erzählen. Wer weiß, was für Gesichter die machen werden und was für Kommentare.

Doch ich glaube, es ist besser, ich behalte die Geschichte ganz für mich.

Was wird Mama sagen? Wird sie nicht eifersüchtig sein? Eifersüchtig auf wen? Mama ist nie eifersüchtig gewesen. Sie scheint mir eine Frau ohne Leidenschaft zu sein, wie ihre Mutter. Wenn auch noch nicht ganz eingefroren. Eine leere Hülle, eine wunderschöne, seltsamerweise jeden menschlichen Inhalts entleerte Hülle. Meine Mutter eine leere Hülle. Was für Boshaftigkeit. Wer weiß von wo dieser Gedanke entwichen ist. Wirklich, ich höre nicht auf mich zu überraschen.

Tante Sidonie hat mir von ihrer Kindheit in Böhmen erzählen wollen und von der schrecklichen Reise, gleich nach Kriegsende, als sie aus ihrem Haus vertrieben wurde. Zweieinhalb oder drei Millionen, ich erinnere mich nicht recht, mussten ihre Häuser verlassen. Es war eine von den Tschechen gewollte Massenauswanderung. Eine Million landete in Bayern und blieb. Es gelang mir nicht zu verstehen, welches die Ursache dieser Vertreibung war – ich habe im Wörterbuch nachsehen müssen, um dieses nie zuvor gehörte Wort zu verstehen. Sie sind ‚die Vertriebenen‘, die Verstoßenen.

Ihre Mutter überzeugte sie drei Kleider übereinander anzuziehen, vor allem aber drei Paar Strümpfe wegen der Kälte (es scheint, dass der Winter 1946 besonders kalt gewesen ist) und auch um später noch etwas zum Anziehen zu haben. Dieses Detail hat mich besonders beeindruckt, weil, so fügte sie hinzu, so angezogen, wirkte sie sehr dick, sie die schlank wie eine Gerte war. Es war nicht erlaubt, mehr als nur einen kleinen Koffer mitzunehmen und nichts weiter. Die Mutter wollte nicht weggehen, verschob es Tag um Tag, alle möglichen Ausflüchte suchend, versteckte sich gar, als sie sie holen kamen, und schließlich fehlte nicht viel, dass sie das Mädchen alleine wegschickten, ohne die Mutter. Aber sie war weggelaufen und nur um ein Haar ist sie nicht von einem russischen oder tschechischen – sie hätte es nicht zu sagen gewusst – Soldaten erschossen worden.

Ich schaffe es nicht mir vorzustellen, wie die ganze Geschichte abgelaufen ist – vielleicht habe ich etwas falsch verstanden –, aber Tante Sidonie scheint äußerst überzeugt von dem was sie erzählt: Sie wird das wohl nicht erfinden? Mir scheinen es Szenen eines Films zu sein, den ich vor Zeiten gesehen habe.

Jedenfalls wartete die Mutter, bis sie mit Gewalt gezwungen wurde mit einem der letzten Transporte nach Deutschland aufzubrechen. Es gab derer mehr als tausend. Sie erhielt einen Brief mit dem endgültigen Befehl, sich innerhalb zweier Stunden am Bahnhof einzufinden, das Haus aufgeräumt und sauber zu hinterlassen, mit gemachten Betten und gewaschenem Bettzeug. Das mit dem sauberen Haus muss sie mehr als alles andere getroffen haben, da sie fortfuhr es beinahe mechanisch zu wiederholen:

»Die Leute, die unser Haus übernehmen würden, hätten das Recht alles in perfekter Ordnung vorzufinden.«

Es war, als sehe sie ihr Haus noch, obwohl mehr als fünfzig Jahre vergangen sind. Die Szene des Abmarschs, die Mutter, die einen letzten Blick in die Runde macht, um sich zu vergewissern, dass alles in perfekter Ordnung war; der kleine Koffer mit den persönlichen Papieren, das Fotoalbum der Familie, die nötige Wäsche; an der anderen Hand sie, das verängstigte Mädchen, das nur verstanden hatte, dass es fortgehen musste. Es wusste nicht wohin. Niemand wusste wohin. Nach Deutschland. Aber wohin, in Deutschland? Deutschland ist so groß.

Der Vater, bei der Eisenbahn angestellt, war schon lange nicht mehr bei ihnen. Ich glaube verstanden zu haben, dass er wie immer zu seiner Arbeit im Zug gegangen und nicht mehr zurückgekommen war. Sie wohnten in einem Häuschen nahe des Bahnhofs, eine Art verlorenes Paradies, das sie mir in allen seinen Details beschreiben wollte: Die kleine Küche, der einzige, von einer Art Herd, der auch zum Kochen diente, beheizte Raum, das Zimmer mit dem Bett der Eltern, in dem auch sie schlief, und die zwei Fenster, von dem aus man die Schienen sehen konnte. Die Mutter fand keine Ruhe. Sie lief hin und her, zu jeder Tages- und Nachtzeit, nie von der Hoffnung verlassen, jenen Geisterzug wiederzusehen. Niemand in jenem Chaos konnte ihr irgendeine Information geben: War er in die Luft gesprengt, bombardiert worden, oder war er irgendwo in Russland? Man hörte nichts mehr, weder von ihm, noch vom Zug. Also eine konfuse Geschichte, von der ich ziemlich wenig verstanden habe.

Während ihrer Erzählung habe ich mein Haus in Roselle vor Augen gehabt, mein Zimmerchen, den Fußboden aus roter Terrakotta, alt, abgewetzt von den vielen Füßen, die darüber gegangen sind. Unser Haus ist sehr alt, und Vater hat es nur ein wenig restauriert, gerade so viel um darin wohnen zu können, ohne Zentralheizung und mit einem Bad, das zum Weinen ist. Gewiss, ich kann nach Roselle zurückkehren, wann immer ich will. Ich bin keine Vertriebene. Ein sehr beruhigender Gedanke.

In Viehwaggons gepfercht, nach einer sehr langen Reise, die mindesten drei Tage dauerte, aber vielleicht auch länger, sie erinnerte sich nicht genau, nach einer Aufeinanderfolge von Gewaltszenen, Diebstählen und Morden, und weiterer Strapazen, großer Kälte und Hunger ... über lange Strecken waren sie auch gezwungen im tiefen Schnee zu Fuß zu gehen, da ein Gutteil der Bahngleise zerstört war. Dann, endlich, Bayern.

Mehrere Male bestand sie darauf zu präzisieren, dass die drei Kleider, auf die die Mutter beharrte, recht wenig genutzt hatten: Sie behinderten sie bloß ohne sie vor der großen Kälte zu schützen, gegen die nicht einmal drei Lagen Stoff etwas ausrichten konnten. Ein kurzer Aufenthalt in der Stadt (sie wusste nicht in welcher) und gleich wurden sie auf die Umgebung verteilt; manchmal, in dem Durcheinander und dem Chaos geschah es, dass irrtümlich ein Kind von der Mutter getrennt wurde. Von einigen Episoden erzählend, deren Zeugin sie war, spürte man noch die Angst des Mädchens, das fürchtete verloren zu gehen; die Augen aufgerissen, war es, als höre sie noch die Schreie der Frauen und der Kinder, das verzweifelte Weinen, den in die Menge gerufenen Namen. Wer weiß welche Träume, hinterher, welcher Alpdruck. Aber davon hat sie kein Wort gesagt. Sie hat nur einige Schluck Kaffee getrunken, bevor sie fortfuhr.

Die Sammelstellen, die Unterkünfte waren mit Obdachlosen überfüllt, die von auswärts kamen, wie die ‚Vertriebenen‘, aber auch aus der Stadt selbst, die durch die feindlichen Bombardierungen beinahe gänzlich zerstört war. Endlich wurden sie in ein Dorf gebracht, in dem die Zeit seit vor dem Krieg stehen geblieben zu sein schien. Das Rote Kreuz oder eine ähnliche Organisation versuchte die Menge der Verzweifelten auf den zum Großteil vom Krieg verschonten großen Bauernhöfen der Umgebung unterzubringen. Unter den Protesten der Besitzer allerdings. In der Tat war niemand bereit die evakuierten, nur mit den auf dem Leib getragenen Kleidern und ohne einen Pfennig gebliebenen Menschen aufzunehmen. Sie wurden in eine Art Heustadel gesteckt, in dem eine Mutter mit zwei noch kleinen Kindern hauste, auch sie Vertriebene. Vor dem Tor stillstehend, an jenem Wintermorgen, an dem sich sogar einige Sonnenstrahlen zeigten, haben sie sie ohne ein Lächeln, ohne ein Wort empfangen, mit eisigen Augen und zusammengepressten Lippen. Ihnen wurde eine Ecke zugewiesen und ein Strohlager. Während ich schreibe, scheint es mir, die ganze Szene vor mir zu sehen.

Sie hat mir das alles mit einem Lächeln erzählt, von dem ich nicht weiß, was es bedeuten soll.

Warum lächelt sie immer, wenn sie spricht? Mir kommt fast der Verdacht, dass es kein wirkliches Lächeln ist, auch weil die Augen ernst sind, abwesend. Wie machte sie das, nur mit dem Mund zu lächeln? Sowie ich wieder daheim war, habe ich mich vor den Spiegel gestellt und habe sie zu imitieren versucht: Es ist nicht leicht, und außerdem unterhält es mich überhaupt nicht.

Das nächste Mal, wenn ich ihr begegne, will ich ihr nur in die Augen schauen.

Vielleicht ist dieses Lächeln nur eine nervöse Zuckung, ein Tick.

Jedenfalls, Lächeln oder nicht, sie weiß ihre Geschichten auf packende Weise zu erzählen. Ich sitze hier und denke an jene Reise, an jenes Mädchen mir den drei Kleidern, an die Kälte, an den Hunger, an jene ungastlichen Bauern und den ganzen Rest. Die ausgezehrte, kranke Mutter hatte, nur um etwas zum Essen zu bekommen, akzeptiert im Stall zu arbeiten, sie, die nicht die Kraft hatte, einen Besen in der Hand zu halten, so schwach war sie. Auch Tante Sidonie, das Kind, wurde gezwungen zu arbeiten, kleine Besorgungen zu erledigen, die Küche zu putzen; es war ein ziemlich harter Winter, immer in der Hoffnung, den Vater wiederzusehen, oder zumindest eine Nachricht zu erhalten.

In jenem Dorf lernte sie meinen Vater kennen.

Die Familie meines Großvaters lebte schon seit einigen Jahren in einem Holzhaus, halb versteckt in einem dichten Wald, nicht weit entfernt vom Bauernhof. Sie entdeckte sehr bald die beiden Mädchen, eines klein und blond, das andere hoch aufgeschossen und brünett, immer wie ein Bub angezogen. Sie dachte, sie seien, wenn auch so verschieden voneinander, Schwestern. Katia und Edith. Von der Bäuerin erfuhr sie, dass sie Cousinen waren, auch sie hatte die seltsame Kleidung des größeren Mädchens bemerkt, hatte aber an anderes zu denken: Die Leute aus der Stadt sind eigenartig, hatte sie gemurmelt. Sie lebten erst seit einigen Jahren dort, doch das Häuschen gehörte seit langer Zeit der Familie. Vor dem Krieg kamen sie nur, um dort die Ferien zu verbringen.

»Die Bäuerin lud mir, gerade angekommen, einen sehr

schweren Korb mit Kartoffeln auf, und zeigte auf das Haus, wohin ich ihn hätte bringen sollen. Ich erinnere mich noch an den Schnee, in den ich bis zu den Knien einsank, an die Kälte, trotz der drei Kleider, die ich auch weiterhin auf dem Leib trug, und an den Hunger. Von jener Zeit erinnere ich mich nur an den Hunger und an die Kälte.« Sie schwieg einen Moment, übermannt von einer tiefen Rührung. Wie um sich zu beruhigen verschlang sie einen gehäuften Löffel Schlagsahne. Während sie sich den Mund mit einer Serviette abwischte, sah sie mich mit etwas Schuldbewusstsein in den Augen an: Ein ertapptes Kind, während es einen kleinen Streich spielte. Ich lächelte ihr zu. Sie fing sich und fuhr in ihrer Erzählung fort.

»Ich könnte nicht sagen, ob es sich um meine persönlichen Erinnerungen oder nur um aus den Erzählungen meiner Mutter oder der Bäuerin oder von sonst wem heraus destillierte Projektionen handelt.

Manchmal frage ich mich, ob ich wirklich in jener Zeit gelebt habe, ob ich dabei war, wenn dies oder jenes geschah, oder ob ich nur davon reden gehört habe. Auf dem Hof, zum Beispiel, habe ich ein Zimmer voller Teppiche gesehen oder mir vorgestellt, wunderschöne Möbel, Kristalle, glitzerndes Silberzeug, Gemälde und ich weiß nicht was noch, ein Zimmer, das immer verschlossen war und in das die Bäuerin niemanden hinein ließ. Eine Art Schatz wie im Märchen von Alí Baba und den vierzig Räubern. Nach so vielen Jahren, frage ich mich noch, ob ich das nur geträumt habe, dieses Zimmer, all die angehäuften Reichtümer. Gewiss, damals blühte der Schwarzhandel, der Tauschhandel, bei dem fehlenden Geld, war es die gebräuchlichste Form des Handels. Und auf dem Land war es noch möglich etwas zum Essen zu finden.

Die letzten Kriegsjahre sind für uns schrecklich gewesen. Bis 1942 haben wir nur wenig gemerkt, so hat man es mir zumindest erzählt, denn an jene Zeit habe ich keine Erinnerung. An die gleich nach dem Krieg bei uns ausgebrochene Gewalt will ich nicht mehr denken: Jetzt wird es die Rache der Tschechen geben, sagte man, und alle zitterten. Man sprach von erlittenem Unrecht unter den Nazis, von Übergriffen und Enteignungen … auch von Massenmorden. Aber wir, die alten Bewohner jener Region, was hatten wir damit zu schaffen? Sie haben uns fortgejagt wie räudige Hunde, und nicht wenige wurden auch umgebracht, vergewaltigt. So laufen die Dinge auf dieser Welt: Die armen Leute bezahlen immer die Schuld jener, die kommandieren.« Während sie erzählte, hielt sie ein, überlegte, fügte einige Details hinzu, und sie schien mir nicht verlegen, wie an dem Tag im Café, als sie mir vom Großvater erzählte. Das war ihre Geschichte, eine Geschichte in der sie sich jahrelang gewiegt hatte, die sie gut kannte, die nur sie und ihre Leute betraf.

»Ich muss sagen, dass ich all diese Geschichten später erfahren habe. Hier in München gibt es seit 1985 ein Kulturzentrum, das ‚Sudetendeutsche Haus‘, wo Seminare, Begegnungen, traditionelle Tanzkurse, Klöppelkurse, Gesangsabende abgehalten werden … wie man es früher bei uns machte.

Als dein Vater nach Italien abreiste, begann ich dieses Zentrum zu besuchen, um aus dem Haus zu kommen, Leute kennen zu lernen, mich ein wenig von der Erziehung der Kinder abzulenken und die Einsamkeit zu vertreiben. Wenn Du willst, nehme ich dich einmal dorthin mit.« Ab und zu warf sie mir zärtliche Blicke zu, mit einem Leuchten, das ich als Güte bezeichnen würde, wenn dieser Ausdruck nicht diesen religiösen Beigeschmack hätte.

»Oft, wenn ich hier sitze und Spitzenmuster erfinde, kommen mir Szenen in Erinnerung, Episoden jener Jahre. Ich habe meine Mutter verloren, als ich noch ein Kind war. Sie hustete immer, bereits zu Hause in Lobostz. Ich werde nie meine Angst vergessen, jedes Mal, wenn ich sie Blut spucken sah. Und dann ihre Verzweiflung, in diesem Dorf in

Bayern leben zu müssen, fern von Zuhause, wo uns mein Vater nie mehr wiederfinden hätte können. Sie war überzeugt, dass, wenn wir in Lobostz geblieben wären, er, wenn er heimgekommen wäre, gewusst hätte, wohin wir gehen sollten … eine Qual, größer als jedes Elend, jede Demütigung. Ich weiß nicht, ob sie an Verzweiflung oder an Krankheit gestorben ist. Arme Seele.« An diesem Punkt, tat sie sich schwer, die Tränen zurückzuhalten.

»Überdies hätte sie mit der Tuberkulose auch zu Hause nicht mehr lange leben können. Damals gab es viele Leute, die an Tuberkulose erkrankt waren.

Es ist ein Wunder, dass nicht auch ich erkrankt bin.

Ich weiß, dass sie mich nicht alleine lassen wollte, sie wiederholte es dauernd. Das war der einzige Faden, der sie einige Monate länger ans Leben band; doch sie war müde, ich sah es, trotz meines Alters, und sie tat mir sehr leid.«
Hier hielt sie lange inne, sichtlich ergriffen. Sie verschlang einige große Bissen Kuchen, trank noch eine zweite Tasse Kaffee und fragte mich, ob sie mich mit ihren Traurigkeiten langweile. Ich versuchte sie zu beruhigen, versicherte ihr, ihre Geschichten interessierten mich weit mehr, als sie glaube. Es schien mir, eine mir völlig unbekannte Vergangenheit zu sehen, in die mein Vater irgendwie verwickelt war. Schließlich fuhr sie seufzend fort.

»Je älter ich werde, desto mehr denke ich an sie. Ich gebe zu, dass ich sie lange Jahre wegschob, sie beinahe vergessen habe, meine arme Mutter. Jetzt, ich weiß nicht aus welchen Grund, erhebt sich, gemeinsam mit der Erinnerung an jene Reise, die mich nie losgelassen hat, auch die Gestalt meiner Mutter wieder. Manchmal scheint mir, ich sehe sie tatsächlich, wie sie damals war, kurz vor dem Sterben, mager, erschöpft, hoffnungslos. Ich erinnere mich sogar an das Kleidchen, das sie anhatte, zu leicht für jenes Klima, die Militärschuhe, die sie ich weiß nicht wo gefunden hatte, den Wollschal auf den Schultern. Als sie starb, war sie nicht einmal dreißig, meine arme Mutter.«

Beinahe wie um einen Schlussstrich unter diese ganze Geschichte zu ziehen, fragte sie mich, ob ich einen Spaziergang machen wolle.

Mir fiel auf, dass die Straßen rund um Tante Sidonies Haus Vogelnamen tragen, Meisenstraße, Spechtstraße, Elsternstraße; es hat mir gefallen, auch weil rundherum viele Bäume stehen und wer weiß, was für ein Kommen und Gehen von Vögeln am Morgen und am Abend. Ich finde es ist richtig, dass jeder Vogel eine eigene Straße hat.

Schau einer an, was für verrückte Überlegung: Da sie nicht lesen können, wer weiß wie oft sie die Adresse verfehlen bei der Heimkehr in ihre Nester.

Ein Nachmittag voller Eindrücke, dramatische Geschichten und viele, viele Worte, abgeschlossen mit einem schönen Spaziergang im Park, wenige Minuten von ihrem Haus entfernt. Wir sind von der Seite des kleinen Schlosses gekommen, das sich Lustheim nennt, wo eine berühmte Porzellansammlung aufbewahrt ist, hat sie mir auf dem Weg dorthin gesagt.

Mir gefällt Porzellan nicht, ich ziehe Keramik vor, die schönen bemalten Keramikteller, aus denen ich in Roselle all die Jahre meines Lebens gegessen habe. Ich merke erst jetzt, wie sehr sie mir fehlen, und auch die Truhe und der Esstisch, den Papa Klostertisch nannte. Für die ziemlich anspruchslosen Mahlzeiten der Patres genüge eine sehr schmale Tischplatte, erklärte er mir, und genau überlegt, genügte der Tisch auch uns. Er war sehr schön anzusehen, dieser dunkle, lange und schmale Tisch, mit den farbigen Keramiktellern darauf, ländlich, einfach, ohne Schnickschnack, ohne Tischdecke. Vor allem ohne Spitze.

Ich ufere aus. Was soll ich machen?

Der Park ist wunderschön, mit einem Kanal in der Mitte,

voll riesiger Fische – so kamen sie mir vor –, richtige Ungeheuer. Karpfen, hat Tante Sidonie gesagt, gebraten sehr gut. Blumen, Bäume und Sträucher, symmetrisch zurechtgestutzt, so dass sie richtige grüne, geheimnisvolle Alleen bilden, ein wahres Labyrinth, in dem man sich leicht verirren kann. Ein Park, der mir sehr gut gefallen hat. Ich habe beschlossen wiederzukommen.

Tante Sidonie braucht offensichtlich jemanden, der ihr zuhört, denn sie redet, redet ohne Unterlass. Ich glaube, das ist typisch für Menschen, die alleine leben. Mit einigen Ausnahmen: Auch ich lebe alleine, aber ich habe keine Lust zu reden. Vielleicht schreibe ich deshalb? Mir kommt vor, ich rede mit mir selbst, beziehungsweise ich höre mir selbst zu.

Wir haben uns mit dem Versprechen verabschiedet, uns bald wiederzusehen. Sie hat mir noch so viele Dinge zu erzählen, hat sie mit dem üblichen, nicht entschlüsselbaren Lächeln hinzugefügt.

Über Frau Edith hat sie nichts gesagt, nur dass sie als Mädchen Hosen trug und dass sie eine Cousine meines Vaters ist. Das heißt, dass sie meine Verwandte ist, eine Cousine zweiten Grades. Heißt das so?

Vor kurzem habe ich Mama angerufen, auch um zu erfahren, wann sie zu kommen beabsichtigt. Sie ist sofort abgeschweift: Die Zugvögel sind schon unterwegs, in Schweden ist bereits der Herbst angebrochen, die Bäume geben eine letzte Vorstellung in den leuchtendsten Farben; ein Abschied in Schönheit, wie ich ihn mehr als einmal erlebt habe. Die Tage werden immer kürzer, hat sie mit einer Note von Schwermut hinzugefügt. Auf die direkte Frage, ob Frau Edith eine Cousine Papas ist, folgte ein langes Schweigen, so dass ich schon glaubte, die Linie sei unterbrochen worden. Dann hörte ich sie Atmen, genervt wie immer. Schließlich antwortete sie widerwillig, die Stimme veränderte sich, während sie sprach … wie gut ich diese ungerechtfertigten Gesten der Ungeduld kenne.

»Ich bin mir nicht sicher. Ich erinnere mich nicht an dieses Detail. Du könntest sie fragen, direkt. Das ist doch kein Problem? Ich bin die Letzte, die die Familiengeschichte deines Vaters kennt. Andererseits weiß ich wirklich nicht, welche Wichtigkeit das alles für dich haben sollte.« Ich frage mich dann, über was Papa mit ihr geredet hat, wenn nicht über sein früheres Leben, über die Familie, seinen Vater und den ganzen Rest. Worin bestanden diese endlosen Beichten? Mein Verdacht, dass Mama unfähig ist zuzuhören, wird jetzt durch diese seltsame Beteuerung bestätigt: Sie weiß nichts von Papas Geschichten. Das ist der Gipfel.

Ich habe nicht den Mut gehabt, ihr zu sagen, dass ich Papas Frau getroffen habe, dass ich sie sogar bei ihr zu Hause besucht habe. Schließlich hat sie mich nicht gefragt, woher diese Informationen stammten. Sie war abwesender als sonst. Jedes Mal, wenn ich sie anrufe, scheint mir, ich treffe sie gerade in einem ungünstigen Moment an, mit irgendetwas beschäftigt, das ihre ganze Aufmerksamkeit erfordert, von dem ich, immer ich, sie mit irgendwelcher Dummheit ablenke.

Natürlich stimmt nichts. Sie ist nur zerstreut, verfolgt das Nichts, den üblichen Nebel, in dem es ihr herumzuschweifen gefällt. Und schon droht eine Welle der Aggression mich zu überrollen. Besser ich höre auf.

Für den heutigen Abend glaube ich abgeschlossen zu haben.

Morgen ist Samstag. Da habe ich nur am Vormittag Unterricht. Ich werde den Nachmittag zu Hause mit Lernen verbringen. Nächste Woche beginnen die Prüfungen und Ende September werde ich mich an der Universität immatrikulieren müssen. Alles hängt von dieser Prüfung ab: Ich werde beweisen müssen Deutsch zu können, und die Prüfungen sind alle schriftlich. Die besten sind die Araber, sie sprechen und schreiben bereits ohne einen einzigen Fehler. Ich verstehe nicht, wie sie das in so kurzer Zeit geschafft haben: sie sind richtige Perfektionisten. Sie müssen ein besonderes Talent für Sprachen haben.

Was die Amerikaner anbelangt, so haben die nicht anderes getan, als sich zu vergnügen. Die Japanerinnen hingegen haben trotz ihres ständigen Gekichers nur Schreiben gelernt. Recht und schlecht können sie einen Satz aussprechen, vielleicht aus Schüchternheit oder was weiß ich. Gewiss, sie haben große Schwierigkeiten zu sprechen, während ich ... wir werden sehen.

VII

Ein langweiliger, endloser Nachmittag. Unter anderem hat es beinahe ohne Unterbrechung geregnet. Tag und Nacht. Es hat ganz den Anschein, als wolle es nicht mehr aufhören. Der Himmel ist grau, hoffnungslos. Und auch die Kälte ist gekommen, plötzlich, ohne Ankündigung, obwohl die Bäume noch eine Menge grüner Blätter mit einigen gelben Andeutungen tragen. Ein Verrat, wenn man bedenkt, dass wir Ende August haben, das heißt Hochsommer.

Ein Wetter für die Schwermut. Ich fühle mich in einem Käfig, eingesperrt in diesem Zimmer, in diesem Haus, in dieser Stadt. Ich habe Lust auf Roselle, Sonne, den blauen Himmel der Maremma, das Meer. Wenn ich daran denke, dass ich jetzt irgendwo an der Küste der Toskana schwimmen könnte, könnte ich mir in den Hintern treten. Was mache ich hier? Warum habe ich beschlossen, hierher zu kommen? Ich möchte schreien.

An diesem blöden Schreibtisch sitzend, der bereits meiner Tante gehörte (ich habe ihren Namen irgendwo, gut versteckt, ins Holz geritzt gefunden), kommt mir vor, dass ich mein Leben wegwerfe, die schönsten Jahre meines Lebens – das zumindest sagt man von der Jugend, auch wenn ich bis zu diesem Moment nichts davon bemerkt habe. Ich könnte in Italien studieren, in Pisa, in Florenz, und wenn es wirklich sein müsste, auch in Mailand, ich weiß nicht genau wo, aber nicht hier. All die dummen Geschichten, die mich, feige, zu fliehen bewogen haben, erscheinen mir jetzt Dämlichkeiten, Dinge, die einer ziemlich fernen Vergangenheit angehören.

Gewiss, Papa sagte immer, dass die deutschen Universitäten, vor allem die bayrischen, die besten der Welt sind und dass ich keine Zeit in irgendeinem italienischen Kaff vergeuden sollte; ich hatte bereits seine Kommentare über die Schule anhören müssen, laut ihm eine Institution der Dritten Welt. Seiner Meinung nach arbeitet und studiert man in Deutschland, alles in allem, viel ernsthafter als anderswo: Die üblichen Vorurteile, die mir immer ein großes Unbehagen bereitet haben. Was dann die Universität betrifft, schweige ich lieber, ohne seine fixe Idee von den mittlerweile seit Jahrhunderten toten, verwesten und begrabenen italienischen Architekten zu berücksichtigen.

Sowie Mama kommt, will ich mit ihr darüber reden, obwohl ich von Anfang an weiß, dass von ihr kein Rat, keine Meinung kommen wird. Sie wird mich mit ihren durchsichtigen Augen ansehen, hinter denen, vermute ich seit einiger Zeit, das Nichts ist, das Stillschweigen. Sie wird meine Frage ignorieren. Ich weiß bereits, dass sie nicht Stellung beziehen wird.

Manchmal kommt mir der Verdacht, dass ich ihr im Grunde genommen gleichgültig bin, dass das, was ich tun und lassen könnte, was ich möchte, für sie einerlei ist.

Wer weiß, warum mir in letzter Zeit, das heißt, seit ich zu schreiben begonnen habe, auffällt Gefühle auszubrüten, die man als aggressiv meiner Mutter gegenüber bezeichnen könnte. Was ist aus jener immensen, absoluten Liebe geworden, die ich für sie empfand?

Mir graut.

Werde auch ich eiskalt? Besser nicht daran denken.

Die Cousine, oder die Cousine zweiten Grades, ist derweil den ganzen Nachmittag vor dem in voller Lautstärke eingeschalteten Fernseher sitzen geblieben; vielleicht hört sie nicht gut, oder will nur die Geräusche der Welt übertönen.

Überdrüssig in meinem Zimmer eingesperrt zu sein, bin ich ins Wohnzimmer gegangen, auch um die Langeweile zu durchbrechen. Oder besser, um aufzuhören über Gefühle der Liebe und des Hasses und andere beunruhigende Geschichten zu grübeln.

Seit ungefähr einer Woche sehe ich sie nicht und ich muss zugeben, es kostet mich eine gewisse Anstrengung, sie auch nur zu grüßen. Sie ist mir magerer als sonst vorgekommen; nur Knochen, Schultern, Knie in zu weit gewordene Kleider gesteckt. Man erahnt einen ausgezehrten Körper völlig ohne Fleisch. Nur verschrumpelte Haut und überproportional lange Knochen. Ich habe mir für einen Augenblick den Horror dieses Körpers ohne den barmherzigen Schutz des Kleides vorgestellt: Ein Wunder, dass ich nicht mausetot umgefallen bin.

Sie gebot mir gleich zu schweigen (obwohl ich sie nur mit einem Hauch von Stimme gegrüßt habe; ob sie wohl meine schrecklichen Überlegungen erraten hat?), mir mit einem Handzeichen anordnend, mich neben sie auf das Sofa zu setzten. Am anderen Ende döste Fuset. Bei meinem Kommen, hat er sich nicht einmal herabgelassen ein Auge zu öffnen, der Gauner.

Besser so.

Frau Edith verfolgte mit äußerster Aufmerksamkeit eine Sendung, die, so scheint mir, einmal in der Woche, am Samstag, ausgestrahlt wird. Bereits andere Male hatte ich das Interesse der Alten für diese Sendung bemerkt, und habe mich darüber gewundert, obwohl es sich weder um eine Komödie, noch um eine Reportage über wilde Tiere handelt. Darin geht es nur um alte Sachen, der Titel selbst sagt es: ‚Kunst und Krempel‘, also Kunst und altes Zeug.

Einige Experten, Museumsdirektoren, Antiquare und spezialisierte Leute stellen Herkunft, manchmal den Autor, das Datum, den künstlerischen und auch den kommerziellen Wert von mehr oder weniger antiken, vom Publikum mitgebrachten Dingen fest. Soweit ich verstanden habe, muss man vorher ein Foto der zu bewertenden Dinge einsenden, dann wählt die Jury die interessantesten, dem Urteil der Experten zu unterbreitenden Sachen aus, und am Ende treffen sich alle, die Besitzer und Gutachter in Theatern, prunkvollen Sälen von Gemeinden oder Museen in verschiedenen Städten Bayerns und auch Österreichs. Die erste Frage ist immer: „Von wem haben Sie diesen Gegenstand erhalten? Gibt es eine Geschichte dahinter?"

An diesem Nachmittag wird Schmuck und Silberzeug vorgestellt.

Frau Edith ist angespannt, sie vermeidet es beinahe zu atmen, damit ihr kein Wort entgeht. Ab und zu seufzt sie, murmelt einige Worte und krallt die Hände in die, glaube ich, bereits auf diesen Seiten beschriebenen steifen Knie.

Gewöhnlich trägt sie ein Paar dunkle Hosen undefinierbarer Farbe, weit, aus grobem Stoff, Hanf glaube ich, bin mir aber nicht sicher. Darüber trägt sie ein gestreiftes Arbeitshemd, auch dieses von undefinierbarer Farbe. Wer weiß, wo sie all diese Klamotten findet. Vielleicht hat sie sie vor langer Zeit gekauft, sagen wir vor dreißig Jahren, als man noch weite Hosen und gestreifte Hemden trug. Andererseits wüsste ich es nicht zu sagen, ich war damals ja noch gar nicht geboren, und kenne die Mode jener Jahre nicht. Genug, es interessiert mich nicht. Mir fallen sofort die groben Schuhe an ihren Füßen auf.

Diese Frau vermag es sich nicht einmal daheim gemütlich zu machen, zum Beispiel mit einem Paar Pantoffeln: Ich sehe sie immer richtig angezogen, schon am frühen Morgen. Sie steht auf, und ich stelle sie mir vor, wie sie zusammenrafft, was ihr gerade in die Hände kommt, ohne hinzusehen, vielleicht im Dunkeln, um Strom zu sparen. Ich würde wetten, dass sie in ihrem Zimmer nicht einmal einen Spiegel hat. Es ist sehr wahrscheinlich, dass sie sich niemals ansieht. Und dann bin ich mir sicher, dass sie bereits angezogen ins Bad geht. In der Tat habe ich sie nie im Schlafrock und Pantoffeln gesehen, so wie ich Mama immer sah, jeden

Morgen, häufig bis zu meiner Rückkehr von der Schule, die Haare ungekämmt und offen auf den Schultern, von einem Zimmer ins andere streifend, ohne einen ersichtlichen Grund, unfähig irgendeine Entscheidung zu treffen, auch nur die, sich anzukleiden.

Es war immer Papa, der mich am Morgen weckte, mir das Frühstück zubereitete, mich ins Auto steckte und zur Schule brachte. Und es war wieder er, der bei Unterrichtsende auf mich wartete, um mich nach Hause zu bringen. Was machte Mama während all dieser Stunden, alleine, durch das Haus streifend? Vielleicht sang sie neben dem Flügel, ab und zu eine Note auf der Klaviatur suchend, weit weg, wer weiß wo?

Papa ging gleich darauf in seinen Kräuterladen, und kehrte dann mit mir heim. In den letzten Jahren hatte er beschlossen, den Laden nur zwei oder drei Mal in der Woche aufzusperren. Ich ging mittlerweile alleine zur Schule – ich nahm den Bus, der mich bis nach Grosseto brachte – und er blieb mit Mama zu Hause. Er bereitete das Frühstück auch für sie, und sie setzten sich gemeinsam hin. Stundenlang. Papa las die Zeitung, die aus Deutschland kam, Mama träumte mit offenen Augen; so verbrachten sie ganze Vormittage, so sah ich sie am Sonntag, und ich glaube, dass es so an allen Tagen der Woche war. Am Sonntag nahm ich mir ein Brötchen und rannte fort. Ich konnte den beiden nicht zusehen, wie sie zwischen der einen und der anderen Tasse Tee ihre Zeit vergeudeten.

Gegen elf Uhr, mehr oder weniger, beschlossen sie, beziehungsweise Papa, aus dem Haus zu gehen, um Einkäufe zu tätigen. Mama, bereits müde, räumte den Tisch ab, unschlüssig, was sie in die Küche bringen sollte; ich erinnere mich an unseren Klostertisch, auf dem immer etwas stand, Marmeladegläser – natürlich Marmelade ohne Zucker, naturbelassen –, ausgetrockneter Honig, den man nur mit dem Messer herausschaben konnte; das Brotkörbchen, mit den Resten, die an der Luft trockneten und die Papa nicht wegwerfen wollte, weil, sagte er, das Brot heilig ist; einige nicht essbare Vollkornkekse, alles äußerst gesunde Sachen, wie Papa versicherte.

Jedes Mal, wenn ich ein Stückchen hartes Brot wegwerfe, kommt mir vor, ich höre seine Stimme. Und es scheint mir, ich tue ihm Unrecht, beleidige ihn, jetzt, da er nicht mehr widersprechen kann. Armer Papa.

Ich betrachte die Schuhe von Frau Edith und beginne Überlegungen anzustellen: Tante Sidonies Schuhe sind anders, und auch ihre Art sich zu kleiden ist anders. Ich habe sie nie in Hosen gesehen, nicht einmal bei Papas Begräbnis, trotz der Kälte und des Schnees. Auch damals war sie in irgendetwas eingepackt, das ein Mantel zu sein schien, und an den Füßen hatte sie, wenn ich mich nicht irre, ziemlich elegante Stiefel. Sieh einer an, Papas Frau hat noch irgendwelche feminine Anwandlungen, kleine Eitelkeiten, trotz der grauen Haare. Wer hätte das gedacht? Aber vielleicht hatte sie damals wegen Mama besonders auf ihre Kleidung geachtet.

Und Mama? Wie kleidet sich Mama? Es ist das erste Mal, dass ich daran denke. Es war immer Papa, der für sie auswählte; manchmal brachte er ihr etwas mit, einen eleganten Schal, einen sehr weichen Kaschmir-Pullover, und Mama lächelte, überrascht, ein Licht in den Augen, das sofort verlöschte.

Mama trägt immer Jeans und Pullover. Ich habe sie immer so gesehen, und die Pullover sind häufig das Produkt der rastlosen Hände der schwedischen Oma. Nie ein Kleid, einen Rock. Und seit Papa tot ist, hat sie sich nichts mehr gekauft, sagt, sie habe genug zum Anziehen. Ist sie nie eitel gewesen, nie? Weiß sie, dass sie sehr schön ist?

La fille aux cheveux de lin. Hat Papa sie nie so gerufen? Hat sie jemals von diesem Übernamen erfahren?

Wird sie immer alleine bleiben? Welch eigenartiger Gedanke, besser ihn sofort zu verjagen.

Jetzt strenge ich mich an, mich an die Schuhe zu erinnern, die Tante Sidonie trug, als ich sie besucht habe. Ich habe nicht darauf geachtet, offensichtlich nichts Besonderes, kein Grausen, kein hässliches Schuhwerk, wie man es hier oft sieht. Manchmal genügt es mir, die Schuhe zu sehen, um mir das Gesicht des Trägers vorzustellen: Ein Spiel, das ich in einem Café in der Leopoldstraße sitzend erfunden habe. Erst die Füße und gleich darauf das Gesicht. Ich habe mich nie getäuscht. Es funktioniert immer. Sag mir, welche Schuhe du trägst, und ich sage dir wer du bist! Man müsste eine Studie dazu machen. Der Titel könnte lauten: ‚Die Beziehung zwischen Schuhen und Persönlichkeit‘.

Aber ich will auf diesen Nachmittag zurückkommen, das heißt, es war beinahe acht Uhr abends, als ich ins Wohnzimmer gegangen bin. Frau Edith murmelte immer noch und im ersten Moment habe ich geglaubt, sie redet mit dem Kater – ich habe das andere Male bemerkt –, dann wurde mir bewusst, dass sie sich über die Fernsehsendung ärgerte.

»Von deiner Großmutter! Wenn du eine Putzfrau bist, wird deine Großmutter eine Wäscherin gewesen sein oder so etwas Ähnliches. Wem hast du diese Schmuckstücke gestohlen? Familienschmuck ... was für noble Familie? Mit diesem Gesicht ... Man braucht nur zu rechnen, um gleich dahinterzukommen, dass es sich um jene Jahre handelt.«

Und immer so weiter in dieser Art.

Ich sah auf den Bildschirm, und tatsächlich sah man dort in voller Pracht ein wunderbares Collier mit Ohrringen, deren Herstellung der Experte gerade auf die Jahre zwischen 1850 und 1860 geschätzt hatte. Diamanten, Perlen, Smaragde. Die Summe, die er nannte, ließ die Besitzerin vor Freude aufspringen: ein kleines Vermögen. Tatsächlich schien mir das Gesicht dieser Frau (wie gerne hätte ich ihre Schuhe gesehen!) nicht das der Erbin einer Adeligen zu sein, aber ich kenne die deutsche Physiognomie nicht, deshalb kann ich nicht urteilen.

Frau Edith schien auf Nadeln zu sitzen, so erregt war sie.

Gleich darauf kam ein Mannsbild mit einem dicken Bauch, den sie hier Bierbauch nennen. Er stellte einen wunderschön ziselierten Krug mit Deckel vor, wie man ihn hier zum Biertrinken verwendet. Die Experten konnten ihn auf 1690 datieren, Herkunft: Nürnberg. Er war aus Silber und Gold, große Handwerkskunst, museumsreif. Auch dieser Mann, der in Wirklichkeit aussah wie ein Metzger – und das kann sogar ich erkennen –, behauptete den Krug von der Großmutter oder der Urgroßmutter, ich habe es nicht recht verstanden, geerbt zu haben.

Frau Edith war kurz davor zu explodieren.

»Sieh an, noch ein Adeliger. Seine Großmutter war bei irgendeiner wohlhabenden Familie im Dienst, sicher einer jüdischen Familie, die es jetzt nicht mehr gibt. Der Besitzer, ein Sammler, hatte eine schöne Sammlung antiker Krüge zusammengestellt, und er hat sich, die Situation ausnützend, den wertvollsten und wer weiß wie viele andere Wertgegenstände noch unter den Nagel gerissen.«

Ich muss zugeben, dass ich nichts von diesen giftigen Kommentaren verstanden habe, vor allem den Grund ihres Zorns nicht. Wie konnte sie behaupten, dass es sich um gestohlene Gegenstände handelte? Von den Großmüttern oder den Großvätern gestohlen? Von woher nahm sie eine solche Gewissheit? Und von welcher Situation redete sie? Warum dann, musste sie gezwungenermaßen im Dienst einer jüdischen Familie gestanden haben? Für einen Dieb ist es gewiss nicht wichtig, welcher Religion die Menschen angehören, die er zu bestehlen gedenkt. Schlussendlich eine Menge an Fragen, die ohne Antwort bleiben.

Zu meiner Schande muss ich gestehen, dass ich nicht den Mut aufgebracht habe, nach Erklärungen zu fragen. Vielleicht wäre dabei eine weitere Rüge herausgekommen, wie letzte Woche: „Informiere dich, lies das eine oder andere Buch, Ignorantin‘. Ich weiß gar nicht, welche Bücher ich lesen sollte, noch wen ich um Informationen fragen könnte. Und außerdem interessiert mich diese ganze Geschichte nur bis zu einem bestimmten Punkt. Basta.

Jetzt bin ich wieder in meinem Zimmer, um alles wiederzukauen und ich weiß nicht warum ich eine tiefe Erregung spüre. Heute scheint sich alles gegen mich zu wenden.

Tante Sidonie fragen? Auch sie scheint mir ziemlich zurückhaltend zu sein, wenn es sich um Frau Edith handelt.
    Diese Frau flößt allen Angst ein. So ein Ärger.

Und über welche Jahre, von welchen Situationen redete sie? Handelte es sich auch hier um Großeltern, um die Generation der Großeltern? Diese berüchtigte Generation. Aber die Enkel haben nicht mein Alter, es sind alles Vierzig- oder Fünfzigjährige; auch Hans Georg, Papas ältester Sohn, ist älter als vierzig, sechsundvierzig, wenn ich nicht irre, ich bin auf dem letzten Zug dahergekommen, als Papa selbst hätte Enkel haben können. Ich begreife nichts mehr. Es ist besser, ich gehe zu Bett, auch wenn ich weiß, dass mir diese Geschichten von den Schmuckdiebstählen schlechte Träume bescheren werden.

Mama hat kein einziges Schmuckstück, nicht einmal einen goldenen Ring, keinen Trauring, wie ihn alle verheirateten Frauen tragen, keine Uhr – sie braucht keine Uhr, die Zeit ist für sie eine undefinierbare Einheit – oder eine Halskette mit falschen Steinen. Nichts.
    Sie hat nur ihre Schönheit als Schmuck. Ich weiß aber nicht, ob sie sich dessen bewusst ist.

Heute Morgen bin ich spät aufgewacht. Es ist Sonntag und es regnet nicht. Ein Wunder.

Das Telefon hat mich geweckt. Es war Astrid, ein schwedisches Mädchen, das ich vor kurzem am Ausgang der Uni kennen gelernt habe. Ich habe schwedisch reden gehört, meine Muttersprache, und, was soll ich sagen, ich habe seltsamer Weise Sehnsucht verspürt. Ich hab mich genähert, und habe sofort zwei Blutsverwandte erkannt, Skandinavier wie aus einem Guss. Es steht ihnen ins Gesicht geschrieben, genauso wie mir.

Wir sind gleich zusammen etwas essen gegangen, es war vier Uhr, und bis zu diesem Moment, hatten wir keine Zeit gehabt einen Bissen zu uns zu nehmen. Sie haben mich in ein Lokal in der Leopoldstraße gebracht, ich glaube es heißt Wok, und man isst dort chinesisch. Da gibt es ein System, das mir sehr gut gefällt: Es gibt feste Preise und man kann nehmen, was man will; natürlich muss man sich selbst bedienen, nur der Teller wechselt. Es gibt in der Tat zwei Arten von Teller, einen kleinen und einen großen. Ich habe einen kleinen genommen, aber Erik, Astrids Freund, hat einen großen genommen und hat ihn bis zum Geht-nicht-mehr gefüllt. Ich habe mich geschämt, danach, an der Kassa. Aber sie haben gemeinsam für sehr wenig Geld gegessen.

Heute hat mich Astrid gefragt, ob ich mit ihnen in den Park von Schloss Nymphenburg gehen wolle. Warum nicht? Wir haben uns am Eingang des Parks verabredet. Hier warteten sie gemeinsam mit einem Typen auf mich, einem Italiener, absichtlich sagten sie, von meiner italienischen Herkunft wissend.

»Ciao, bellissima. Che ci fai qui?«, und zerquetscht mir gleich die Hand. Also, wenn ich etwas hasse, dann den zu energischen Händedruck, übermäßig selbstbewusster Männer, die ihre Kraft demonstrieren wollen. Sofort beschloss ich, dass er mir äußerst unsympathisch war, und dass ich vortäuschen würde, kein Italienisch zu verstehen, und ihm keinen Anknüpfungspunkt zu geben.

Wo haben sie nur diesen Typen aufgegabelt? Astrid sagt, dass sie ihn in einer Eisdiele dort in der Nähe kennen gelernt habe. Er hatte sie auf dieselbe Art angemacht – ciao bellissima – und Erik hatte gleich daraus geschlossen, dass es mir gefallen würde, einen Italiener kennen zu lernen. Das war's.

Ich habe versucht ihr zu verstehen zu geben, dass nicht alle Italiener gleich sind, dass dieser Typ auf jeden Fall ein Flegel aus dem Süden sei, gewiss ein Restaurantkellner, Semialphabet, arrogant und ein halber Mafioso. Kurz, einer zum Davonlaufen. Astrid verstand nicht, im Gegenteil, sie schaute mich neugierig geworden an: Für sie war Italiener gleich Italiener, dunkles Haar, feurig, schöne blendendweiße Zähne, unternehmungslustig, fröhlich … was wollte ich mehr? Und er spricht meine Sprache. Mir wurde sofort bewusst, dass wir von zwei ziemlich unterschiedlichen Voraussetzungen ausgehen.

Zum guten Schluss, eine halbe Stunde später habe ich mich, mit der Ausrede der unregelmäßigen Verben, die ich für morgen wiederholen müsse, verabschiedet. Dieser Typ setzte sich in den Kopf, mich nach Hause begleiten zu wollen. Man stelle sich das vor: Ich ging, weil ich seine Begleitung nicht ertrug und er folgte mir. Ein Alptraum. Nach einigen Schritten, gab ich ihm zu verstehen, dass ich es vorzog, alleine nach Hause zu gehen, und ich sagte es ihm auf Italienisch. Hätte ich es bloß nicht getan. Er überhäufte mich mit Beleidigungen, wer ich denn zu sein glaube, eine hochnäsige Prinzessin und Niederträchtigkeiten jeder Sorte, mit klaren Anspielungen sexueller Art, über die ich mich nicht weiter auslassen will: Ein aggressiver Typ, widerwärtig, grobschlächtig, wie ich ihn mir vom ersten Moment an vorgestellt habe. Mein Herz begann krampfartig zu pochen, und ich fand nichts Besseres zu tun, als wegzulaufen. Was für ein hässliches Abenteuer.

In Grosseto hatte mich nie jemand auf diese Art behandelt, und hier umso weniger.

Der Gedanke an diesen Typ beunruhigt mich.

Ich muss ihn schnellstens vergessen.

Ich weiß, dass er mir nicht gefolgt ist: ich habe die Trambahn gewechselt, dann mehrmals die U-Bahn, damit er meine Spur verliert.

Ich werde hysterisch. Er war wütend. Verletzte Eitelkeit, typisch männlich. Er hat mich richtig böse angesehen. Was für Augenblicke; wenn ich daran denke, kriege ich Panik.

Astrid ist wirklich richtig naiv. Ich habe sie dann von zu Hause aus angerufen, und sie hat mir gesagt, dass der Italiener verschwunden ist. Arme Astrid, ich glaube, dass sie nichts von dieser ganzen Geschichte verstanden hat.

Um mich abzulenken, habe ich angefangen die Seiten durchzublättern, die ich bis zu diesem Moment geschrieben hatte, und habe mich wieder mit meiner zerfransten Prosa auseinandergesetzt: Mir ist ein Anflug von Widerwillen hochgekommen.

Es ist ein richtig verkorkster Tag. Gestern auch. Was für schlimme Zeiten. Besser ich lass es bleiben.

Was wird morgen passieren?

VIII

Eine verlorene Woche. Ich weiß nicht, ob ich die Prüfung bestanden habe; ich fahre fort an die Orthographiefehler zu denken, an die falsche Grammatik – besonders die Fälle –, und ans Diktat. Ein Desaster von einem Text, ziemlich kompliziert und in vollster Geschwindigkeit vorgelesen. Ich schaffte es nicht, rechtzeitig alle Wörter aufzunehmen, von denen ich viele nie gehört habe, nigelnagelneu für mich, und schon folgten andere, halb ausgesprochene – den Rest verschluckte er, der Verfluchte; ein Alptraum. Nur die Japanerinnen waren ganz, ganz ruhig. Die schon haben Disziplin. Gewiss haben sie keinen einzigen Fehler gemacht. Am Ende haben sie sich mir genähert, etwas was sie nie vorher gemacht hatten, und haben mich eingeladen, gemeinsam einen Tee trinken zu gehen. Was tun? Wir sind zusammen in die Cafeteria gegangen, auch um die Anspannung zu verarbeiten. Ich weiß nicht mehr, worüber wir geredet haben, aber eine von ihnen, ziemlich dicklich – der Eindruck muss vom runden, fleischigen Gesicht gekommen sein –, hat mich gemeinsam mit allen anderen zu sich nach Hause eingeladen, an einem der nächsten Tage, und versprochen, verschiedene Arten von Sushi vorzubereiten, ihre Spezialität. Das lässt mich vermuten, dass wir über Essen geredet haben. Sie wissen nicht, dass ich nicht einmal zwei Spiegeleier braten kann.

Das muss ich von Mama haben.

Heute gehe ich Papas Ehefrau besuchen, sie kann jedenfalls kochen.

Sie hat mich zum Abendessen eingeladen. Sie hat gesagt, dass sie mich nicht abholen kommen würde, um nicht wer weiß welche Suppe zu ruinieren, die sie ständig umrühren musste, damit sie nicht anbrennt.

Im letzten Augenblick habe ich beschlossen, mir die Haare zu waschen, notwendig nach dem Stress dieser Woche.

Ich habe einen schönen Fußmarsch vom Bahnhof zu den Straßen der Vögel hingelegt, habe den Park durchquert, um abzukürzen. Es war verdammt spät. Zu dieser Zeit waren wenige Menschen unterwegs, und es war wunderbar. Viele Blumen und alles gut gepflegt. Der Regen der letzten Tage hatte die Farben aufgefrischt.

Es gefällt mir zu laufen oder zumindest schnell zu gehen. Das Herz pulsiert, die Muskeln der Beine spannen sich, und ich fühle mich lebendig, lebendig!

Als Kind bin ich für einige Jahre in eine Ballettschule gegangen, einmal in der Woche. Mir gefiel es, mich zu bewegen, die Beine zu strecken, die Arme, Pirouetten zu drehen, zu springen. An einem gewissen Punkt, ich weiß nicht mehr aus welchem Grund, beschloss mein Papa, dass die Gymnastik, die wir in der Schule machten, mehr als genug war; vielleicht war er es leid, mich hin und her zu fahren. Ich war dumm, nicht darauf zu bestehen und Mama, wie üblich, hat sich völlig herausgehalten.

Ich wundere mich noch, dass sie mir erlaubten Ballett zu machen. Wenn ich genau nachdenke, glaube ich, dass es keine Idee Papas oder Mamas gewesen ist, sondern die des Pianisten, der eben in dieser Schule spielte. Mario Gentilini. So hieß er. Dieser Name ist plötzlich aus diesem Papierkorb für Altpapier aufgetaucht, der in meinem Gedächtnis ist: ein Fetzen, wie durch ein Wunder vor dem endgültigen Einstampfen gerettetes Papier. Mario Gentilini. Welches Ende wird er genommen haben? Mama ging einmal die Woche zu ihm, um zu studieren. Ich begleitete sie immer. Papa setzte uns vor der Tür der Tanzschule ab, wenn kein anderer Unterricht war, und kam uns eine Stunde später abholen.

Mir kommt vor, seit jeher an diesen seltsamen Lektionen teilgenommen zu haben, seit meiner Geburt; ich kann mich tatsächlich nicht erinnern, wann sie begannen, nur, dass wir plötzlich nicht mehr hingingen und ich auch zu tanzen aufhörte.

Ich sehe mich, sehr klein, auf einer Bank im großen Saal mit dem glänzenden Holzboden sitzen, ein großer Spiegel entlang der Wand und meine Mutter in einer Ecke, ganz hinten, neben dem Klavier. Mama hatte eine wunderschöne Stimme, schön wie sie, sagte der Pianist: Aus einer schönen Kreatur konnte nur eine schönte Stimme kommen. Mario Gentilini, wenn ich mich recht erinnere, war jung, gelocktes, schwarzes, dichtes Haar und bohrende, dunkle Augen. Zwei glühende Kohlen. Ich erinnere mich auch an einen großen Mund und einen Rest von Bart auf den Wangen, wie wenn sich jemand schlecht oder nur alle drei, vier Tage rasiert. Er war größer als Mama und sehr mager. Er hatte immer denselben hochgeschlossenen Pullover an, wie die Radfahrer, dunkelgrau oder schwarz, wenn ich nicht irre, sehr dick; die Ärmel ausgeleiert, zu lange, rutschten ihm dauernd über die Hände während er spielte und er wurde nervös. Einmal bemerkte ich mit großem Interesse, dass er zwei Gummibänder über die Armbündchen gezogen hatte, um zu verhindern, dass sie nach vorne rutschten; das machte mich neugierig. Würden sie halten? Fasziniert heftete ich die Blicke auf diese Hände. Ich wusste, dass alles passieren konnte. Es hätte in der Tat genügt, dass er die Finger spreizen würde, um viele Tasten in einem feurigen Akkord zu greifen, etwa in der Absicht, das Instrument zu zerstören, oder dass er wie ein Besessener von einem zum anderen Ende über die Tasten hüpfen würde, um das sichere Verrutschen der Ärmelbündchen zu provozieren. Er bemerkte die Gefahr die er lief nie rechtzeitig, auch weil die Gummibänder manchmal der Wucht standhielten.

Von seinem Temperament mitgerissen, von der Musik eingenommen, geriet er in Ekstase: Seine langen Hände flogen über die Klaviatur, wie losgelöst vom Rest des Körpers; die Feueraugen, wie die eines richtigen Schlangenbeschwörers, fest auf meine Mutter gerichtet. Nur selten, ganz nebenbei, warf er einen Blick auf die Noten, die auf dem Pult lagen, nie auf die Klaviatur. Für mich ein Wunder, wie er die Tasten treffen konnte, ohne je eine zu verfehlen: Manchmal träumte ich davon, dass er, übermannt von der Begeisterung, sich und das Instrument vergessend, die Finger jenseits der Klaviatur, in der absoluten Leere weiterbewegte, oder dass sich die Klaviatur wie durch Magie ins Unendliche verlängerte, bis sie vielleicht die gegenüberliegende Wand erreichte, und er hinterher.

Wie verschieden seine Art zu spielen von der Papas war. Nie wäre dem die Lust gekommen, die Klaviatur zu zerstören, niemals eine Explosion versteckter Leidenschaften, nie ein Flug von der einen zur anderen Seite, wie es Mario Gentilini tat: Papa spielte mit demselben konzentrierten und andererseits abwesenden Ausdruck Klavier, wie er Auto fuhr.

Mama sang immer dieselben Arien, und erst später begriff ich, dass es sich um französisches Sachen handelte, oder zumindest in französischer Sprache, weil ich die Wörter nicht kannte, die ich von Mal zu Mal auffangen konnte: ‚Adieu, forets, adieu[4]‘ und ihr Gesicht verwandelte sich. Dann löste ich meine Augen von den Händen des Pianisten, um mich an ihrem Gesicht zu verzücken. Wie schön Mama war, wenn sie sang und wie viel Herzschmerz in ihrer Stimme. Mario Gentilini sagte, dass aus ihrem Hals Bäche aus Gold sprudelten; andere Male verglich er sie mit Quellwasser, frisch, klar und ich weiß nicht, welche anderen Komplimen-

---

[4]Arie aus der Oper *Jeanne d'Arc* von Peter I. Tschaikowsky

te er ihr noch machte. Mama errötete und senkte verwirrt den Kopf – ich sehe sie noch vor mir – und bedankte sich beschämt. Dann begann sie wieder zu singen, wieder auf Französisch, immer noch verzweifelt: ‚Werther, Werther', und ich wusste bereits, dass wieder eine Tragödie herauskommen würde.

Jetzt, nach so vielen Jahren, frage ich mich, warum sie immer Stücke so voller Trauer, voller Schmerz sang. Mir gefielen diese Komplimente des Pianisten überhaupt nicht, sie beunruhigten mich sogar, weil ich Angst hatte, sie, das Rinnsal aus gesponnenem Gold, könnte zu einer Blase reinen, durchsichtigen Wassers schmelzen, für immer ihre körperliche Form verlieren, um aufzuhören als Mama zu existieren. Schließlich lief sie Gefahr, zu etwas Flüssigem, Kaltem zu schmelzen: Eine frische und klare Quelle eben, auf der Flucht zu wer weiß welchen wilderen Wassern, die sie empfangen hätten, um sich mit ihr zu vermischen, bis sie sie ganz besitzen würden. Ich zitterte beim Gedanken, dass mir diese Musik, diese Stimme sie mir wegnehmen könnten, sie, die schon so weit weg war, und ich sie an unbekannte Orten verlieren könnte, in die einzutreten mir nicht erlaubt war.

Ich erinnere mich noch an diese schrecklichen Phantasien und an meine Überraschung, an die Erleichterung danach: Sowie sie aufhörte zu singen, lächelte sie nämlich, verloren, beinahe als fiele es ihr schwer, sich wieder in der Wirklichkeit jenes Tanzsaales einzufinden.

Wenn sie sang, erkannte ich sie nicht wieder und wenn ich einerseits von diesem wunderschönen Gesicht fasziniert war, vom Ausdruck ihrer Augen und von ihrer Stimme, war ich andererseits verängstigt und eifersüchtig (was für Mühe, dieses Wort niederzuschreiben!): Wer war diese Frau, in welcher Wirklichkeit lebte sie und warum entfernte sie sich von mir? Sie löste sich vor meinen Augen auf, sie veränderte sich, war nicht mehr meine Mama, sondern eine Fremde, eine Unbekannte mit den Händen meiner Mama, ihren

Jeans, ihrem Pullover mit von der schwedischen Oma aufgestickten Blümchen. Dann hätte ich schreien wollen, mich an ihre Hosen klammern, vor ihr auf den Boden werfen, um ihr zu zeigen, dass ich auch da war, ihr Mädchen, ein Teil von ihr, um ihr und der Welt, das heißt dem Pianisten zu zeigen, dass sie mir gehörte auch wenn sie sang. Dass sie aufhören solle zu singen, vor allem, dass sie aufhören, aufhören und wieder jene von vorher werden solle, in ihrer ganzen flüchtigen Essenz, an die ich aber seit jeher gewohnt war: Jene vor Leidenschaft vibrierende Frau, konnte nicht meine Mama sein.

Ich glaube alle Leidenschaften, die die menschlichen Wesen beherrschen gerade in jenem Zeitabschnitt meines Lebens entdeckt zu haben. Ich vermochte meinen Gefühlen keinen Namen zu geben, aber jetzt bin ich sicher, hätte mir jemand gesagt, dass ich eifersüchtig war, Besitz ergreifend, wäre ich sehr beleidigt gewesen. Ihre Stimme, die Musik, der Ausdruck ihres Gesichts, ihrer ganzen Person erschreckten mich in Wirklichkeit, weil sie mir fremd waren. Jetzt, zurückdenkend, komme ich zum Schluss, dass aus der Angst Hass erwächst. Ich kann mir kein Mädchen voller negativer Gefühle vorstellen, aber vielleicht ist es ein Allgemeinplatz; man denkt immer, dass die Kinder Engelchen voller Güte sind. Aber nein, ich mit meinem himmlischen Gesichtchen, brütete immer ziemlich negative Gefühle aus, ich weiß es. Ich kannte den Hass bereits, den Wunsch zu vernichten, zu töten. Zu zerstören.

Jetzt muss ich zugeben, dass die erste Person, die ich wie wild gehasst habe, gerade meine Mama war, das heißt die, die ich mehr als jedes andere Wesen auf der Welt geliebt habe. Mehr als Papa!

Mir kommt das Grauen, wenn ich nur daran denke.

Aber ich habe nie eine Szene gemacht. Ich weiß nicht warum. Ich blieb immer schweigsam, still auf meiner Bank sitzen und stand nur auf, wenn ich die Glocke läuten hörte und rannte, erlöst von all den Ängsten dieser Welt, die Tür zu öffnen. Es war Papa, der kam, uns abzuholen und in die Wirklichkeit unseres Lebens zurückzubringen. Die Mama sammelte, noch weit weg, ihre Noten ein, den Blick in ihren Wäldern des Nordens, hinter ich weiß nicht welchem Werther verloren, und ging zur Tür, ohne mich anzusehen, mich nicht beachtend, wie sie es tatsächlich während der gesamten Gesangstunde getan hatte.

Mich befiel häufig der Argwohn, dass sie mich vergessen, dort zurücklassen könnte, wie einen alten Schal, eine Mütze, einen Handschuh; dann vielleicht, auf dem Weg, wäre ihr aufgefallen, dass sie etwas verloren hatte, und sie hätte sich nicht mehr erinnert, wo die Mütze, der Schal geblieben ist. Welch hässliche Gedanken.

Papa nahm mich an der Hand und brachte mich nach Hause. Immer. Er hätte mich nie vergessen. Eine Gewissheit, die tiefe Wurzeln hatte.

Die Mama, glaube ich, grüßte auch den Pianisten nicht, der damit beschäftigt war, seine Noten zu ordnen und vielleicht auch seine Seele.

Papa beschloss, dass es nicht mehr angebracht war weiterzumachen, und Mama hörte auf zu singen. Sie hörte ganz auf. Auch zu Hause. Ich habe sie nie mehr singen gehört. Ich muss sieben oder acht gewesen sein. Ich weiß nicht, welche Diskussion sie gehabt hatten.

So endeten auch meine Tanzstunden.

Ich bin abgewichen. Ein weiteres Mal.

Heute Abend wollte ich nur über das Abendessen bei Tante Sidonie schreiben und sieh an, wie ich mich verirrt habe. Schon wieder Mama.

Ich habe den für drei gedeckten Tisch gesehen und sie, meinen überraschten Blick bemerkend, hat sich beeilt klarzustellen, dass Hans Georg kommen würde, das heißt, sie sagte:

»Dein Bruder, Hans Georg, wird kommen«, wie um die Verwandtschaft zu betonen.

Hans Georg kenne ich besser als die beiden anderen Brüder, weil er oft nach Roselle gekommen ist. Na ja, häufig. Er kam ab und zu auf einen Sprung vorbei, das Auto voller Papierrollen – Zeichnungen, Pläne von Häusern –, die er Papas Urteil unterbreitete. Sie rollten diese Pläne auf dem Klostertisch aus, und diskutierten ganze Nachmittage lang, und beinahe gleich darauf fuhr er wieder weiter. Ich weiß nicht, ob Papa ihn jemals eingeladen hatte zu bleiben, vielleicht um etwas zu essen. Ich erinnere mich an nichts.

Wenn ich recht überlege, ist es falsch zu sagen, dass ich ihn kenne. Ich habe ihn öfter gesehen als die anderen Brüder. Das ist alles.

Es hat mir einen gewissen Eindruck gemacht, ihn wiederzusehen. Wie jedes Mal, übrigens.

Er ist Papas Abbild, nur ein wenig größer. Er hat einen anderen Ausdruck in den Augen, doch die Stimme ist dieselbe. Er hat eine Stirnglatze, schütteres, graues Haar, eine schmale Nase mit der unmerklichen Nervosität, oder vielleicht wäre es besser zu sagen, Hochnäsigkeit, die auch die Nase unseres Vaters charakterisierte. Mir fällt auf, dass er denselben Gang hat wie er, mit einer seltsamen Neigung zur Seite, wenn ich nicht irre, zur Linken, mit einer gewissen Manieriertheit; auch die Bewegung der Hände, wenn er spricht, hat etwas Gekünsteltes. Wenn er den Eindruck erwecken will, dass er über etwas ganz Ernstes nachdenkt, hat er die Angewohnheit, ab und zu die Lippen zu wölben oder den Kopf auf eine Seite zu neigen. Und viele andere Gesten. Alle von Papa kopiert: Das unmerkliche Zusammenziehen der Augenbrauen, wenn er vorgibt jemandem zuzuhören (denn ich glaube, dass er nicht fähig ist zuzuhören), und viele andere Kleinigkeiten. Beeindruckend. Ich hatte einen Kloß im Hals, weil mir vorkam Papa wiederzusehen.

Wie er hereinkam, hat er die Mutter, wie üblich in ein seltsames, dunkles, mit bunten Blümchen übersätes Kleid eingepackt, umarmt und auf beide Wangen geküsst. Dieses Mal habe ich auf ihre Schuhe geachtet und bemerkt, dass sie ziemlich kokette Pantoffeln anhatte. Tante Sidonie hat eindeutig eine Schwäche für Schuhe.

Hans Georg schien nicht überrascht mich zu sehen: Seine Mutter muss ihm von unseren Treffen erzählt haben. Er hat mich mit großer Herzlichkeit Schwesterchen genannt, und hat mich auch umarmt. Ich war seltsam verlegen. Immer noch kann ich mir den Grund nicht erklären. Wir haben uns gleich zu Tisch gesetzt, und die Mutter hat das Abendessen serviert, von dem mir, alleine beim Gedanken daran, immer noch schlecht wird.

Unterdessen tat er nichts Anderes, als mich danach zu fragen, wie es mir in München gefällt, wie das Studium verläuft und schließlich, beinahe so, als könne er es nicht vermeiden, hat er mich gefragt, ob es mir gefällt, in der Wohnung des alten Richters zu wohnen. Er hat mir nicht einmal die Zeit zu einer Antwort gelassen, genau wie Papa es immer tat, und ist fortgefahren:

»Was hältst du von Frau Edith? Gelingt es dir, irgendeine Beziehung zu ihr anzubahnen?«, und weiter so in der Art, ohne je die Gelegenheit zu einer Antwort zu lassen. Seine Mutter schien diese Art von Verhör gewohnt zu sein – bestimmt macht er es mit ihr genau so –, schöpfte weiter Essen in seinen Teller, ohne darauf zu achten, was er sagte. Ab und zu ging sie in die Küche und brachte eine andere Schüssel, noch eine Flasche Bier und ich weiß nicht was sonst noch mit. Geschäftig, froh, das Lächeln auf den Mund gestempelt, die Augen fest auf den Teller des Sohnes gerichtet, den leer zu sehen sie nicht aushielt. Ich versuchte so langsam als möglich zu essen, um zu vermeiden, dass sie ihn abermals füllte. Schließlich sagte ihr Hans Georg, dass es reiche, und sie gehorchte sofort.

Hans Georg nennt sie Mutter, nicht Mama oder Mutti, wie es hier viele tun. Papa hingegen ist für ihn nur Horst, beinahe als wäre er seinesgleichen. Was für eine seltsame Art, die Eltern anzureden.

Ich habe den Professor gefragt, ich weiß nicht mehr bei welcher Gelegenheit, und er hat mir erklärt, dass es eine respektvolle, aus der Mode gekommene Art ist, die Eltern so anzusprechen. Die Generation der Achtundsechziger hingegen nennt die Eltern beim Namen, aus einer Art Verbrüderung heraus oder was weiß ich, und vor allem, um gegen die alten Sitten zu protestieren, aber, hat er hinzugefügt, auch das ist eine Mode die vergeht, wie die der antiautoritären Erziehung, von der ich nicht weiß, was das ist. Er hat versucht es mir zu erklären, aber ich muss sagen, dass ich nicht gerade viel verstanden habe. Ich weiß schon mal nicht, wie ich dieses seltsame Wort ins Italienische übersetzen sollte, antiautoritäre Erziehung ... als ob es in Italien jemals eine autoritäre Erziehung gegeben hätte. Deshalb fehlt das Wort.

Schließlich, so wie er gekommen ist, ist er auch gegangen: weder ich, noch seine Mutter haben die Möglichkeit gehabt den Mund aufzumachen, außer zum Essen. Genau wie Papa. Manchmal dachte ich, dass er früher oder später müde werden und mir die Möglichkeit geben würde einige Worte zu sagen. Stattdessen nichts. Bis zuletzt hat er mir keine Gelegenheit gelassen, außer wenn ich zu schreien anfing. Dann verstummte er, überrascht, beinahe als bemerke er erst dann meine Anwesenheit.

Genug, ich spreche wieder von Papa.

Ich bemerke erst jetzt, wie wichtig diese beiden Menschen für mich gewesen sind, Papa und Mama. Jeden Gedanken, jede meiner Reaktionen verbinde ich unverzüglich mit ihnen: Ich bin eine Fortsetzung dieser beiden Menschen, ein Fortsatz, ein Anhang. Ich, unabhängig von ihnen, ich als Individuum würde nicht existieren. Ein Gedanke, der mich nicht wenig verstört, mich sogar irritiert. Werde ich es schaffen, meine eigene Identität außerhalb von ihnen beiden zu finden?

Papas Frau hat den Tisch abgeräumt – ich habe so getan, als würde ich ihr helfen –, dann hat sie eines ihrer Deckchen genommen, eine ihrer berühmten Spitzen, hat die Brillen aufgesetzt und hat sich hinters Haus gesetzt, unter eine Art Laube. Ich bin ihr gefolgt. Ich wusste nicht, wie ich diesen Nachmittag beenden sollte.

»Willst du es lernen?«, fragte sie, mich über die Brillen hinweg anblickend. Ich habe keinerlei Interesse für derlei Arbeiten, und wenn ich recht überlege, für keinerlei Art von Frauenarbeit. Mama hat nie etwas gemacht, wirklich nichts, sogar für die Hausarbeit ließ Papa eine Frau kommen ... und da sind wir wieder bei Mama und Papa! Eine kleine Frage, und ich raste aus.

Ohne eine Antwort abzuwarten, gab mir Tante Sidonie ihre Arbeit in die Hand und erklärte mir mit sichtbarer Genugtuung, wie man die Häkelnadel (ich glaube, die heißt so) in der Hand hält und führte sie, bis ich die erste Masche fertig hatte. Dann sah sie mich lächelnd an, und dieses Mal leuchteten ihre Augen vergnügt. Sie hatte mich in der Falle. Sie lehrte mich andere Maschen, und schließlich nahm sie mir die Arbeit triumphierend aus der Hand.

»Wenn du wolltest, ich glaube, du würdest es schaffen. Wenn ich ein Mädchen gehabt hätte, hätte ich ihm viele schöne Dinge beigebracht.« Sie seufzte. Ich war erledigt. Nie hatte ich ein derartiges Werkzeug in der Hand gehalten, auch wenn ich, wenn ich recht überlege, verschiedene Male in Roselle Frauen bei verschiedenen Strickarbeiten gesehen habe. Ich habe immer gedacht, dass es typische Aktivitäten für die Frauen aus dem Dorf wären. Vor allem für alte Frauen. Aber vielleicht habe ich überhaupt nichts gedacht. Ich weiß es nicht. All diese Geschichten bringen mich durcheinander, zwingen mich, Stellung zu beziehen, zu entscheiden, ob ich gewisse Dinge will oder nicht will.

Um das Thema zu wechseln und die Aufmerksamkeit Tante Sidonies von mir abzulenken, bat ich sie, mir noch von ihrer Kindheit zu erzählen. Sie strahlte über und über.

»Letztes Mal, als du gerade fortgegangen warst, hatte ich gedacht, dich mit meinen Geschichten gelangweilt zu haben. Vergessene Geschichten, die niemanden interessieren; meine Söhne wollen sie nicht hören, sie haben sie nie hören wollen, auch nicht als sie klein waren; deshalb habe ich es immer bedauert, keine Tochter gehabt zu haben; die Mädchen hören gerne wahre Geschichten. Hat dir deine Mama nie von ihrer Kindheit erzählt?«

Heute ist nicht mein Tag. Schon wieder Mama. Nein, Mama hat mir nie von ihrer Kindheit in Schweden erzählt. Nur von einem zwei Jahre alten, vor ihren Augen ertrunkenen Brüderchen. Sie hat mir diese Geschichte mehrere Male erzählt, beziehungsweise jedes Mal, wenn wir ans Meer fuhren, wenige Kilometer von zu Hause, und ich nahe am Wasser spielen wollte, Muscheln sammeln, mit Hilfe eines kleinen Eimers Sandburgen bauen und derlei Dinge. Sie stellte sich neben mich und, plötzlich ängstlich, erlaubte sie mir nicht, mich auch nur einen Schritt weit zu entfernen. „Mach es nicht wie mein Brüderlein", wiederholte sie. Ich weiß immer noch nicht genau, wie das passierte, wegen ihrer charakteristischen Art, beim Erzählen Gegenwart und Vergangenheit zu vermischen, wichtige Dinge und völlig überflüssige Sachen, mit Unterbrechungen, sehr langen Pausen, die sich auch über Monate oder Jahre hinziehen konnte.

Ihr Brüderchen war sechs Jahre jünger als sie, das zumindest ist klar, und ihre Mutter schärfte ihr immer ein, auf ihn Acht zu geben. Es war Sommer, und wie jedes Jahr verbrachten sie die Ferien in einem Häuschen in der Nähe eines Baches – ihr lag daran zu betonen, dass es ein Bach war, der wenig Wasser führte. Die Nacht zuvor aber hatte es stark geregnet, und die wirbelnde Strömung hatte das Kind, das am Ufer spielte, mitgerissen; vielleicht hatte es sich zu sehr vornüber gebeugt, hatte das Gleichgewicht verloren, oder vielleicht wollte es baden oder einen besonders schönen Stein mitten aus dem Bach holen. Ich weiß es nicht. Alles Vermutungen von mir. Mama, damals ein achtjähriges Mädchen, sprang ins Wasser und versuchte das Brüderchen zu retten, doch die Strömung überwältigte auch sie und zog sie in ihre Wirbel: nur eine Wurzel vermochte sie aufzuhalten. Das Brüderchen aber, vom Wasser verschluckt, hatte sie aus den Augen verloren.

Ich muss gleich hinzufügen, dass ich die ganze Szene nur erfinde, da meine Mama ab und zu, manchmal lagen auch Jahre dazwischen, diese Geschichte, immer mit wenigen Worten, in Puzzle-Teilchen erwähnte, die ich jetzt zusammenzufügen versuche. Ein schrecklicher Unfall, der ihr ganzes Leben traumatisiert und vielleicht die Beziehung zu ihren Eltern beeinflusst haben muss.

Auch dies eine vergrabene Geschichte, in den Papierkorb der vergessenen Dinge geworfen, die nur wegen eines Wortes, einer unschuldigen Frage wieder auftauchen. Mamas Kindheit ist mir völlig unbekannt. Für mich beginnt und endet sie an jenem Bach, in dem das zweijährige Brüderchen ertrank. Mehr weiß ich nicht. Das ist die einzige Episode, die ich kenne, verschwommen, wie alles andere, das meine Mutter betrifft.

Ich beschloss gleich zu lügen, erfundene Geschichten zu erzählen, ein völliges Fantasieportrait zu konstruieren. Aber es war nicht notwendig. Tante Sidonie hatte in Wirklichkeit kein Interesse Geschichten aus der Kindheit meiner Mutter zu hören. Eine wahre Erleichterung. Sie hat nicht einmal meine Antwort abgewartet (das muss eine Eigenart der Familie sein) und ist gleich fortgefahren.

»Ich weiß nicht mehr, was ich dir letztes Mal erzählt habe, und ich bitte dich, mich darauf hinzuweisen, wenn ich mich wiederhole; manchmal passiert es mir, dass ich dieselben Dinge zweimal erzähle, ohne es zu bemerken. Weißt du, jene Reise, jene Abreise … erinnerst du dich? Ich träume noch davon, das ganze Leben. Ich weiß nicht, was ich gäbe, um sie aus meinem Gedächtnis zu löschen. Manchmal kommen mir gewisse Gesichter in Erinnerung, gewisse Hände, ich weiß nicht, wie ich sie dir beschreiben soll, nur Teile der Körper von Menschen, die ich nur flüchtig gesehen habe, und die ich nie mehr wiedergesehen habe. Hagere Gesichter, nur von Haut bedeckte Jochbögen, in die Augenhöhlen eingefallene Augen, Augen mit keinem menschlichen Ausdruck mehr, aber obwohl Kind, wusste ich, dass es Augen des Hungers waren. Es muss gleich nach dem Krieg gewesen sein, als die Gefangenen aus den Lagern befreit wurden … da war eines in unserer Nähe, Theresienstadt.«

Sie schwieg und seufzte. Für einen Moment verschwand das Lächeln von ihrem Mund, aber es war nur ein Augenblick. Sie schüttelte sich und sah mich gütig an. Das Lächeln kehrte zurück.

»Du bist so jung, es ist nicht recht, dass ich dir Geschichten von Hunger und Tod erzähle, aber ich kenne keine anderen Geschichten. Meine ganze Kindheit war so. Ich wurde einige Monate bevor die Tschechoslowakei geteilt wurde geboren. Ich sehe, dass du nichts davon weißt … Ich war gerade zwei Jahre alt, als der Krieg ausbrach. Trotz alledem hatte ich eine ziemlich ruhige Kindheit. Für uns Deutsche gab es nicht dieselben Einschränkungen wie für die Tschechen. Uns ging es gut, besser als vorher. Wie soll ich's erklären? Der Anschluss an Deutschland war für uns im Unterschied zu den Tschechen ein Vorteil.

Ich muss sagen, dass ich die Politik nie verstanden habe. Im Grunde haben wir Jahrhunderte lang mit den Tschechen zusammen gelebt, und hätte es den Krieg nicht gegeben, wir wären noch dort, in unseren Häusern.« Sie sah mich über ihre Brillen hinweg an und begriff, dass ich nicht verstanden hatte. »Aber dann könnte ich jetzt deine unschuldigen Augen nicht sehen!«, fügte sie gleich hinzu und lächelte mich mit Zuneigung an; die gütigen Augen. Sie ist wirklich eine liebenswürdige Alte.

»Du weißt nicht, kannst nicht verstehen und es würde zu lange dauern, dir alle diese an und für sich auch für mich zu komplizierten Geschichten zu erzählen. Kurz und gut, meine Mutter lebte in einem Zustand äußerster Anspannung, hatte Angst vor jedem, vor den Tschechen, den Russen und auch vor den deutschen Soldaten, in Wirklichkeit vor jedem der eine Uniform trug. Eine Angst, die sie bis ins Grab in sich trug. Du wirst es nicht glauben, aber sie fürchtete auch die sogenannten Befreier, die amerikanischen Soldaten, vor allem die Schwarzen. Jetzt weiß ich, warum sie solche Angst hatte, die arme Seele ..., aber diese Dinge kann man nicht erzählen.

Ich kann mich nicht an den Krieg erinnern, nur an später, als wir aus unserer Heimat vertrieben worden sind.« (Und hier muss ich die x-te Abschweifung machen. Bereits beim letzten Mal hatte sie dieses für mich neue Wort benutzt. Wieder Zuhause habe ich sofort im Wörterbuch nachgeschlagen: Es ist dasselbe wie *Patria*, aber für diesen Begriff verwendet man Vaterland, das Land der Väter. Unter Heimat finde ich nichts weiter. Man kann das in keine andere Sprache übersetzen! Ich habe es irgendwie verstanden, weil auf Schwedisch heißt Heim *Hem*, und das heißt Haus, aber auch auf Deutsch bedeutet Heim Haus. Kurz und gut, ein schönes Durcheinander. Ich möchte verstehen, warum es dieses Wort nur im Deutschen gibt und in keiner anderen Sprache. Hat das wiederum mit der Mentalität dieser Menschen zu tun?) »Hier in Deutschland wollte uns keiner. Sie sagten uns, wir sollten in unser Land zurückgehen. Sie beschuldigten uns, wir würden Brot und Arbeit stehlen, die gerade mal ausreichten sie zu ernähren; ohne den Zorn, die Enttäuschung und auch die Demütigung den Krieg verloren zu haben, zu bedenken. Das war nicht unsere Heimat, auch wenn die Menschen unsere Sprache sprachen.

Meine Mutter starb verzweifelt. Ich habe sie nicht sterben sehen, weil sie sie in einer Blutlache fortbrachten. Sie erlaubten mir nicht einmal, sie zu küssen, mich ihr zu nähern, aus Angst vor der Ansteckungsgefahr. Ich blieb alleine und ich weiß, dass ich nicht geweint habe, so verloren war ich.

Die Bäuerin ließ mich vom Morgengrauen bis zur Dämmerung arbeiten. Sie fand für mich immer etwas zu tun und wenn es wirklich nichts mehr gab, dann drückte sie mir Strümpfe voller zu stopfender Löcher in die Hände, und wehe ich arbeitete nicht schön, da setzte es heftige Ohrfeigen, die Spuren hinterließen. Und dann erst das Ziehen an den Ohren, ich kann es heute noch nicht vergessen. Ich habe meine Kinder nie geschlagen, nie. Dafür war dein Vater da. Ich versteckte mich in einer Ecke, um nichts zu sehen und zu hören. Ich hasse die Gewalt, in jedweder Form.«

Sie hielt ein und schaute mich über ihre Brillen blinzelnd an.

»Hat dich dein Vater je geschlagen?«

Eine weitere Frage, die mir den Boden unter den Füßen wegzieht. Einmal legte er mich über seine Knie und begann mich wild zu verdreschen. Ich mochte vielleicht sieben Jahre alt gewesen sein. Mama bekam einen hysterischen Anfall. Sie begann zusammenhangslose Worte zu schreien; dann nahm sie etwas, ich glaube einen Schirm, und stürzte sich auf ihn und traf ihn am Kopf. Papa warf mich sofort zu Boden und packte Mamas Hände. Eine schreckliche Szene. Ich schrie wie eine Besessene; ich fürchtete, dass Papa auch Mama schlagen könnte. Also warf ich mich zwischen sie und bearbeitete ihn mit den Fäusten. Das große Finale war eine

Umarmung zu dritt, die alle versöhnte. Papa schlug mich nie mehr, abgesehen von einigen Klapsen, wenn ich ihn wirklich bis aufs Blut reizte.

Ich habe gelogen. Ich habe mit Nein geantwortet. Tante Sidonie seufzte erleichtert.

»Man soll Mädchen nicht schlagen. Das ist immer meine feste Überzeugung gewesen, die Mädchen nicht. Und wenn ich ein Mädchen gehabt hätte, ich weiß nicht, was ich getan hätte, aber ich hätte mich nicht in einer Ecke versteckt, das kann ich dir versichern. Meine Mutter schlug mich nie, und auch mein Vater nicht. Aber das waren Zeiten, in denen die Kinder grundsätzlich brav waren, gehorsam, vernünftig, würde ich sagen. Wir wussten, dass man gewisse Dinge nicht tun durfte und Schluss, es war gar nicht nötig, dass sie uns verboten wurden: Wir wussten es eben. Gewiss, die unsichere Lage, die ständigen Gefahren, die Probleme der Erwachsenen, die auch für uns Kindern sichtbar waren, hinderten uns daran, uns zu benehmen, wie die Kinder heute; ich seh's bei meiner Enkelin. Jedes Mal, wenn sie kommt, stellt sie mir das Haus auf den Kopf und die Eltern schauen ohne ein Wort zu sagen zu. Wenn ich protestiere, kommt die Geschichte, dass ich altmodisch bin, dass ich nichts von Pädagogik, von Psychologie und von ich weiß nicht was noch verstehe, und inzwischen wächst das Mädchen ohne Regeln, ohne Grenzen auf. Es weiß nicht, was gut und was schlecht ist: Grenzen braucht es. Es ist richtig, dass es begreift, wie weit es gehen kann.«

Sie hielt abermals ein, und schaute mich lächelnd mit dem üblichen Wohlwollen an.

»Deine Mutter hat dir sicherlich Grenzen gesetzt, und wenn sie es nicht getan hat, hat dein Vater dafür gesorgt. Er jedenfalls wusste Grenzen zu setzen. Sogar etwas zu enge.«
Sie schüttelte den Kopf. Wer weiß an was sie dachte. Ob auch sie so traumatische Erinnerungen wie die meinen an die Demonstrationen väterlicher Autorität hat?

»Lassen wir diese Geschichten sein, heute habe ich mir vorgenommen, dir von deiner Großmutter zu erzählen. Du hast sie nicht gekannt, aber dein Vater hat dir sicher von ihr erzählt.«

Da, jetzt müsste ich ein weiteres Mal lügen: Papa hat mir nie von seiner Mutter erzählt und schon gar nicht von seinem Vater. Auch er, wie Mama, kamen aus dem Nichts. Es bedurfte schon seiner Frau, damit ich erfahre, dass er eine Mutter und einen Vater gehabt hat. Ich bin mit zwei Menschen ohne Vergangenheit aufgewachsen, erst jetzt wird es mir bewusst. Wie dumm ich vorher war. Ich habe nie Fragen gestellt, habe nie versucht, etwas von ihnen zu erfahren. Sowie ich Mama wiedersehe, will ich, dass sie mir von sich und Papa erzählt, auch wenn ich von vorne herein weiß, dass dabei nichts herauskommen wird: Sie kann nicht erzählen. Sie bringt gegenwärtige Dinge mit vergangenen Geschichten durcheinander, vermischt, springt ohne jeglichen logischen Zusammenhang vom Hundertsten ins Tausendste; immer abwesend, wer weiß in welchen mysteriösen, ihr selbst unverständlichen Mäandern verloren.

Stop!

Die vorigen Seiten durchlesend, muss ich mit Entsetzen zugeben, dass ich selbst nicht zu erzählen weiß, dass ich selbst keinem logischen Faden zu folgen weiß, genau wie Mama. Ich verliere mich in tausend Abschweifungen, ich verlasse den geraden Weg, schweife ab; ich verlasse dauernd den vorgezeichneten Weg, drifte ohne Ziel ab, ohne die mindeste Entschiedenheit, auf der Suche nach ich weiß nicht was herumirrend.

Tante Sidonies Geschichten hingegen sind sehr interessant. Sie kann gut erzählen. Außerdem scheint sie mir eine Art richtigen Hintergrund zu finden, das Land, in dem schlussendlich auch meine Wurzeln liegen: Es ist, als ob ich selbst eine Vergangenheit finden würde, auf die ich den Blick richten und auf diese Weise meine Gegenwart, mein Hiersein erkennen würde.

Zu wissen woher ich komme, um zu verstehen, wer ich bin. Ich habe nie gedacht, dass es so wichtig sein könnte.

Die Großmutter. Was für eine Frau mag sie bloß gewesen sein? In ihr liegt der Ursprung meines Vaters und wenn ich verstehen will, wer mein Vater war ... genug. Alles scheint mir klar zu sein.

Mittlerweile erhob sich Tante Sidonie, um in einer Schublade der Kredenz zu kramen und dabei zu murmeln, wie es Menschen machen, die alleine leben. Auch Frau Edith tut es. Ich noch nicht.

»Ach hier. Ich sollte Ordnung schaffen in diesen Schubladen aber, man mag es nicht glauben, mir fehlt die Zeit dazu.« Schließlich gibt sie mir einige vergilbte Fotografien in die Hand. Dann überlegte sie es sich anders und eilte auf die andere Seite des Zimmers. Sie öffnete einen Schrank und zog ein altes, zerknautschtes Album hervor. Nicht so schön, wie das, das auf dem Schreibtisch des Großvaters liegt.

»Hier sind alle Fotografien meiner Familie, meiner Mutter, meines Vaters, der Großeltern und ich als Kind. Interessieren sie dich?« Wie konnte ich nein sagen? Ich erwartete mir die Fotografien der Großmutter, ich habe aber nicht gewagt zu protestieren, ohne zu bedenken, dass sie bereits begonnen hatte darin zu blättern, ohne eine Antwort abzuwarten. So zogen viele unbekannte, alles bereits verstorbene Menschen an mir vorüber. Während sie mir erklärte, wer der eine und wer die andere war, erzählte sie, dass die Mutter dieses Album mitsamt wenigen anderen Familienandenken gerettet hatte, bevor sie jene berühmte Reise unternahm. Und schließlich sie als Kind mit der Mutter. Ein mageres Mädchen, ein trauriges, verängstigtes Gesichtchen, zwei dünne, mit zwei Schleifchen abgebundene Zöpfchen, ein unerhörter Luxus, auf den das Mädchen sehr stolz zu sein schien, da sie mit einer Hand eben eines dieser Schwänzchen hielt, um es gut zur Geltung zu bringen. Eine scheußliche Strumpfhose und das zu kurze Kleidchen. Was für ein Elend.

Ich denke an die Fotografien mit mir als Kind, alle schön farbig. Lassen wir das.

Schließlich kehrte sie zu den Fotos zurück, die sie vorhin aus der Schublade genommen hatte.

»Das ist deine Großmutter mit Katia und Edith. Hier bin auch ich, etwas abseits. Ich erinnere mich, dass ich mich schämte keine Schuhe zu haben. Siehst du's? Ich war barfuß. Deine Großmutter hatte mir eines der abgelegten Kleider Katias geschenkt, das sie sofort anpassen ließ, weil es zu groß für mich war. Ich verlor mich darin. In der Folge gelang es ihr auch, Schuhe für mich zu finden, seltsame Schuhe: ich hatte immer nasse Füße. Ich glaube, dass die Sohlen aus Pappe oder etwas Ähnlichem waren. Was für Zeiten. Deine Großmutter war eine sehr gute Frau. Ich verdanke ihr alles.« Sie schwieg gerührt, ohne ihr Lächeln zu verlieren.

Die Großmutter war eigenartig klein – ich stellte sie mir nicht so vor –, bescheiden, ein Gesicht, das ich nicht in dem meines Vaters wiederfinde. Im Übrigen sehe ich auch meinem Großvater nicht ähnlich; wem ähnelte Papa? Ihre Hände lagen auf den Schultern der beiden Mädchen: Katia, ziemlich klein, und Edith, die sie beide um eine Kopflänge überragte. Ich kann Katias Haare erkennen, glatt und blond, während Ediths Haar kastanienbraun und lockig war. Es waren gewiss keine schönen Mädchen. Zwei x-beliebige Gesichter, ziemlich mitgenommen wegen des Krieges, denke ich. Aber vielleicht vermitteln die Schwarzweiß-Fotografien immer diesen Eindruck. Das Hell-Dunkel ohne weitere farbige Zwischentöne verleiht den Gesichtern und den Szenen ein dramatischeres Licht, als jenes, das sie in Wirklichkeit hatten. Jedenfalls nichts Besonderes.

Wer weiß, was ich erwartet hatte.

»Als meine Mutter starb, nahm mich deine Großmutter einige Zeit darauf – ich muss zugeben, dass ich mich nicht erinnere wann –, zu sich. Sie sagte, dass ich zur Schule gehen müsse, dass es nicht richtig sei, dass ich wie eine Ignorantin aufwachse. Ich hatte in der Zwischenzeit das Wenige vergessen, das ich in Lobostz gelernt hatte. Ich glaube, es muss Ende 1946 oder -47 gewesen sein, weil ich im Nachbardorf zur Schule gegangen bin, und meine Mutter einige Monate zuvor weggebracht worden war.

Dort gab es eine Volksschule. Stell dir vor, mit acht oder neun Jahren bin ich in die erste Klasse zurückgekehrt. Ich war übrigens nicht die Einzige. Da waren auch Mädchen von zehn Jahren, die von auswärts kamen, versprengt, ohne Familie. Ich hatte zumindest die Möglichkeit in einem Haus zu leben, in dem ich nicht mehr arbeiten musste, in dem mir nicht jeder Bissen, den ich aß vorgerechnet wurde ... auch wenn mich die beiden Mädchen und dein Vater keines Blickes würdigten. Aber es war richtig so: Sie waren älter als ich und sie waren die Herrschaften.

Ich erinnere mich an jene ersten Schuljahre wie hinter einer Nebelwand, nichts Genaues. Ich könnte dir nicht einmal sagen, ob meine Lehrerin freundlich war, ob die Schulkameradinnen mit mir spielten, nichts. Ich erinnere mich nur an meine Schwierigkeit mich zu konzentrieren: ich war töricht, unfähig, mich auf irgendeine Sache zu fokussieren. Ich dachte nicht einmal an meine Mama, du wirst es nicht glauben. An sie dachte ich später viel, als wir mittlerweile in München waren, ich glaube zwei Jahre später, als die Wohnung, in der du wohnst endlich frei wurde. Ich glaube, dass das ganze Haus von den Amerikanern und ihren Offizieren requiriert worden war.

Siehst du, ich habe keine präzisen Erinnerungen. Ich weiß nicht warum ich alles aus meinem Gedächtnis eliminiert habe, außer jener Reise ... vielleicht habe ich jene Jahre in einem unbewussten Zustand erlebt.

Deine Großmutter bat mich niemals um etwas. Sie behandelte mich wie eine Tochter, sie machte keinen Unterschied zwischen mir und den beiden Mädchen. Nebenbei, die Edith war nicht ihre Nichte. Sie war nur eine Freundin Katias, ein jüdisches Mädchen, das sie vor der Deportation gerettet haben. Ich muss hinzufügen, dass ich diese Geschichte viel, viel später erfahren habe. Jahrelang glaubte ich, es handle sich um eine Verwandte. Andererseits, kurz nach unserem Umzug nach München, fuhren die beiden Mädchen nach Amerika: die Edith hatte einen Onkel in New York, einen Bruder ihres Vaters, und Katia begleitete sie. Um sie nicht alleine zu lassen, sagte sie, und auch um aus München wegzukommen. Mit ihrer Familie lebte sie nicht gerade in Eintracht. Sie hatte einen rebellischen Charakter. Aber ich möchte nicht darüber reden.

Also blieb ich mit deiner Großmutter und deinem Vater in der Widenmayerstraße.

Es war in jener Zeit, dass ich deinen Großvater kennen lernte. Er war in Dachau interniert gewesen, weil er, so hörte ich sagen, den Parteiausweis besaß. Ich verstand damals nicht viel von der ganzen Geschichte. Deine Großmutter wollte nicht einmal darüber reden. Niemand wollte darüber reden, und ich, wie du dir vorstellen kannst, hatte kein Interesse, mehr darüber zu erfahren. Ich hatte nur einen Gedanken im Kopf: Wann würde mein Vater mich holen kommen. Ich erwartete ihn jeden Tag. Mindestens einen Brief, ein Lebenszeichen. Deine Großmutter hatte mehrere Anfragen beim Rote Kreuz gemacht, und ich weiß, dass Nachforschungen in alle Richtungen angestellt wurden. Man dachte gar, dass er in Sibirien gelandet sei. Aber er war auf keiner Kriegsgefangenenliste. Nichts. Also fingen sie an, nach meinen Verwandten zu suchen. Deine Großmutter hatte Mamas Koffer mit den ganzen Papieren durchsucht. Auch da war nichts. Man fand nur eine Schwester meiner Mutter, die in der Gegend von Hannover gelandet war; ich erinnere mich nicht mehr, in welchem Dorf. Ich kannte sie nicht einmal, weil sie damals, als wir noch in Lobostz wohnten, bereits mit einem Deutschen verheiratet war, einem von hier, aus Deutschland, und sie hatte ihn in seine Heimat begleitet.

Es war nicht einfach, sie ausfindig zu machen, weil sie ja einen anderen Nachnamen hatte. In der Zwischenzeit hatte sie sich, ich weiß nicht mit wem, wiederverheiratet, da sie kurz nach Kriegsanfang Witwe geworden war. Kurz und gut: Sie hatte fünf Kinder, zwei vom ersten und drei vom zweiten Mann; sie schrieb, sie könne es sich nicht leisten noch einen weiteren Mund zu stopfen, sie sollten mich in ein Waisenhaus geben … Wenn ich daran denke, dass ich Angst hatte, sie könnte mich zu sich nehmen …«

Die Häkelarbeit fiel ihr in den Schoß, und ein paar Tränen liefen ihr über die rundlichen Wangen ohne Spuren zu hinterlassen, aufgesogen von ihrer weichen, mit winzigen, unmerklichen weißen Härchen übersäten Haut, wie von einem federlosen Küken. Das Lächeln verschwand für einen Augenblick und sie sah mich mit den traurigen Augen eines verlassenen Mädchens an. Ich muss sagen, dass mich dieses alte Gesicht eines verlassenen Mädchens zutiefst ergriff, und sie musste es bemerkt haben, denn gleich fand sie ihr Lächeln wieder; ihre Augen erhellten sich, und sie streichelte mir zärtlich über die Wange. Ich ergriff diese mollige, weiche Hand und da ich nicht wusste was tun, drückte ich sie mir meinerseits an die Wange.

Was für Augenblicke!

Inzwischen hatte sie sich wieder erholt.

»Ich habe weiter auf meinen Vater gewartet, bis Ende der fünfziger Jahre, als ich bereits ein Kind hatte, Hans Georg, und ständig in der Widenmayerstraße wohnte. Diese Wohnung war nicht heiter, das kann ich dir versichern, und sie ist es auch nie gewesen, soweit ich erfahren habe.

Die Katia ist nie zurückgekommen. Gerade in Amerika angekommen, ließ sie sich Cathy nennen und die Briefe, die sie nach Hause schrieb, mussten – obwohl ich sie nie gelesen habe – voller Feuer gewesen sein: Deine Großmutter behielt sie einige Tage in der Rocktasche, bevor sie sie öffnete, beinahe als fürchte sie, sie könne sich die Finger daran verbrennen, und während sie sie las, runzelte sich ihr Gesicht, sie wurde traurig, weinte. Es kam vor, dass das Papier von ihren Tränen feucht wurde. Was für ein Kummer, ihr auch nur zusehen zu müssen. Kurz, es konnten keine schönen Briefe sein. Und sie ließ sie ihren Mann nicht lesen. Ich weiß es. Sie schloss sie ein, in einer Schublade, und dort ließ sie sie, in Erwartung des nächsten Briefs.

Dann begannen andere Brief aus New York einzutreffen, wenn ich nicht irre, Briefe von Ediths Onkel, an deinen Großvater adressiert. Auch da finstere Gesichter, schlimme Worte. Wenn ich diese fremden Briefmarken sah, wusste ich bereits, dass es mehr Ärger als gewöhnlich geben würde. Schließlich kam eine Nachricht, die wie eine Bombe einschlug. Katia hatte einen amerikanischen Burschen geheiratet und bereits um die Staatsbürgerschaft angesucht. Sie wollte endgültig eine amerikanische Staatsbürgerin werden, das heißt, man hörte, dass sie, wenn sie gekonnt hätte, München und den Familiennamen ihres Vaters aus ihrer Geburtsurkunde gestrichen hätte! Eine Geschichte, sage ich dir, die die Wände der Wohnung erzittern ließ. Dein Vater schäumte Gift vor Wut auf die Schwester, die laut ihm nichts kapiert hatte. Ich wollte gar nicht zuhören, lief in mein Zimmer und verstopfte mir die Ohren, um nichts zu hören. Deine Großmutter versuchte zu schlichten und wusste nicht, an welchen Heiligen sie sich wenden sollte: Vater und Sohn waren beide wütend auf Katia, seit ihrer Kindheit dieser Edith hörig ... mehr kann ich nicht sagen. Familiengeschichten.«

Sie schwieg und arbeitete konzentriert an ihren Spitzen weiter. Ein langes Schweigen. Ich dachte, sie habe mich vergessen.

Besser so. Ich war verwirrt von dieser Serie an Neuigkeiten, zum Gutteil mir unverständliche Geschichten, aus der Sicht der Familie, in der mein Vater aufgewachsen war. Ein großes Durcheinander muss ich sagen, ohne das Mitgefühl für sie zu bedenken: für Tante Sidonie, für ihr inzwischen verflossenes Leben, für ihre Resignation. Aber vielleicht sollte ich Einfalt sagen, Schlichtheit des Herzens: Sie scheint mir in jedem Fall ein unkomplizierter Mensch zu sein, mit sich selbst im Reinen.

Vielleicht mache ich alles falsch.

Es ist beeindruckend, ein Gefühl im Entstehen zu beobachten. Ich weiß, dass ich sie von jenem Moment an gern hatte, eine Zuneigung vermischt mit Mitleid und ich weiß nicht was anderem noch, und ich verstand meinen Vater: Wie hätte er sich von dieser Frau trennen können, sich nicht mehr um sie zu sorgen sollen, trotz Mama? Das ist es, was meine Mutter und Tante Sidonie vereint: Es sind zwei schutzbedürftige Frauen, zwei verlassene, einsame Frauen.

Mama ist weder alleine, noch verlassen, aber im Innersten ihrer selbst, ist sie es. Ich habe ihre Einsamkeit immer gespürt, auch wenn sie mich im Arm hielt oder mich an die Hand nahm, oder auch nur aus unendlicher Ferne ansah, in den Augen die Vision jenes Wassers, jenes Baches, in dem ihr Bruder ertrunken ist. Vielleicht verzieh ihr ihre Mutter nie oder bezichtigte sie vielleicht sogar, nichts unternommen zu haben, um ihn zu retten. Ich weiß nichts, aber ich bin überzeugt, dass damals in jenem Haus eine große Stille einzog. Und die Einsamkeit. Wie sonst soll man sich diese Düsternis erklären, diese Unfähigkeit zu leben, ihr Verzaubert-Sein, an einem Punkt jenseits der Welt verankert zu sein? Und das Unbehagen, jedes Mal, wenn sie nach Schweden zurückkehrte, zu den Eltern.

Ich erinnere mich an den kalten, ausdruckslosen Blick der Oma. Ihr Schweigen. War sie immer so? Und wie hatte

Mama leben können, in jenem Haus? Zehn Jahre, bis sie das Stipendium bekam, um in Deutschland zu studieren. Das sind die Etappen in ihrem Leben, die Etappen, die ich kenne, aber was ist in jenen zehn Jahren geschehen? Sind es jene zehn Jahre gewesen, die sie in die Frau verwandelt haben, die ich kenne, oder ist sie immer so gewesen, seit ihrer Geburt?

Was gäbe ich darum, um Mama als Kind zu kennen, oder zumindest zu wissen, wie die Oma in ihrer Jugend war.

Wird man mit einem gewissen Wesen geboren, oder wird man mit der Zeit ...?

Bin auch ich so geboren worden, oder bin ich so geworden ... ich weiß nicht wie, aber irgendetwas werde ich doch geworden sein!

Auch Mama tut mir leid.

Heute habe ich Mitleid mit allen.

Fuset ausgenommen. Sowie ich heimgekommen bin, ich hatte es gerade geschafft, die Tür zu öffnen, da hing er schon an meinen Hosenbeinen. Auf mein Schreien hin, ist sofort Frau Edith angerannt gekommen, um mich von dieser Bestie zu befreien.

Ich habe die Alte mit anderen Augen gesehen, und ich wüsste nicht zu sagen, mit welchen Augen. Ich bin verwirrt.

Zumindest weiß ich, dass mich kein verwandtschaftliches Band mit ihr verbindet. Eine große Erleichterung, ich gebe es zu.

Während ich die Wunden desinfizierte, zwei schöne Kratzer an den Beinen, habe ich gehört, wie ihn sein Frauchen tröstete, wegen dem Fausthieb, den ich ihm auf den Kopf versetzt habe.

Auf irgendeine Weise musste ich mich doch wohl rächen.

IX

Heute ist Sonntag. Ein weiterer Sonntag zu überleben.

Gestern Nachmittag, nachdem ich einige Stunden bei Tante Sidonie verbracht habe, habe ich mich mit Astrid getroffen. Sie war alleine. Erik muss lernen, hat sie gesagt. Heute gehe ich wieder mit ihr zum Wok chinesisch essen.

Gestern Abend hat mich Mama angerufen. Sie hat gesagt, dass sie bereits das Flugticket gelöst hat. Ich kann's nicht glauben.

Ich bin mir sicher, dass sie eine Ausrede finden wird, um alles zu verschieben; es wird ihr gelingen zu erkranken oder sonst was. Ihr fehlt es nie an Argumenten, wenn es darum geht, eine Abreise zu verschieben. Auch wenn ich dieses Mal glaube, dass sie nichts und niemand in Schweden halten wird können. Ich glaube hingegen, dass sie es nicht erwarten kann, abzureisen.

Sie müsste nächsten Donnerstag kommen.

Es sind zwei Monate, dass ich sie nicht sehe. Die erste lange Trennung. Ich habe ihr gesagt, dass ich sie vom Flughafen abholen werde. Sie hat nichts darauf geantwortet.

Ich hätte noch viele Dinge zu schreiben, Geschichten, die mir Tante Sidonie erzählt hat und andere, heute Nachmittag geschehene, nach meiner Heimkehr vom Spaziergang mit Astrid. Im Übrigen hat sie mir gesagt, dass sie nur darauf warte, dass Erik seinen Deutschkurs beende, um nach Stockholm zurückzukehren. Schade, wir begannen uns gerade anzufreunden. Sie hat mir vorgeschlagen, sie zu besuchen, wenn ich das nächste Mal nach Schweden fahre. Wir haben die Adressen ausgetauscht. Vielleicht kehrt sie nächsten Sommer nach München zurück, dann ergäbe sich die Gelegenheit, uns wiederzusehen. Wer weiß.

Frau Edith, wie gewöhnlich vor dem Fernseher platziert, der Kater neben ihr auf dem Sofa. Eine Szene, die ich gut kenne, mittlerweile.

Nach den Geschichten von gestern, weiß ich nicht mehr, wie ich sie ansehen soll, eine der Deportation entgangene Jüdin. Ich bin desorientiert. Ich weiß nicht warum, aber ich glaube, dass es Zeit brauchen wird, bis ich mich an die neue Situation gewöhnen werde. Und was war aus ihren Eltern geworden? Warum ist sie hierher zurückgekommen? Wie kann sie hier leben, mitten unter diesen Leuten, den Kindern, den Enkeln? Alles Fragen, die mir auf der Zunge brennen. Ich wage es nicht, mich ihr zu nähern. Eine Art Unwohlsein, das ich mir nicht erklären kann: Zum ersten Mal fühle ich mich mitschuldig, entsprechend dem alten Sprichwort, dass die Sünden der Väter auf die Söhne fallen werden; auf die Enkel auch?

Tante Sidonies Geschichte hat mir etwas genommen, vielleicht die Unschuld oder die Unbekümmertheit, die mich bis zu diesem Moment begleitete hatte. Allein das Wissen um die Möglichkeit, einen Menschen nur wegen seiner Religion, oder schlimmer noch, wegen seiner Rasse (ein Wort, das ich in seinem ganzen Ausmaß nicht zu verstehen vermag) zu deportieren, lässt mich abstürzen: Die Welt, bis gestern noch rein, anständig, zeigt mir ein Gesicht, das ich nicht kannte, das mich verwirrt.

Und mich erschreckt.

Gewiss, in der Schule hat man, ziemlich vage, vom letzten Weltkrieg gesprochen, mit Andeutungen auf die Vernichtungslager. Ich, Tochter eines Deutschen, muss die Ohren verschlossen haben, ansonsten hätte ich Papa um einige Erklärungen gebeten. Habe ich alles ignorieren wollen, aus

Angst Ereignisse in Erfahrung zu bringen, die in irgendeiner Weise meine Beziehung zu ihm beschädigen könnten? Dass ich ihm den Prozess machen könnte? Aber er, wenn er damals nur ein Knabe war, was hat ein Knabe mit den Vernichtungslagern zu schaffen?

Vielleicht sprach man nicht wirklich vage vom letzten Weltkrieg, vielleicht bin ich an jenem Tag nicht in der Schule gewesen, oder …

Ich weiß nicht was mir geschieht. Mir scheint, ich bin ohne Deckung. Zum ersten Mal muss ich mich mit einer Wirklichkeit auseinandersetzen, in die die gesamte vergangene Generation verwickelt war, mein Großvater, mein Vater, die Eltern meiner Mutter – aber das waren Schweden, zum Glück –, und ich bin verstört; die Generation, auf die Frau Edith vor einigen Wochen angespielt hat.

Aber das, was mich am meisten erschreckt, was mich entsetzt, ist meine Reaktion, irrational, ungerecht; ich erkenne mich nicht wieder, ich weiß nicht mehr, wer die Person ist, die in mir haust, diese kleine Unbekannte voller Groll, wegen der Meinungsverschiedenheiten, der Unfreundlichkeiten, der harten Worte, der Vorwürfe. Schließlich muss ich zugeben, dass ich, im Unterschied zu Tante Sidonie, kein Gefühl des Mitleids ihr gegenüber empfinde! Hängt das mit der Tatsache zusammen, dass die eine stark ist und schon alleine mit ihrer Anwesenheit anklagt, während die andere, zerbrechlicher, schon dankbar ist, nur auf der Welt zu sein? Gewiss, Frau Edith ist eine lebende Anklage, ein Vorwurf gegenüber den Überlebenden, eine Zeugin und auch ein Opfer. Sie weiß, sie hat gesehen, auf der eigenen Haut erfahren, wovon ich nur erzählen gehört habe.

Und das ist unerträglich. Ich weiß nicht warum, aber es ist unerträglich. Es ist, als würde man jene Welt offensichtlich, beinahe sichtbar in sich tragen. Eine schreckliche Anklage auch uns gegenüber, der glücklichen Generation der

Später-Geborenen.

Jetzt verstehe ich mein Unbehagen, wenn ich mich in ihrer Gegenwart befinde und auch den ganzen Rest, mitsamt der Atmosphäre in dieser Wohnung.

Warum hat mir der Großvater dieses Geschenk machen wollen?

Ich möchte es wirklich wissen.

Beinahe als wolle ich das Schicksal herausfordern, bin ich entschlossen ins Wohnzimmer gegangen, und habe ihr mit erzwungener Begeisterung, vielleicht um die Verwirrung oder die Verlegenheit zu überwinden, die mich jedes Mal, wenn ich sie sehe immer stärker überkommt, das Kommen Mamas angekündigt. Andererseits hätte ich es ihr nicht verheimlichen können, angesichts der Tatsache, dass sie hier wohnen wird. Keine Reaktion. Also frage ich dummerweise, wo sie schlafen könne; hätte ich es bloß nicht getan. Sie macht sofort den Fernseher aus und schaut mich mit ihren wässrigen Augen an, streng, die große Nase vibriert.

»Du brauchst nicht zu schreien. Glaubst du ich bin taub? Deine Mutter kann kommen wann es ihr passt; seit über sechzig Jahren geht die Familie Hager in diesem Haus ein und aus wann sie will; alles Eigentümer. Warum fragst du mich? Entscheide du, die ganze Wohnung steht dir zur Verfügung.« Eine schöne Kopfwäsche. Erniedrigt von diesem, aus meiner Sicht völlig ungerechtfertigtem Wutausbruch, will ich mich ohne zu mucksen aus dem Staub zu machen.

»Bleib hier. Wo läufst du denn hin? Warum kommt denn deine Mutter? Hat sie vor für immer hier zu bleiben?« Ich hätte heulen wollen.

Noch jetzt, während ich schreibe, spüre ich einen Kloß im Hals. Sie hat mich beschämt und auf irgendeine Weise gedemütigt. Warum behandelt sie mich so? Immer so, seit ich angekommen bin. Ich muss ihr sehr unsympathisch sein.

Ich habe sie gleich beruhigt: Mama ist nur auf der Durchreise, kommt vorbei, um mich zu sehen, nichts weiter. Sie dreht sich um, murmelt etwas, und macht den Fernseher wieder an. Der Kater ist während dieses Wortgefechts aufgewacht. Er springt vom Sofa, macht einen Buckel, streckt sich und hockt sich schließlich vor mich hin, offensichtlich genervt. Was erlaube ich mir auch seinen Schlaf zu stören? Ich hätte ihm einen Fußtritt verpasst, wenn nur sein Frauchen nicht gewesen wäre.

Auf meinem Zimmer, wütend wegen meiner Feigheit – eines Tages werde ich ihr eine richtige Szene machen – werfe ich mich aufs Bett und hätte einen Wutausbruch gehabt, wenn ich nicht so allein wäre. Ohne Zeugen bringt's nichts. Ich schlucke meine ganze Wut hinunter und nach einer Weile beginne ich nachzudenken. Tante Sidonie hatte mir eine derartige Menge an Geschichten erzählt, dass ich nicht mehr weiß, wo ich beginnen soll. Ein Detail aber kommt mir in Erinnerung: Die Großmutter schloss die Briefe, die aus Amerika kamen ein, und in meinem Schreibtisch gibt es wirklich eine Schublade, die zu öffnen mir nie gelang. Ich muss dazu sagen, dass ich es, da es noch zwei weitere offene und leere Schubladen gibt, nach einem ersten Versuch habe bleiben lassen.

Ich gestehe, dass mich die Neugierde gepackt hat. Und zudem bin ich wütend: Irgendwie muss ich doch meinen Zorn verarbeiten. Andererseits ist die Großmutter seit über vierzig Jahren tot, und ich kann nicht glauben, dass sich niemals jemand die Mühe gemacht hat, einen Blick in diese Schublade zu werfen. Und dann fehlt da der Schlüssel.

Während ich diese Überlegungen anstelle, fange ich an überall herumzukramen. Plötzlich erinnere ich mich an eine Schublade in der Küche, voller Plunder, Schnüren, gebrauchte Stöpsel und diversem unnützen Zeug, von dem ich nicht weiß, wofür es gut sein soll. Sofort renne ich in die Küche und ohne lange zu fackeln ziehe ich diese Schublade heraus und kippe den Inhalt auf den Tisch. Würde mich Frau Edith sehen, wer weiß was für Kommentare, aber vielleicht wäre es auch die Gelegenheit zu explodieren und ihr meine Meinung zu sagen. Ich finde verschiedene Schlüssel, alt, halb verrostet. Ich sammle sie alle ein und bringe sie ins Zimmer. Nun muss ich nichts anderes tun, als sie ausprobieren, und in der Tat passt einer ins Schlüsselloch. Mit etwas Mühe gelingt es mir sogar ihn umzudrehen. Mein Herz pocht und pocht immer noch, während ich schreibe.

Was für Momente!

Die Schublade ist randvoll mit in ihren Umschlägen steckenden Briefen. Ganz oben ein Bündel. „Für meinen Sohn Horst, nach meinem Tod zu öffnen." Es handelt sich um einen großen, gelben Umschlag, gut verschlossen, noch zugeklebt und mit einem roten Band. Offensichtlich hat ihr Sohn Horst, also mein Vater, ihn nie geöffnet. Vielleicht wusste er gar nichts von seiner Existenz.

Es scheint ein Testament zu sein, und ich weiß nicht, was tun. Ich habe gelernt, dass man die Post anderer nicht öffnet, mein Vater hat es mir in mein Gehirn gemeißelt, und das ist ein gerade an ihn adressierter Brief.

Ich schließe die Schublade wieder, bringe die anderen Schlüssel in die Küche, lege alles wieder an seinen Platz und gehe zurück in mein Zimmer. Wie gerne möchte ich aus meiner Haut fahren!

So ist das, wenn sich einer in die Nesseln setzt.

Ich habe an alle möglichen Folgen gedacht, im Falle, dass ich den Mut aufbringen sollte, diesen Umschlag zu öffnen. Punkt eins: Papa ist nicht mehr in der Lage, mir eine hübsche Standpauke zu halten.

Punkt zwei: Warum hat niemand vor mir den Umschlag gefunden?

Punkt drei: Kann etwas derart Wichtiges in diesem Umschlag sein, dass es mein Leben auf den Kopf stellen könnte?

Punkt vier: Besser es sein lassen, wie ich es bis zu diesem Moment getan habe.

Um mir zu verbieten, irgendetwas zu unternehmen, mach die Tür hinter mir zu und gehe ins Kino. Das nennt man Flucht.

Bei der Hälfte des Films bin ich gegangen; der Film gefiel mir nicht und ich verstand nichts; kurz, ich konnte mich nicht konzentrieren. Zu Hause habe ich mich vor dem Schreibtisch aufgepflanzt, ohne einen Entschluss treffen zu können. Aufmachen oder nicht aufmachen, Sein oder Nichtsein. Es ist zum Lachen. Im Grunde bin ich alleine und kann diesen verdammten Umschlag aufmachen, ohne jemandem Rechenschaft geben zu müssen. Außer meinem Gewissen, das da irgendwo protestiert.

Ich muss zugeben, dass ich ihn geöffnet habe, auch um einen Schlussstrich unter dieser Geschichte zu ziehen.

Ich habe den Abend und die halbe Nacht damit zugebracht, dieses Dokument zu entziffern, kein leichtes Unterfangen, angesichts der Handschrift voller Schnörkel, den ziemlich schwülstigen, sentimentalen Stil, und die häufig nicht zu entziffernden Worte, sei es wegen dieser so typisch deutschen Schrift (hier müssen sie eine ziemlich von der unseren verschiedene Art haben, weshalb besonders die betagten Menschen in einer beinahe gleichförmigen Art schreiben; ich kann einen von einem Deutschen oder einem Italiener geschriebenen Text anhand der Kalligraphie unterscheiden), sei es wegen der Bedeutung. Nicht selten musste ich das Wörterbuch auf der Suche nach nie zuvor gehörten Worten durchforsten. Am Ende habe ich darauf verzichtet alles verstehen zu wollen.

Dann habe ich versucht eine zusammenfassende Über-

setzung zu machen. Genug. Hier nun die Frucht all meiner
Mühen.

Brief an meinen Sohn Horst,
nach meinem Ableben zu öffnen.

Mein lieber Sohn,

*Du bist weit weg und auch wenn du hier wärest, weiß ich,
dass du nicht die Geduld hättest, mir zuzuhören, nicht einmal
jetzt, im Angesicht des Todes. Du und dein Vater, ihr wolltet
nie wissen, was ich denke, was ich in all diesen Jahren gedacht
habe. Du ranntest fort, sowie ich zu sprechen begann. Einmal
hast du geschrien – du warst zwölf –, dass dich meine Meinungen nicht interessierten! Wenn ich nicht wüsste, dass ich
dich geboren habe, würde ich mich fragen, von woher du gekommen bist, so fremd bist du mir. Ich habe beschlossen dir
zu schreiben, weil ich nicht gehen möchte, ohne versucht zu
haben, vorher mit dir zu kommunizieren. Ich will, dass du zumindest posthum weißt, was deine Mutter immer gedacht
hat!*

*Ich weiß nicht, ob dir dein Vater geschrieben hat, dass ich
schwer krank bin. Ich hoffe, der Herr möge mich bald zu sich
holen, auch weil ich niemandem zur Last fallen will. Ich habe
deinen Vater angefleht, mich hier in meinem Bett sterben zu
lassen, aber wie es seine Art ist, hat er nichts versprochen. Ich
will nicht im Krankenhaus sterben. Sidonie hat mir geschworen, dass sie mich bis zuletzt zu Hause behalten und sich meiner bis zum Schluss annehmen wird.*

Ich mache einen weiten Sprung, weil sie in diesem Ton eine
ganze Seite so fortfährt.

*Sidonie ist ein braves Mädchen mit einem guten Herzen und
ziemlich gefügig. Ich kenne sie gut, besser als meine eigenen
Söhne. Ich weiß alles von ihr. Und ich weiß auch, dass du es*

warst, der sie verführt hat. Sie ist bescheiden, leichtgläubig, voller Dankbarkeit: Nie hätte sie uns ein derartiges Unrecht angetan. Ich habe gebetet und bete zu Gott, dass er dein Herz berührt. Das ist mein letzter Wille: Erkenne deinen Sohn an, gib ihm unseren Namen und wenn du wirklich entschlossen hast, sie nicht zu heiraten, sichere ihr zumindest ein ruhiges Leben, überweise ihr jeden Monat ein wenig Geld, bis sie einen Mann finden wird. Damit sie nicht deinetwegen zu leiden hat.

Wenn ich tot sein werde, kann sie in dieser Wohnung bleiben, da bin ich mir sicher, doch du, beschütze sie, überlasse sie nicht der Willkür deines Vaters; du kennst seine Strenge, seine Prinzipien, seine Unnachgiebigkeit, und sie ist so schwach und alleine; und schließlich, denke an deinen Sohn. Jetzt ist er klein, aber später muss er zur Schule, garantiere ihm eine höhere Bildung ... ich bitte dich, komme deiner Pflicht als Vater nach. Verlasse zumindest deinen Sohn nicht, der dein Fleisch und Blut ist. Auch dein Vater hat endlich zugeben müssen, dass selbst ein Heißsporn wie du eines Tages Vernunft annehmen muss, und unsere Sidonie ist eine einfache Seele, sie begnügt sich mit wenig.

Und weiter in dieser Art viele Zeilen lang, die ich der Einfachheit halber überspringe.

Ich bitte dich, dich wieder mit deiner Schwester zu versöhnen, auch sie ist ein Heißsporn, vielleicht noch mehr als du. Dein Vater will sie enterben, und ich weiß, dass es ihm mit seinen juristischen Tricks auch gelingen wird, seinen Plan umzusetzen; nicht einmal den Pflichtteil wird er ihr zukommen lassen. Ich finde das ungerecht und habe bei unserem Notar ein Testament hinterlegt, in dem ich ihr und zu gleichen Teilen dir hinterlasse, was ich besitze. Außerdem habe ich meinen ganzen Schmuck zu meinem und eurer Großmutter Gedenken für sie bestimmt. Um einen Rechtsstreit mit eurem Vater zu ver-

meiden, hat der Notar die Schatulle mit dem Schmuck bereits an sich genommen, die er Katia nach meinem Tod aushändigen wird.

Weder sie, noch ihre Kinder werden einen Pfennig von deinem Vater erben, während ich weiß, dass sie es sehr gut gebrauchen könnte. Der Gerechtigkeit halber solltest du ihr den Teil geben, der ihr von Rechts wegen zusteht. Ich wünsche mir sehr, dass du sie besuchst, auch um ihre Kinder kennen zu lernen, deine Neffen und den Ehemann. Aber bei deinem Sturschädel, fürchte ich doch, dass du nichts tun wirst.

Jetzt möchte ich dir eine andere Person anempfehlen, die mir am Herzen liegt. Ich weiß, dass du keine Sympathie für sie hegst. Ich muss sagen, dass ich die Gründe nie verstanden habe. Du weißt, von wem ich spreche: Seit eurer Kindheit lagt ihr euch in den Haaren, du warst streng zu ihr, auch wenn sie es nicht verdiente, ganz zu schweigen davon, dass alles was du ihr vorgehalten hast, unsittlich, unmenschlich war. Ich hoffe, Gott erbarmt sich deiner. Auch wenn du es vielleicht nicht weißt, ich habe dich in ihrer Gegenwart mit der ganzen Verachtung, der du fähig warst, spucken sehen, und auch die Kniffe und die Tritte. Ich habe alles gesehen und habe dem Familienfrieden zuliebe geschwiegen, während du sie mindestens respektieren hättest müssen, zumindest wegen der Tatsache, dass sie ein Mädchen ist. Ganz zu schweigen davon, dass sie keinerlei Schuld traf, eine Jüdin zu sein.

Außerdem weißt du, was wir ihr schuldig sind. Dein Vater ist bei seinem ersten Prozess nur durch ihr Einschreiten rehabilitiert worden. Und auch jetzt, mehr als zehn Jahre danach, ist Edith eigens aus Amerika zurückgekommen, um noch einmal zu seinen Gunsten auszusagen. Das darfst du niemals vergessen. Und wie hast du sie empfangen? Ich schäme mich heute noch, wenn ich bloß daran denke. Du hast dich geweigert, sie vom Flughafen abzuholen und bist sofort abgereist, um sie nicht wiedersehen zu müssen. Glaubst du, ich habe es nicht verstanden? Ich habe Sidonie schicken müssen, die ein hilflo-

ses Küken ist, wie du weißt. Sie fürchtete in der Tat, den Flughafen nicht zu finden, sie nicht wiederzuerkennen, alles falsch zu machen und den Rückweg nicht zu finden! Wenn du die Seelenqual dieses armen Mädchens gesehen hättest, glaube ich, hättest du zumindest mit ihm Mitleid gehabt. Zu deiner Beruhigung, die Edith hat gesagt, dass sie abreisen wird, sowie der Prozess zu Ende ist.

Jetzt will ich dir eine Geschichte erzählen, die du vielleicht nicht in allen Einzelheiten kennst, und die dir helfen wird, Ediths Position in unserer Familie zu verstehen.

Dein Vater und Ediths Vater haben gemeinsam studiert, zuerst in der Schule und dann an der Universität. Sie haben im selben Jahr promoviert. Der eine, der Vater Ediths, fand eine Anstellung in einer Anwaltskanzlei, während dein Vater Richter wurde. Sie sahen sich oft, waren Freunde. Ich lernte sie gemeinsam kennen. Ediths Vater war ein gut erzogener junger Mann, intelligent, scheu, unfähig, sich in die erste Reihe zu drängen wie dein Vater, obwohl er einer der reichsten Familien Münchens angehörte. Er war der einzige, der studierte, die beiden anderen Brüder haben es vorgezogen in die Fußstapfen des Vaters, Eigentümer eines großen Geschäftshauses, zu treten. Ich weiß, dass sie über tausend Angestellte hatten. Der Alte L. war wegen seiner Großzügigkeit, wegen der Wohltätigkeit im großen Stil, aber auch wegen der Hilfe, die er unter der Hand bedürftigen Familien, ohne Ansehen der religiösen Zugehörigkeit zukommen ließ, bekannt; du darfst nicht vergessen, dass wir einen Krieg (den ersten), mit schwerwiegenden Folgen für die ganze Bevölkerung verloren hatten.

1903 hat er das Haus bauen lassen, in dem wir jetzt wohnen: drei Söhne, drei Stockwerke und das Hochparterre, das er für sich selbst reservierte. Unnütz alle Einzelheiten zu erwähnen; Ediths Vater erhielt zu seiner Hochzeit die Wohnung im dritten Stock geschenkt, in der wir nun wohnen. Ich erin-

*nere mich an das erste Mal, als wir hierher, in diese Wohnung
zu Besuch kamen: Die Eleganz der Einrichtung, der Reichtum
ohne Prunk, aber vor allem die Wärme, die Freundlichkeit der
jungen Freunde. Einige Jahre später heirateten auch wir. Inzwischen war der alte L. gestorben, und die Mutter, die nicht
alleine leben wollte, zog in die Wohnung des Sohnes in den
dritten Stock. Wir waren sehr froh, die Wohnung im Hochparterre mieten zu können, die frei geworden und uns zu einem
geringen Preis, bedenkt man die Größe der Wohnung und die
Eleganz des Viertels, angeboten worden war. Eine bevorzugte
Behandlung unter Freunden, das war klar.*

*Es waren sehr sorglose Jahre. Ich hatte mit Ediths Mutter
Freundschaft geschlossen, eine gute Frau, die nur den Fehler
hatte ängstlich zu sein und außerordentlich schüchtern; im
Übrigen war sie normal, obwohl auch sie aus einer Familie
reicher jüdischer Kaufleute stammte, ich glaube sie handelten
mit Kunstgegenständen, daher auch der gute Geschmack und
die Eleganz der Einrichtung, die ich nicht müde wurde zu be-
wundern. Innerhalb dreier Jahre bekamen wir zwei Mädchen.*

*Unsere Katia, kann man sagen, wuchs zusammen mit
Edith auf, genau wie Schwestern. Obwohl sie über weitaus
größere Mittel als wir verfügten, ließen sie uns das nie spüren, im Gegenteil, sie luden uns häufig zu sich ein, und ihr Kindermädchen kümmerte sich um die beiden Mädchen, ohne einen Unterschied zwischen dem einen und dem anderen zu
machen. Eine große Bequemlichkeit für mich und auch eine
große Ersparnis, denn trotz des sehr guten Gehalts deines Vaters, weiß ich wirklich nicht, ob ich mir ein Kindermädchen
allein für Katia hätte leisten können. Als sie dann in den Kindergarten gingen, war es immer die Burgl, Ediths Kindermädchen, die sie begleitete. Genug, ich wollte dir nur den Beginn
der Freundschaft zwischen den zwei Mädchen erklären.*
*Dann kam das Jahr 1933 und es begannen die ersten Schwie-
rigkeiten. Wie soll ich dir die Erniedrigung des Herrn L. beschreiben, als er bei Gericht ausgepfiffen, beleidigt, von einer*

gewalttätigen Gruppe Extremisten angegriffen wurde. Nicht einmal die Polizei wagte es einzuschreiten. Er konnte sich nur dank der Hilfe deines Vaters retten, der ihn im Schutz einiger Gerichtsdiener wegbringen ließ. Ich werde jenen Tag nicht vergessen, selbst wenn ich hundert Jahre leben würde. Seine Frau kam weinend zu mir. Er stand unter Schock. Er blieb eine Woche zu Hause versteckt, unfähig sich vom Bett zu erheben ... auch wegen der erhaltenen Schläge und der Wunden.

Auf Grund seiner Zugehörigkeit zur jüdischen Rasse, wurde er auch aus der Rechtsanwaltskammer ausgeschlossen. Übrigens eine Sache, die überall in Deutschland geschah. Es war ihm nur erlaubt, andere Juden zu verteidigen: Erniedrigend, weil er wusste, dass er von vorneherein verlorene Fälle verteidigte.

Auch Edith bekam die neuen Einschränkungen zu spüren. In der Schule erlaubten sie nur einem minimalen Prozentsatz an Juden, ich glaube eineinhalb Prozent, die Einschreibung in normale, das heißt arische Klassen. Es gefällt mir nicht, dieses Wort niederzuschreiben, aber damals gab es eine Art Hysterie: Man sprach von nichts Anderem als von arischer oder nichtarischer Rasse. Edith, noch ein Kind, konnte die Diskriminierungen, die Ungerechtigkeiten, die Quälerei nicht verstehen, deren Ziel sie in der Schule wurde. Unsere Katia blieb trotz allem ihre Freundin, ich weiß sogar, dass sie sie einige Male auf eigene Gefahr verteidigte.

Aus diesem Grund solltest du dich mit deiner Schwester aussöhnen, ein mutiges Mädchen, auch wenn sie mir in der Folge mehr als einen Kummer bescherte. Aber nicht darüber will ich reden. Ich will nicht über deine Überzeugungen urteilen, denn in Wirklichkeit bist du nur einem Trend der Zeit gefolgt, während deine Schwester mir jetzt, nach Jahren, Respekt und Bewunderung einflößt.

Gleich danach war die Familie L. gezwungen, die Burgl zu entlassen, denn einem Juden war es nicht erlaubt arisches

Personal einzustellen! Es gab eine Abfolge absurder Gesetze, die nur darauf abzielten zu erniedrigen oder besser gesagt, eine besondere Gruppe von Menschen zu diskreditieren. Für Edith war es eine Tragödie; ihre Mutter schlug mir dann vor, das Mädchen als meine Angestellte auszugeben, während sie ihr weiterhin den Lohn bezahlte, der übrigens direkt an ihre Familie ging – sehr arme Leute vom Land, die dieses Geld bitter nötig hatten. So kam es, dass das Mädchen bei uns einzog. Aber nur der Form halber.

Diese Geschichte setzte sich fort, bis noch größere Probleme, auch finanzieller Natur auf den armen L. zukamen.

Die beiden, bereits früher, Ende der zwanziger Jahre ausgewanderten Brüder – der eine nach New York, der andere nach Australien –, als man bereits die Anzeichen dessen zu spüren begann, was da tatsächlich noch geschehen würde, forderten ihn unablässig auf auch auszuwandern; sie brachten auch schon den Auswanderungsantrag auf die Wege, als es noch möglich gewesen wäre Deutschland zu verlassen. Herr L. hatte, wie viele in derselben Lage das Unglück, bis zuletzt an die menschliche Gerechtigkeit zu glauben. Er sagte, dass es sich nur um einen momentanen Wahnsinn handle. Die Vernunft, der Hausverstand, die alte deutsche Kultur, die Tradition der Toleranz, die dieses Volk ausgezeichnet hat, ermutigten ihn zu hoffen, dass sich alles zum Guten wenden würde. So verfiel er der Schwermut, anstatt etwas für die eigene und die Rettung der Familie zu unternehmen, wozu auch wir ihn ständig aufforderten. Er schloss sich über Wochen und Monate zu Hause ein; er wollte das Haus nicht einmal mehr verlassen, um zum Konsulat zu gehen. Er fürchtete die Straße und ihre Gefahren. Er hatte Angst angegriffen, zusammengeschlagen zu werden ... etwas, was angesichts der Zeiten durchaus hätte geschehen können. Er wagte sich nicht einmal ans Fenster, auch wenn ich nicht wüsste, wer ihn da hätte sehen sollen, oben im dritten Stock. Er wiederholte dauernd, dass er froh sei, dass der Tod dem Vater all diese Erniedrigungen erspart hatte.

Im Haus waren inzwischen neue Bewohner eingezogen – Arier, Parteifunktionäre. Für einen Pappenstiel hatten sie die beiden Wohnungen gekauft. Unsere Freunde haben ihre Wohnung, die Möbel, alles zurücklassen müssen.

Inzwischen hatte sich die Arisierung in der Stadt, so wie in ganz Deutschland ausgebreitet wie ein Ölfleck.

Auch unsere Situation wurde immer gefährlicher. Dein Vater bekleidete ein wichtiges Amt, immer unter Beobachtung, den Kritiken der Feinde ausgesetzt; schließlich durfte er sich nicht kompromittieren, indem er weiterhin freundschaftlichen Umgang mit einem Juden pflegte. Die beiden Mädchen mussten sich verstecken, wollten sie miteinander spielen. Um größere Unannehmlichkeiten zu vermeiden, war ich gezwungen ihnen zu verbieten, dass sie gemeinsam den Weg zur Schule zurücklegten! Heutzutage kann man solche Geschichten nicht mehr glauben, doch du weißt nicht, wie einfach es war, eine Anzeige zu erstatten, einen anonymen Brief an die Polizei zu schicken. Häufig nicht einmal anonym. Wir waren von Spitzeln umgeben.

Es waren furchtbare Zeiten für alle.

Die schlimmste Sache war die Unfähigkeit des Herrn L., den Ernst der Lage zu begreifen. Nach all der Zeit sträubt sich das Wort ‚Jude‘ immer noch unter der Feder, oder es wäre besser zu sagen, im Kopf und im Herzen. Erst danach haben wir erfahren, was Deportation bedeutete. Du musst mir glauben, wir wussten von den Arbeitslagern, aber keiner von uns hat je jenes schreckliche Wort ‚Endlösung‘ gehört. Ich nicht, dein Vater vielleicht schon, aber wir haben nie darüber geredet. Du weißt, dass man zu Hause nie über Politik sprach. In Anwesenheit deines Vaters wagte ich gerade einmal das Wort Krieg auszusprechen. ‚Feigheit‘, hat uns Katia während des Entnazifizierungsprozesses ins Gesicht geschrien, bei dem sie dabei sein wollte, um Edith zu unterstützen, die vom einen zum anderen Augenblick zusammenzubrechen drohte. Und

sie hat es mir auch mehrere Male in jenen schrecklichen Brie-
fen aus Amerika geschrieben. Feigheit: Was hätten wir Zivilis-
ten, gewöhnliche Frauen und Männer auch tun können?

Ich zumindest habe getan, was mir das Gewissen gebot,
während dein Vater … Ich will nicht über ihn richten, auch er
war in das System involviert, er hätte sich nicht heraushalten
können, ohne Gefahr für sich selbst und für uns. Niemand hat
heute eine Vorstellung davon, was wir in jenen Jahren durch-
gemacht haben.

An dem Abend, an dem das Ehepaar L. diskret an unsere
Tür klopfte, nachdem es uns einen Zettel mit der Bitte hat zu-
kommen lassen, sie zu empfangen, kann ich dir nur sagen,
dass ich einem Nervenzusammenbruch nahe war.

Und ich wusste nicht, dass es erst der Anfang war.

Sie zeigten uns einen Brief, den sie gerade erhalten hatten:
Eine Aufforderung innerhalb ich weiß nicht mehr wie vieler
Tage, in den Baracken von Milbertshofen in der Knorrstraße
vorstellig zu werden und die kleine Wohnung zu räumen, in
der sie mit anderen drei, gleichfalls jüdischen Familien wohn-
ten, da sie für andere Evakuierte, aber arischer Rasse ge-
braucht werde. Sie durften nur einen kleinen Koffer mitneh-
men, und ich weiß nicht welchen Geldbetrag. Im Übrigen ha-
ben sie auch aus dieser Wohnung nichts Anderes mitnehmen
dürfen, als einige Matratzen und Decken. Sie sind schon vor
langem, ich kann mich nicht mehr erinnern wann, gezwungen
worden auszuziehen; meine Erinnerungen sind ziemlich kon-
fus.

Sowie sie fort waren, haben wir, jetzt rechtmäßige Inha-
ber, sofort davon Besitz ergriffen. Was Anderes hätten wir tun
sollen? Ich wäre gerne im Hochparterre geblieben, dieselbe
Anzahl von Zimmern, dieselbe Raumunterteilung, alles gleich,
außer der Nähe zur Straße. Dein Vater wollte nichts davon
hören, im dritten Stock ist die Luft sauberer, es gibt weniger
Lärm, man sieht den Fluss. Der Umzug war traumatisch für
mich: Die Wohnung der L. ist von einer Abteilung der SA ge-

räumt worden, die alles weggeschafft hatte, und zwar, heute kann ich es sagen, auf schändliche Weise. Es war ein richtiges Zusammenraffen. Mir blutete das Herz, wenn ich an die alten Möbel denke, an die Kunstgegenstände, an das Silber, die Bilder namhafter Künstler, die Teppiche, die feine Wäsche, alles, bis zum letzten Fetzen, zum letzten Besen. Bevor wir einzogen, ließ dein Vater eine Mannschaft kommen, um die Wohnung von dem ganzen Unrat zu säubern, den jenes Gesindel zurückgelassen hatte.

Nein, ich bin in dieser Wohnung niemals glücklich gewesen, ich habe mich immer als Eindringling gefühlt und ich glaube, dass ich eben deswegen erkrankt bin. Gott hat mich bestraft. Ich war nicht imstande nach seinen Geboten zu leben. Die Menschen haben sich von ihm entfernt und dein Vater mehr als alle anderen. Bereits damals, bei deiner Taufe, angesichts des Protests des Pfarrers, der sich weigerte dir einen nicht-christlichen Namen zu geben, reagierte er mit äußerster Gewalt. Er sagte, dass er ihm nur erlaube dich zu taufen, um mir einen Gefallen zu machen! So trägst du den Namen eines Raubvogelnests. Auch das habe ich ertragen müssen. Aber es steht mir nicht zu, über ihn zu urteilen; ich hoffe nur, dass er in sich geht und in Gottes Kirche zurückkehrt. Ich weiß aber nicht, wie sehr es ihm bewusst ist, gesündigt zu haben.

Das was mich am meisten betrübt ist, dass auch du demselben Weg folgst: Auch du hast gesündigt, indem du jenes arme Mädchen geschwängert hast. Vergiss das nie. Hätte ich die Gewissheit, dass du es eines Tages bereuen wirst, würde ich zufrieden sterben.

Aber ich muss dir noch von unserer Wohnung erzählen. Vor Jahren hatten wir zu einem Kompromiss gefunden, der heute illegal klingen mag. Damals heiligten die Mittel den Zweck, man musste die Gesetze umgehen, um zu retten was noch zu retten war. Schließlich hatte uns das Paar L. schon vor Jahren, *das heißt seit der Arisierungsprozess in München begonnen hatte – und es gab ziemlich aufsehenerregende Enteignungen –, nominell ihre und die Wohnung im Hochparterre verkauft, in der wir wohnten. Ich sage nominell, weil wir nie die notwendigen Mittel gehabt hätten, um die zwei Immobilien zu bezahlen. Es wurde ein fiktiver Preis festgelegt, so wie es übrigens viele andere machten, ein Preis, der aber trotzdem unsere Möglichkeiten überstieg. In Wirklichkeit bezahlten wir nur die Notariatsspesen. Wir verpflichteten uns aber, Edith nötigenfalls zu uns zu nehmen, mindesten bis zum Erhalt der Ausreisepapiere. Leider kam es anders. Ich will dich nicht mit all den Einzelheiten unseres Umzugs langweilen, Tatsache ist, dass sie uns an jenem Abend baten, die Edith für einige Zeit zu uns zu nehmen, um ihr den Schock der Baracken zu ersparen.*

Wir konnten ihnen diesen Gefallen nicht versagen (wie hätten wir es auch gekonnt, nach den zuvor gemachten Versprechen?), auch wenn dein Vater im Nachhinein nicht aufhörte mich zu tadeln, mit Szenen hinter verschlossenen Türen, in unserem Schlafzimmer, und mit gedämpfter Stimme, da damals auch die Wände Ohren hatten. Sogar nachts. Schließlich beschuldigte er mich, seine Person und unsere Familie größter Gefahr ausgesetzt zu haben.

Am darauffolgenden Tag, in den ersten Morgenstunden, stand die Gestapo mit einem Durchsuchungsbefehl vor unserer Tür. Es waren drei tote Personen gefunden worden, auf dem Bett liegend, vollkommen angekleidet. Es fehlte das Mädchen. Dein Vater hatte die Geistesgegenwart sie nicht eintreten zu lassen, indem er seine Stellung als hoher Funktionär der Reichsgerichtsbarkeit, Parteimitglied und ich weiß nicht was sonst noch geltend machte.

Ich glaube, ich habe etwas durcheinander gebracht, denn wenn ich nicht irre, wohnten wir bereits im dritten Stock. Es sind so viele Jahre vergangen, und mein Gedächtnis hat, auch wegen der starken Beruhigungsmittel, die ich nehmen muss, sehr nachgelassen. Ich erinnere mich aber ganz deutlich an den Besuch von Ediths Eltern und die darauffolgenden Tage, immer in der Angst, dass das Mädchen entdeckt werden könnte, dass uns jemand anzeigen könnte – und ich muss sagen, dass ich vor allem dich fürchtete, deinen naiven Fanatismus. Man wusste, dass es in der Schule Kinder gab, die ihre Eltern anzeigten, wenn sie sie nur gegen den Krieg reden hörten, oder wenn sie sich wegen der Bombenangriffe beklagten. Muss ich den Rest erzählen?

Du erinnerst dich sicher an unsere nächtliche Flucht, ich mit Edith als Bub verkleidet und Katia? Nur wir drei. Du bist einige Wochen später nachgekommen, um keinen Verdacht zu erregen. Aber auch, weil du noch in München bleiben wolltest, alleine mit deinem Vater. Wir versteckten uns in unserm Landhäuschen und die arme Edith blieb einige Monate versteckt, bis ein Geburtsnachweis kam, natürlich gefälscht, von einer meiner Cousinen besorgt, die seit Jahren in der Schweiz lebte. Ich hatte sie gebeten, mir auch einen Brief zu schicken, in dem sie erklärte, dass sie uns ihren Sohn Hubert, das heißt Edith, auf unbestimmte Zeit anvertraut, da sie, schwer erkrankt, ins Krankenhaus musste. Und so entstand die Geschichte von meinem Enkel aus der Schweiz. Das arme Mädchen konnte so zumindest an die frische Luft, und hätte ein mehr oder weniger normales Leben leben können, wärest du nicht gewesen, immer gegen sie, streitsüchtig, aggressiv wegen jeder Kleinigkeit – wie oft musste ich sie vor deinen Wutanfällen retten. Alles nur, weil du wegen ihr gezwungen worden warst, deine Schule in München zu verlassen, deine Freunde von der HJ und den ganzen Rest!

Du warst zu jung, um zu verstehen, und es war ein Wunder, dass du sie in deiner Einfalt nicht angezeigt hast. Jeden Tag dieselben Empfehlungen, erinnerst du dich? Im Grunde ging es nicht mehr nur um Edith, sondern um uns alle. Der 8. Mai war für mich eine richtige Befreiung: Zweieinhalb Jahre der Angst, jede Nacht der Alptraum entdeckt zu werden, und die Bäuerin, die uns mit Raubvogelaugen beobachtete, wie *eine Diebin. Sie hatte einen Verdacht und sie hätte uns gerne erpresst, wäre da nicht der Name deines Vaters gewesen, der ihr mehr Angst als Respekt einflößte.*

Aber dein Verhältnis zu Edith verbesserte sich auch nach dem Krieg nicht, als dein Vater Dank ihrer Zeugenaussagen völlig rehabilitiert, wieder seine Arbeit aufnehmen konnte, ohne etwas von seiner früheren Position einzubüßen. Im Übrigen gab es bei dem Nachkriegschaos großen Bedarf an Richtern. An etwas aus jenen Jahren wirst du dich wohl trotz des rebellischen Alters, das du durchlebtest, erinnern können. Für mich ist es eine Zeit, die ich nie aus meinem Gedächtnis löschen könnte, auch wenn man es heute vermeidet darüber zu sprechen, wie über eine schändliche Krankheit.

Dass wir den Krieg verloren hatten, versetzte uns in eine erniedrigende Lage der Unterwerfung vor ganz Europa, und wenn wir so wollen, der ganzen Welt gegenüber. Man musste das Haupt beugen und nach vorne schauen. Zeigen, dass wir noch würdig waren, der menschlichen Gemeinschaft anzugehören. Aber darüber will ich nicht sprechen: Du hast mehr gelitten als wir Erwachsenen. Du warst verwirrt, deiner Ideale beraubt, die dich als Kind entflammt hatten, der Begeisterung, der Vaterlandsliebe und der Hingabe für jenen Mann, den sie dich in der Schule gelehrt hatten zu vergöttern. Und jetzt, da du erwachsen bist, gelingt es dir immer noch nicht, dich zu versöhnen, vermagst du nicht Frieden zu schließen mit diesem Land, diesen Menschen, die dir von Geburt und Tradition her ähnlich sind. Ich habe den Eindruck, dass du deine Haut, dein Deutsch-Sein nicht liebst. Du bist gerade im Alter der großen Leidenschaften verraten worden. Du hast dich richtiger Weise den ideellen Werten verschrieben, auf die jede junge Seele ausgerichtet werden muss: Die Vaterlandsliebe. Jetzt wagt niemand mehr, das Wort Vaterlandsliebe auszusprechen. Ich weiß, wir haben ein unschätzbares Gut verloren. Jetzt versuchen wir die alten Ängste, die Ängste, die uns nie verlassen, in diesem neuen Wohlstand, in diesem fiktiven, oberflächlichen Reichtum zu ertränken, der die Trümmer, die jeder von uns in sich trägt, zu verdecken sucht.

Dein Sohn wird das alles nicht erfahren.

Hans Georg ähnelt dir, wie du in seinem Alter warst, er hat nur die Augen seiner Mutter. Ich weiß nicht, ob du ihn jemals in die Arme genommen hast. Wirst du ihn lieben lernen, wirst du ein guter Vater sein?

Es folgen andere Empfehlungen, ein Abschiedsgruß und das Datum: 10. Oktober 1958

Es muss gegen vier Uhr morgens gewesen sein, als ich diesen Brief zu Ende gelesen und mehr schlecht als recht fertig übersetzt hatte.

Müde, zutiefst bewegt, bin ich noch angezogen beinahe ins Bett gefallen und habe zu schlafen versucht: In welchem Zimmer, in welchem Bett? War es wirklich Katias Zimmer, oder Ediths? Welches Durcheinander. Der Schreibtisch scheint mir der von Katia zu sein, aber es ist möglich, dass sie ihn vom ersten in den dritten Stock gebracht haben, so wie das Bett, das heißt die Betten. Gleich am ersten Tag habe ich eine Art Liege, eine Schlafcouch an die Wand gerückt, auf die ich gleich meine Kleider geworfen habe. War das Katias oder Ediths Bett?

Zu meiner Schande muss ich zugeben, dass ich eingeschlafen bin, und jetzt sitze ich hier und lese, was ich heute Nacht niedergeschrieben habe.

Ich bin aufgebracht. Verspüre sogar einen seltsamen Brechreiz und bin nicht einmal in der Lage einen Tropfen Tee hinunterzuschlucken. Ich bin nur froh, noch nicht Frau Edith gesehen zu haben. Ich glaube, ich bin nicht in der Lage, ihre Anwesenheit zu ertragen. Wie kann ich ihrem Blick standhalten?

Jetzt verstehe ich viele Dinge, vor allem die derart stickige Atmosphäre dieses Hauses, die Angst, die mich jedes Mal überkommt, wenn ich ums Eck komme und die geschlossenen Fenster von Großvaters Arbeitszimmer sehe. Dieses Gefühl beobachtet, beurteilt zu werden und die Gespenster, die nachts vom einen zum anderen Zimmer irren. Ediths Eltern leben noch hier, ich bin mir sicher! Deshalb also kann sie sich nicht von diesem Haus losreißen.

Alles klar.

Auch meine schlimmen Träume.

Mein Gott, warum musste diese Geschichte gerade mir passieren?

Und dann, so viele Fragen: Kann es sein, dass Papa als Knabe diesen Mann, das heißt Hitler vergötterte, dass er ein Nazi war? Die verlorenen Ideale, der Verrat. Die Jünglinge oder besser die Buben, die stärker litten als die Erwachsenen. Die Weigerung, sich mit dem Vaterland zu identifizieren. Mit welchem Vaterland, dem neuen, oder dem inzwischen zerstörten?

Ich kann mir meinen Vater nicht desorientiert, unsicher vorstellen.

Wie mich das alles ängstigt. Mir ist, als kenne ich meinen Vater nicht mehr, als habe ich einen Unbekannten vor mir.

Und übrigens, was weiß ich von ihm, das heißt vom Menschen, vom jungen Horst? Ist es gut, dass die Kinder wissen, wer ihre Eltern vorher waren, als sie jung waren? Für uns beginnen sie erst von dem Augenblick an zu existieren, an dem sie uns zeugen. Vor dieser Zeit leben sie nur für sich, denken sie gewiss nicht an die Kinder, die sie haben werden. Jene Kinder, vor denen sie sich früher oder später rechtfertigen müssen. Rechtfertigen?

Ich hätte gut daran getan, diesen Umschlag nicht zu öffnen.

Mit wem darüber reden? Ich kann nicht alles für mich behalten. Mir scheint, ich platze.

Mir fällt Tante Sidonie ein, aber ich verwerfe die Idee sofort. Es scheint mir nicht anständig zu sein, ihr zu sagen, dass ich alles über sie weiß und über ihre Situation in Großvaters Wohnung. Und wie sich Papa verhalten hat.

Ohne zu bedenken, dass ich zugeben müsste, einen an ihn adressierten Brief geöffnet zu haben. Übrigens, was bedeutet das, dass er den Namen eines Raubvogelnests trägt? Ich muss im Wörterbuch nachschauen, aber jetzt hab ich nicht den Mut dazu. Ich habe genug, von den schlechten Nachrichten.

Hans Georg. Ich glaube, er ist der einzige, der mir helfen kann. Wir werden ja sehen, ob er im Stande ist zuzuhören.

Er muss eine Menge Dinge wissen. Mehr noch: Er weiß alles.

X

Ich bin schon einmal in Papas ehemaligem Studio gewesen, aber ich habe mir eine ziemlich verschwommene Erinnerung bewahrt: Eine Art riesiges, sehr helles Untergeschoss, verschiedene Zeichentische, an denen eine gewisse Anzahl von Zeichnern konzentriert arbeiteten. Einige verschlossene Türen.

Hier werde ich vielleicht eines Tages viele Stunden meiner Tage verbringen, wenn ich tatsächlich Architektur studieren sollte. Das eigentliche Büro Hans Georgs befindet sich im Erdgeschoss. Es herrscht eine große Stille; ich habe den Eindruck, dass die Menschen hier leise sprechen, beziehungsweise es vermeiden zu sprechen. Die von Bäumen gesäumte Straße verläuft parallel zum Englischen Garten; sehr wenige Autos, eine Schar von Kindern auf Fahrrädern, einige Frauen, die spät noch im einzigen Lebensmittelladen ihre Einkäufe besorgen, ein- und zweistöckige Häuser, umgeben von kleinen ordentlichen Gärten. Ich habe das Gefühl, in einer anderen Stadt zu sein, in einer kleinen Provinzstadt.

Hans Georg, freundlich wie immer, hat mich gleich in sein Büro geführt und hat mich gebeten, einen Moment zu warten: Er muss eine Arbeit beenden, eine Angelegenheit von wenigen Minuten.

Es ist ein nicht sehr großer Raum, aber hell, mit hellem, weichem Teppichboden. Eine Atmosphäre äußerster Transparenz. Einige Regale längs der Wand, ein Schreibtisch aus Plexiglas, drei Sessel aus demselben Material, in pedantischer Symmetrie vor dem Schreibtisch selbst aufgereiht. Es gefällt mir nicht und ich weiß nicht warum. Es ist alles sehr steril, kalt, wie der Wartesaal eines Krankenhauses.

Ein Sofa mit geometrischen Formen, das ich abstrus definieren würde, wenn ich nicht eine Idee, eine Absicht dahinter vermuten würde, weiß, vielleicht Leder oder etwas Ähnliches. Ich versinke genüsslich und atme erleichtert auf. Ich bin müde. Ich bin richtig gelaufen, auch weil ich mich in der U-Bahn Haltestelle geirrt habe. Eine Haltestelle zu früh. Und ich habe nicht gleich die Straße gefunden.

Arbeitete Papa in diesem Raum? Hat er ihn so eingerichtet, oder ist es Hans Georgs Werk? Papa war ein richtiges Chamäleon, wenn ich an Tante Sidonies Haus denke, an unseres in Roselle, an jenes in der Franz-Joseph-Straße, an das ich mich so gut erinnere, anders als die anderen beiden und dieses sehr moderne Büro. Wie war er wirklich? Wie viele verschiedene, miteinander kontrastierende Persönlichkeiten. Wie viele Unbekannte.

Einen Augenblick: Den von Roselle, den Mann meiner Kindheit, den kenne ich.

Oder zumindest glaube ich ihn zu kennen. Heute bin ich mir über nichts mehr sicher.

Es ist bereits eine halbe Stunde um, und Hans Georg lässt sich nicht blicken. Ich stehe auf und drehe eine Runde im Zimmer, dann gehe ich hinaus, steige einige Stufen hinab und sehe ihn schließlich gemeinsam mit einem jungen Architekten über einen großen Zeichentisch gebeugt; dieselbe Szene, wie ich sie mehrere Male in Roselle gesehen habe. Er, der Junge, und Papa, die betagte Person, während sie mit großer Aufmerksamkeit ein auf dem Klostertisch ausgebreiteten Plan betrachten. Mir kommt Mama in Erinnerung, einen Finger an den Lippen, die Augen ernst. Nicht stören. Danach wusste ich, jedes Mal wenn ich ihn kommen sah, dass es wegen der Arbeit war; oft aber war ich außer Haus und wusste gar nichts von seinem Kommen. Auch jetzt wage ich nicht zu stören. Auf Zehenspitzen gehe ich ins Büro zurück, und werfe mich auf das Sofa. Ich bin todmüde. Letzte Nacht habe ich wenig und schlecht geschlafen.

Eine Hand auf meiner Schulter, jemand der mich vorsichtig, aber mit Nachdruck schüttelt und eine Stimme: »Schwesterchen, Schwesterchen«. Es muss nicht einfach gewesen sein, mich zu wecken. Mir scheint, ich tauche aus einer Art schwarzem Loch wieder auf, dem Tod ähnlicher als dem Schlaf: Wer schenkt mich dem Leben wieder?

Hans Georg beginnt zu lachen.

»Sag mir mal, seit wann schläfst du nicht mehr? Wo hast du die letzte Nacht verbracht? Warst du Tanzen?« Das übliche System: Wenn ich nicht gleich reagiere, ist er imstande, mich eine geschlagene halbe Stunde lang mit Fragen zu bombardieren, ohne je Atem zu holen. Plötzlich wach:

»Ich bin hierhergekommen, weil ich jemanden brauche, der mir zuhört. Bist du dazu fähig? Mit Papa war es unmöglich. Er konnte nicht zuhören, und auch deine Mutter nicht; nur Mama hört zu, aber ich bin mir da nicht so ganz sicher. Sie schweigt, und lässt die anderen reden. Ich weiß nicht, ob das Zuhören ist.« Er sieht mich neugierig geworden an. Ein Lächeln auf den Lippen, die Augenbrauen hochgezogen als Zeichen äußerster Ernsthaftigkeit. Es gelingt ihm nicht, mich ernst zu nehmen, ich seh' es ganz deutlich.

Ein wilder Zorn, eine Welle gerade noch unterdrückten Zorns überkommt mich, gerade so, wie es Papa passierte. Diese Kombination lässt mich hochfahren, jetzt, während ich schreibe. Ein Erbe meines Vaters? Gerade das, was ich an ihm am meisten hasste und fürchtete: Seinen Zorn, jene plötzliche und unvorhersehbare Wut, die Mama so sehr erregt hat, dass sie aus ihrer üblichen Benommenheit aufwachte, und sich mit einem Stock auf ihn stürzte. Ich glaube, dass mein Vater einen Schock erlitten hat, denn seither ließ er sich nicht mehr gehen; nur die flammenden Blicke, und ich wusste was sich dahinter verbarg. Mama mit ihrem un-

endlichen Phlegma war es gelungen die Bestie zu zähmen ...
ein weiteres, meiner Feder entschlüpfte Wort, das mich erschauern lässt.

Hans Georg legt sich zwei Finger an die Lippen, um mir zu
verstehen zu geben, dass er schweigen und nur mit meiner
Erlaubnis reden werde. Er fährt fort mit mir zu spielen, wie
man es mit Kindern macht.

Auch er hat eine Art mich beinahe liebevoll anzusehen,
ganz wie Tante Sidonie. Es mag an denselben Augen mit unterschiedlichen Farben liegen, eines grün, das andere zwischen grün und grau. Mit gewissen sehr seltsamen strohgel-
ben Schlieren. Aber es ist nicht diese Besonderheit, die mich
verzaubert. Es ist die Art zu schauen, die Wärme, die sie
vermitteln. Ein Hauch von Fröhlichkeit im Hintergrund, irgendetwas Versöhnliches. Ich habe Schwierigkeiten, das Geheimnis dieses Blickes zu erklären, der, ich muss es zugeben, die Macht hat, mich zu beruhigen.

Gerade genug, so dass die berühmte Welle abklingt, bis sie
zum normalen Atem eines kleinen Haustierchens wird. Vor
diesen Augen gelingt es mir nicht, den Kampfgeist hoch zu
halten. Eine Art Hemmung verschließt mir den Mund; ich
weiß nicht mehr was sagen. Ich muss wohl zu lange geschwiegen haben, denn nach einer Weile höre ich seine
scherzhafte und freundliche Stimme. Er hat eine schöne, tiefe Stimme, die mich an die von Papa erinnert. Nur die Art,
sie zu benutzen ist ganz anders.

»Schwesterchen, fehlt dir was? Brauchst du Hilfe? Am Telefon kamst du mir besorgt, beunruhigt vor, deshalb habe
ich dir gesagt, du sollst sofort kommen, obwohl ich in diesem Moment wenig Zeit übrig habe. Verzeih mir, wenn ich
dich so lange habe warten lassen.«

»Bitte sag mir, warum Großvater die Wohnung in der Widenmayerstraße gerade mir überlassen hat und ... erzähl
mir von ihm, sag mir, wer er war.« Eine Bombe hätte keine

schlimmere Reaktion auslösen können.

Hans Georg verliert den gelösten, ich würde sagen beinahe belustigten Gesichtsausdruck, den er immer aufsetzte, seit ich ihn kenne. Seine Gesichtszüge verhärten sich.

Er steht auf, ungeduldig, verdrossen. Er geht zum großzügigen Fenster, schiebt die Lamellengardine zur Seite, die den Ausblick versperrt und bleibt stehen, betrachtet einen genau vors Haus gepflanzten Baum. Beinahe, als sehe er ihn zum ersten Mal.

Und schließlich seine Stimme. Für einen Moment hatte ich den Eindruck Papa zu hören. Denselben Ton, dieselbe Härte, die gleiche Art, die Worte auszusprechen, sie voneinander abzusetzen, sie zu betonen. Das ist es also, was seiner üblichen Stimme fehlt.

»Schon lange habe ich diese Frage von dir erwartet seit ich dich beim Begräbnis gesehen habe, und dann bei meiner Mutter. Vorher nicht, da warst du zu jung, auch wenn man schon damals eine bestimmte grüblerische, beziehungsweise einfühlsame Ernsthaftigkeit erkennen konnte, die ich im Augenblick nicht zu definieren wüsste. Mit Sicherheit schwedischen Ursprungs.«

Er bleibt noch einige Augenblicke vor dem Fenster stehen, schließlich lässt er die Schnur durch die Finger gleiten, und schließt die Lamellengardinen ganz plötzlich, dreht sich um, und setzt sich hinter den Schreibtisch. Er macht die Tischleuchte an, die ein gedämpftes Licht verbreitet, obwohl der Tag draußen noch nicht ganz verlöscht ist. Wie spät mag es sein und wie lange habe ich wohl geschlafen? Seltsamer Weise wage ich es nicht, auf die Armbanduhr zu sehen, es wäre eine offensichtliche Unhöflichkeit ihm gegenüber. Wir verharren in einer Art dämmrigem Halbschatten.

»Wer war dein Großvater? Der Herr Richter, für mich und meine Brüder, und auch für meine Mutter. Er vermachte dir, der einzigen richtigen Enkelin, dem einzigen wahren Nachkommen seiner Familie die Wohnung in der Widenmayer-

straße, mit einem dicken Aktienpaket – dessen Ertrag du
seit deiner Volljährigkeit persönlich verwenden konntest,
während im Laufe der vergangenen fünfzehn Jahre die Er-
träge auf ein eigenes Konto eingezahlt wurden. Wenn du die
angelaufenen Zinsen dazurechnest, handelt es sich um einen hübschen Patzen Geld ... Jedenfalls ein schönes Erbe.«
Er hielt plötzlich ein, als wolle er die Gedanken sammeln,
ordnen:

»Ich und meine Brüder waren nur die Söhne Sidonies,
der Magd.

Meine Mutter ist von der Familie Hager noch als Kind,
gleich nach dem Krieg aufgelesen worden. Sie war eine der
vielen Waisen, deren Eltern entweder unter den Bombarde-
ments der letzten Jahre, kurz vor dem großen Zusammenbruch zu Tode gekommen waren, oder danach, an Krankheiten, vor Hunger oder Entbehrungen jedweder Art gestorben
sind. Ihr Vater war verschwunden, sicher tot, man weiß
nicht genau wo. Die Mutter hat auf ihn gewartet, man könnte sagen, bis gestern. Ihre Mutter starb im Krankenhaus, so
sagte man zumindest; sie selbst erinnert sich nicht genau,
unter welchen Umständen. Aber ich will dich nicht mit den
Geschichten meiner Mutter langweilen.

Anstatt in einem Waisenhaus zu landen, wurde sie von
der Familie Hager aufgenommen, die sich so eine kostenlose
Arbeitskraft sicherte, eine dankbare Person, von ihnen ab-
hängig und treu bis zur Aufopferung. Meine Mutter hatte
niemanden, wenn man von einer armen Haut, einer Tante,
einer Schwester der Mutter oder des Vaters absieht, die sich
weigerte sie aufzunehmen, da sie selber schon Kinder genug
hatte. Deine Großmutter schickte sie in die Schule, um sie
nicht als Analphabetin aufwachsen zu lassen. Mehr war laut
ihr nicht nötig; auch ließ sie sie keinen Beruf erlernen: Um
im Hause zu bedienen, genügte was sie wusste.«

Mit dieser harten, schneidenden Stimme ist Hans Georg
nicht wiederzuerkennen. Ich kann gar nicht mehr atmen

und ich muss zugeben, dass er mir Angst macht. Was will er mir sagen? Er schweigt lange. Er scheint zu überlegen, wie er fortfahren soll, aber dieses Schweigen voller Anspannung und Erwartung ist zumindest für mich beunruhigender als jede Enthüllung.

»An einem gewissen Punkt nahm Horst sie wahr und ich wurde geboren. Meine Mutter hat mir nie erzählt, wie die Familie reagierte, gewiss aber war es ein Skandal. Um zum Ende zu kommen: Horst wurde nach Berlin geschickt, um das Studium abzuschließen, und ich wuchs zwischen dem Kämmerlein meiner Mutter und der Küche auf; der Sohn ‚unserer‘ Sidonie. Dein Großvater hielt es nicht für notwendig, über die Verantwortung seines Horsts zu reden, auch nicht über die nicht zu vernachlässigende Rolle, die er beim Akt meiner Zeugung gespielt hatte. Er ignorierte mich immer. Deine Großmutter starb und ich blieb mit meiner Mutter, dem Richter nützlicher als je zuvor, in der Widenmayerstraße. Der Richter gewährte der ‚armen Sidonie‘, wie er sie nannte, in einer Geste höchster Großzügigkeit ein mageres Gehalt. Keine Sozialbeiträge, keine Krankenversicherung.

Bis zu diesem Moment war ihre Arbeit überdies nie in offizieller Form entgolten worden, nur Essen, Unterkunft, das eine oder andere abgelegte Kleid; behandelt wie eine arme Verwandte, nicht mehr und nicht weniger. Ein sehr gutes Geschäft für deine Großmutter, die überzeugt war, ein gutes Werk zu tun.

Ich will die Geschichte kurz machen, weil sie mir ziemlich banal vorkommt. Um abzuschließen: Dein Vater musste neuerdings ‚unserer‘ Sidonie gewahr werden, weil Philip zur Welt kam. Ich war zwölf Jahre alt, und ich erinnere mich, wie meine Mutter bis zum letzten Tag, noch kurz vor der Geburt, die im Hause stattfand – ich rannte los, die Hebamme zu holen –, dem Herrn Richter das Mittagessen servieren musste, der fortfuhr ihren Zustand zu ignorieren, der sogar für ein Kind wie mich offensichtlich war.

Vor zwei Kindern war es unmöglich die Augen zu verschließen. Meine Mutter sagt, dass der Herr Richter Horst zwang, sie zu heiraten; ich kann es gar nicht glauben. Ich muss zugeben, dass ich nie imstande war, deinem Vater Fragen zu stellen, dem einzigen, der mir vielleicht die Wahrheit hätte sagen können. Ich habe es immer aus einer Art Feigheit heraus vermieden, dieses Thema anzusprechen ... außerdem hast du ihn ja gekannt und weißt, wie schwer es war, mit ihm zu reden; ich sage es nicht zu meiner Entschuldigung. Jedes Mal; wenn er sich angegriffen wähnte, wusste er eine eisige Wand zwischen sich und seinem Gesprächspartner aufzurichten.«

Draußen war es inzwischen dunkel geworden. Jetzt scheint die Lampe über seinem Schreibtisch mehr Licht zu spenden. Ich sehe, dass seine Hand unmerklich zittert. Er ist nervös. Er nimmt einen Bleistift, spielt ein bisschen damit, und legt ihn an seinen Platz zurück. Er fährt fort, während er eine Stelle an der Wand fixiert.

»Ich will es kurz machen. Unsere Beziehung war immer sehr förmlich: Er finanzierte das Studium, sagen wir, er ermöglichte mir zu studieren, ohne mich zu zwingen, nebenher arbeiten zu müssen, um mich selbst zu erhalten. Ich gebe zu, er hätte es tun können, warum auch nicht? Seinen Charakter berücksichtigend und seine ganze Art zu denken, hat er sich selbst übertroffen, ich gestehe es ihm zu. Nur um diese Geschichte abzuschließen: Er kaufte das Haus vor der Stadt, das du gesehen hast, und steckte die Familie hinein. Im Jahr darauf kam Christian zur Welt.

Seit wir von der Widenmayerstraße fort sind, sind wir Kinder nie mehr dorthin zurückgekehrt. Mutter kümmerte sich weiterhin um den Herrn Richter, bis zu seinem Tod, indem sie das geeignete Personal auswählte, die nötigen Einkäufe machte und schließlich, indem sie ihn wie eine weitschichtige Verwandte pflegte.

Jetzt weißt du, warum du seine einzige Erbin bist. Im

Grunde besaß dein Großvater nicht viel. Außer der Wohnung, die in Wirklichkeit nicht einmal seine war, besaß er noch Aktien, auch diese von wer weiß welcher Herkunft.«

Er schweigt.

Während er spricht, wird er immer trauriger und die ironischen Spitzen, mit denen er gewisse Worte unterstreichen will, zum Beispiel ,der Herr Richter', ,unsere Sidonie', ,dein Vater', lösen sich in einem Meer der Traurigkeit auf: ein verletzter, noch leidender Mensch. Ich habe mir die ganze Geschichte mit wachsendem Interesse angehört, auch überrascht, wie ich eingestehen muss. Aber auch traurig, entmutigt von so viel Unempfindlichkeit, Ungerechtigkeit und ich weiß nicht was noch.

»Warum sagst du, dass die Wohnung nicht sein war? Die Aktien zweifelhafter Herkunft ... von denen ich unter anderem nicht einmal etwas wusste. Ich glaubte, sie wären von Papa. Und dann, warum sagst du immer ,dein Großvater' und ,dein Vater'? Ich verstehe dich nicht, er war auch dein Großvater, trotz seines für mich inakzeptablen, diskriminierenden Verhaltens. Und mein Vater war auch dein Vater. Wenn ich vorher gewusst hätte, bevor er starb ...«

»Er hat mich gezeugt, diesbezüglich hegte nicht einmal er Zweifel, auch nicht der Richter, niemand. Aber dass er mir Vater gewesen wäre ... das ist ein Urteil, dass nur ich abgeben kann. Ich und meine Brüder. Nein. Er hat uns ein Dach gegeben, ein Haus, zu Essen und Kleidung, hat uns das Studium finanziert; er hat seine Pflicht erfüllt, wie meine Mutter dauernd wiederholt. Er ließ es uns an nichts fehlen, um einen seiner bevorzugten Sätze wiederzugeben, außer der Zuneigung, der Sorge, die ein Vater für seine Kinder empfinden sollte, seinem Interesse, seiner Zärtlichkeit, wie ich sie in Roselle gesehen habe. Dir ist er Vater gewesen. Dich hat er in die Arme genommen, hat dich liebkost, hat mit dir gespielt, gelacht und als du klein warst, hat er dich angezogen, hat deine Händchen gewaschen, deinen Popo sauber gemacht, dir die Decke hochgezogen, dich zu Bett gebracht.

Ich habe dich zum ersten Mal hier in der Franz-Joseph-Straße gesehen, wo er wohnte, auch nachdem er uns in die Vorstadt ausgesiedelt hatte, blieb sie immer seine Wohnung, bis zum Tode. Du warst gerade vier Monate alt, eine kleine Blume, eines der schönsten Mädchen, die ich je gesehen habe. Du lachtest jedes Mal, wenn du den Augen irgendjemandes begegnet bist, du erstrahltest förmlich. Und was für engelhaftes Lächeln! Ich glaube, wenn es Engel gäbe, müssten sie so lächeln. Ein Lächeln, das mit allem versöhnt, mit den Ungerechtigkeiten, den Hässlichkeiten des Lebens, mit dem Leben in seiner ganzen Banalität selbst. Inzwischen ist dieses Lächeln verloren gegangen, nur eine blasse Erinnerung daran ist geblieben ... Nein, erzürne dich nicht, heute noch ist dein Lächeln ein Geschenk des Himmels! Jedenfalls waren alle entzückt, und er mehr noch als alle. Er trug dich auf dem Arm wie ein Juwel, wie etwas Wertvolles. Ein Wunder. Es schien, als hätte er nie zuvor ein Kind gesehen.«

Er hält einen Moment inne, senkt den Kopf, dann lächelt er verlegen.

»Offensichtlich hat er nie bemerkt, drei Söhne zu haben!

Mit dir hat er gelernt, was die Vaterschaft ist und ich muss sagen, dass von dem Moment an sich sein Verhalten auch uns gegenüber verbesserte. Aber was geschehen war, war geschehen. Meine Beziehung zu ihm blieb die von vorher. Zu meinen Brüdern suchte er einen neuen Zugang, ungeschickt und auf Umwegen. Er versagte völlig. Du kennst sie nicht, sie haben den Charakter der Hager. Ich weiß nicht, wie das passieren konnte. Wir begegnen uns nur bei unserer Mutter. An den Weihnachtsfeiertagen. Wir telefonieren nie, aber das ist nicht wichtig für dich. Einer ist Arzt, er arbeitet im Krankenhaus in Passau und Christian unterrichtet am Gymnasium.

Von Horst haben wir etwas Bargeld geerbt, einige Immobilien. Ein kleines Vermögen, genug muss ich sagen, um auf drei aufgeteilt zu werden.

Du hast nichts von ihm bekommen. Im Testament hat er geschrieben, dass sein Vater für dich vorgesorgt habe und dass er es für richtig halte, das Seinige unter uns dreien aufzuteilen. Eine Geste, die alle überrascht hat. Ich sehe, dass du nichts davon weißt. Dieses Büro gehört zu gleichen Teilen meiner Mutter und deiner Mutter. Ich bin hier nur ein Angestellter und ... Verwalter der beiden Damen.« Er schweigt erneut und geht zum Fenster.

Also bin ich hierhergekommen, um zu erfahren, einen zärtlichen und liebevollen Vater voller Aufmerksamkeiten für mich gehabt zu haben! Warum erinnere ich mich nicht an diese Dinge? Warum erinnere ich mich nur an die negativen Seiten, die Strafen, die Szenen, wenn ich mich abends verspätete und den ganzen Rest? Aber das geschah nur in den letzten Jahren, das stimmt. Er traute niemandem: Die Welt da draußen, sagte er, ist voller Gefahren für ein unschuldiges Lämmchen wie mich. Armer Papa.

»Du hast mir noch nicht gesagt, warum die Wohnung in der Widenmayerstraße nicht dem Großvater gehörte.«
»Du lässt nicht locker, was, Schwesterchen!
Die Geschichte der Wohnung ist schnell erzählt. Sie ist eine der vielen kleinen Enteignungsepisoden, die unter der Bezeichnung ‚Arisierung‘ liefen, von denen alle Deutschen, der eine mehr und der andere weniger, profitierten. Die großen Industriebetriebe, die großen Handelshäuser, die Banken, die Geschäfte, der Grundbesitz, die Immobilien, alles, alles wurde arisiert, das heißt auf absolut legalem Weg – tagtäglich wurden neue Gesetze erlassen –, den nichtarischen, also den jüdischen Besitzern abgepresst. Und das geschah in ganz Europa, außer in einigen wenigen Staaten wie Belgien und ich weiß nicht in welch anderem Land noch. Die

französische Regierung hingegen, die Österreicher und die Ungarn beteiligten sich aktiv. Der Großteil jener Güter ging an die Partei, aber auch an Private. Eine schändliche Räuberei, über die man nicht mehr spricht. Ein weiteres, absolut vergessenes Kapitel Geschichte, beziehungsweise eines, das jeder vergessen will. Eine Schande.

Dein Großvater nutzte nur eine allgemeine Situation aus. Viele bereicherten sich auf schändliche Weise, und nach Kriegsende konnten alle ohne Ausnahme die Rückgabe des unrechtmäßig Angeeigneten umgehen, trotz zahlreicher Prozesse, natürlich von denselben Richtern von vorher geführt, was glaubst denn du? Nach dem Krieg waren sie alle da, unsere lieben Nazis! Man hätte die gesamte Bevölkerung eliminieren müssen, so wie man den Kadaver eines Viehs ausweidet ... und ich kann dir versichern, dass nicht einmal die Knochen übrig geblieben wären. Es waren in der Tat sehr wenige Menschen, die unter Anwendung der Taktik des Nicht-Hinschauens, des Nicht-Hörens hätten vermeiden können, nicht in dieses schreckliche System verwickelt zu werden.

Niemand dachte damals, dass ein Volk anzugreifen, es zu zerstören, zu berauben, wie sie es mit dem Rest Europas taten, ein Verbrechen an der Menschheit sein könnte. Jeder sogenannte Blitzkrieg, der mit der Unterwerfung eines Volkes endete, wurde mit großem Jubel gefeiert; jeder Angriff jenseits der Grenzen Deutschlands wurde mit der Notwendigkeit sich ausbreiten zu müssen, den notwendigen Lebensraum für das deutsche Volk rein arischer Rasse – dem durch genetisches Recht auserwählten Volk – schaffen zu müssen gerechtfertigt!

Was für ein eigenartiger Gedanke mir da kommt: zwei auserwählte Völker, das arische, aus genetischen Gründen, und das jüdische, das von Gott gewollte!«

Von diesen Überlegungen überrascht, hält er einen Augenblick gedankenverloren ein, dann schüttelt er sich und fährt mit seinem Plädoyer fort.

»Und man darf die finanzielle Seite des Krieges nicht unterschätzten, der nur begonnen wurde, weil der deutsche Staat praktisch bankrott war. Jedes unterjochte Land bedeutete eine Bereicherung für die Staatskasse und den Geldbeutel jedes einzelnen Bürgers.

Wusstest du, dass die deutschen Soldaten die am besten bezahlten ganz Europas waren und dass die Familien sehr hohe Beihilfen erhielten? Außerdem wurden für die Hausfrauen die Renten und die Familiengelder erhöht. Die Menschen lebten gut, so wie nie zuvor, ohne die Pakete zu berücksichtigen, die aus Frankreich, Belgien und den verschiedensten besetzten Ländern kamen. Ein Angriffs- und Beutekrieg, wie man ihn noch nie gesehen hatte.

Du, so scheint mir, weißt nichts von alledem. Ich glaube, als Enkelin jener Generation hast auch du die Pflicht, dich ein wenig zu informieren. Ich will dir aber keine Predigt halten, ich möchte nur, dass du das Verhalten eines bestimmten Teils unserer Gesellschaft verstehst, der immer noch den Mut oder die Ignoranz besitzt zu behaupten, dass wir genug für die Fehler eines Verrückten, eines einzigen Verrückten bezahlt haben ... das klassische deutsche Opfergehabe – als wäre ein einziger Mann oder ein Regime allein in der Lage, eine Nation auf den Kopf zu stellen, ein ganzes Volk so weit zu bringen, dass Millionen von Menschen in eine Art nationalistischen und rassischen Wahn verfallen. Aber lassen wir das bleiben.« Er hält plötzlich wütend inne.

Wie viel Groll in diesen wie spitze Steine auf ein ganzes Land geschleuderten Worten war, verantwortlich für alle im Hause seines Vaters, in dieser desolaten Familie erduldeten Enttäuschungen, Demütigungen. Er jedenfalls ist ein wahrer Enkel jener Generation. Ich bin nur eine Urenkelin, gehöre einer Welt an, die sich von seiner unterscheidet. Ich habe einen Vater gehabt, voller Sorge und Liebe für mich. Außerdem bin ich in einem anderen Land geboren und aufgewachsen. Ich fühle mich ganz als Italienerin, trotz des deutschen Vaters und der schwedischen Mutter, aber mit der Zeit, fürchte ich, werde ich einige Revisionen vornehmen müssen. Fürs erste ist mein Vater nicht derselbe, wie der Hans Georgs. Jetzt bin ich mehr denn je davon überzeugt.

»Aber du willst wissen, wie dein Großvater in den Besitz dieser Wohnung gekommen ist. Du müsstest Edith fragen. Sie weiß alles. Sie kann dir die Papiere zeigen. Die Wohnung ist, wenn ich nicht irre, seit 1938 im Besitz der Familie Hager (vielleicht aber auch schon länger, ich kann es nicht mit Gewissheit sagen), jedenfalls glaube ich, dass sie schon vor der berüchtigten Kristallnacht in dem Haus wohnten. Du weißt nicht einmal, was die Kristallnacht war, ich seh's an deinem Gesichtsausdruck. Es würde jetzt, an einem schönen Sommerabend, zu lange dauern, dir zu erklären, was dieses schwarze Kapitel deutscher Geschichte war: Es war eine Nacht des Schreckens, in der in ganz Deutschland tausende Schaufenster jüdischer Läden zu Bruch gingen, Plünderungen erfolgten, Synagogen in Flammen aufgingen, Knüppeleien, Tote, Verhaftungen von Juden, die protestierten, nicht etwa der Meute, die über sie herfiel ...

Um es kurz zu machen, deinem Großvater als perfektem Juristen gelang es, die Wohnung auch nach dem Krieg zu behalten, als eine Verwandte Ediths, die die rechtmäßige Besitzerin ist, einen Prozess anstrengte, um die Rückgabe zu erwirken. Ein Prozess gegen einen Richter! Du kannst dir vorstellen, wie der ausging.

Davon abgesehen, hat deine Frau Edith diese Wohnung nicht nötig: Sie ist eine steinreiche Frau, Dollarmillionärin. Wusstest du das? Sie hat die gesamte Hinterlassenschaft eines amerikanischen Onkels geerbt, der keine Kinder hatte, und eines weiteren, in Australien verstorbenen Onkels, auch dieser kinderlos. Aber sie hängt an dieser Wohnung, als wäre sie ihre letzte Zuflucht. Beim Tode deines Großvaters ist sie aus Amerika gekommen, um am Begräbnis teilzunehmen, und seit diesem Moment hat sie die Wohnung in der Widenmayerstraße nicht mehr verlassen. Seit fünfzehn Jahren wohnt sie dort – laut Gesetzt widerrechtlich –, aber niemand hat je den Mut aufgebracht, sie zu verjagen. Dein Vater nicht – er hat es immer tunlichst vermieden, ihr zu begegnen –, und der Notar, der deine Interessen vertritt, hat sich immer gehütet es zu veranlassen. In Wirklichkeit betrachtet sie sich als Eigentümerin der Wohnung, und ich bin mir sicher, dass sie es dich gleich hat spüren lassen, so wie du angekommen bist!

Meine Mutter ist die einzige der Familie Hager, die sie akzeptiert, vielleicht, weil sie in Wirklichkeit nie zu dieser Familie gehört hat. Sie treffen sich jede Woche. Meine Mutter holt sie ab, wenn ich nicht irre jeden Mittwoch, weil da ihre Polin ihren freien Tag hat, und sie gehen gemeinsam zum Mittagessen. Wenn du sie sehen willst, zwischen Mittag und Halb zwei kannst du sie hier in der Nähe im Restaurant Seehaus am See im Englischen Garten treffen. Dort ist seit Jahren ein Tisch für sie reserviert, immer derselbe, im Sommer auf der Terrasse, im Winter im Speisesaal mit Balkon und Seeblick. Du wirst es nicht glauben, aber jede bezahlt die eigene Konsumnation! Nur das Taxi wird von Edith bezahlt, sowohl auf der Hin- wie auf der Rückfahrt, vielleicht, weil sie als die ältere glaubt, die zu sein, die es benötigt.«

Seine Miene entspannt sich. Offensichtlich erheitert ihn die Geschichte vom Geiz der Alten.

Nach einer kleinen Pause sieht er auf die Uhr und steht plötzlich auf.

»Weißt du wie spät es ist? Zeit etwas zu essen. Gehen wir in die Gegend deiner Wohnung, dort gibt es viele Lokale und eines ist von besonderer Güte. Du bist mein Gast!« Ohne mir Zeit zu einem Widerspruch zu lassen, macht er das Licht aus und öffnet die Tür.

Er ist wieder fröhlich und freundlich wie immer.

Es stimmt, er hat nicht den Charakter der Hager, zum

Glück ist die Güte und die Schlichtheit des Herzens der Tante Sidonie an ihm hängen geblieben.

Das Lokal selbst habe ich nicht gesehen, weil wir uns draußen auf dem Platz neben einem Kirchlein hingesetzt haben. Viele von kleinen Fackeln beleuchtete Tische. Eine beinahe italienische Atmosphäre. Gegenüber sehe ich noch eine Kirche. Sankt-Anna-Platz. Es gefällt mir sehr und das Essen ist köstlich. Ein ziemlich teures Lokal, exklusiv würde ich sagen; große Klasse, auch die Preise.

Hans Georg beginnt wieder eine Frage nach der anderen zu stellen. Ich antworte nicht; mittlerweile habe ich kapiert, dass er sich keine Antwort erwartet. Ihm gefällt es zu reden, genau wie seiner Mutter. Ich höre ihm nicht zu. Ich bin verstört, verwirrt. Ich muss mich erholen.

An einem bestimmten Punkt, vielleicht einen Moment des Schweigens nutzend, überfalle ich ihn mit der Nachricht von Mamas Kommen (warum rinnen die Worte ohne jede Vorwarnung aus mir?). Er führt gerade einen Bissen zum Mund. Er hält inne und mit einem ganz besonderen Lächeln sagt er:

»Die schöne Melusine«, und fügt nichts weiter hinzu. Er isst weiter und ich spüre, dass er sofort wieder weit weg ist.

Noch ein Spitzname. In dieser Familie können sie nicht anders. Unerklärlicher Weise bin ich plötzlich irritiert.

»Kannst du mir erklären, von wem du sprichst? Wer ist die schöne Melusine und was hat sie mit meiner Mutter zu schaffen?« Sein spöttischer Blick ist wieder da.

»Du kennst die schöne Melusine nicht?« Er sagt es mit einem ganz besonderen Ton, beinahe als handle es sich um eine Persönlichkeit, der jedes Kind hunderte Male in allen Klatschblättern begegnet ist. Sofort kommt mir der Verdacht, es könne sich um irgendeine Filmdiva, eine Pop- oder Rocksängerin handeln. Ich spüre die übliche Schamröte vom

Hals die Wangen hochsteigen.

»Beruhige dich! Es ist unnütz, dass du explodierst. Die schöne Melusine ist eine Fee. Ihr Ursprung ist uralt, sogar Goethe hat im Wilhelm Meister eine Novelle über sie geschrieben, und Mendelsohn hat eine Symphonie dazu komponiert. Hast du den Wilhelm Meister gelesen? Solltest du tun.«

Wir haben im Deutschkurs nur einige Episoden des Faust durchgenommen und die haben mir gereicht. Ich habe es ihm nicht gesagt, um seinen Protest nicht hören zu müssen. Diese Leute wollen nicht verstehen, dass es eine Sache ist eine Sprache zu sprechen, eine andere sie zu lesen. Wenn ich an die Mühe denke, die mir Kafka bereitet hat, den ich übrigens nicht zu Ende gelesen habe, weil mich seine Probleme mit dem Vater langweilten. Sollte ich mir auch Goethe vornehmen? In Großvaters Bibliothek steht natürlich das Gesamtwerk; ich habe den Faust gesucht, aber als ich bemerkte, dass er in Fraktur gesetzt ist, habe ich ihn gleich auf die Seite gelegt. Außer mit dem Text, hätte ich mich auch noch mit der Schrift herumschlagen müssen, deshalb habe ich eine billige Taschenbuchausgabe gekauft, gedruckt, wie der Herr es befiehlt.

»Anstatt den Besserwisser zu spielen, erzähl mir lieber von dieser schönen Melusine, und sag mir vor allem, was sie mit meiner Mutter zu tun hat.« Ich kann mich nicht beruhigen. Er, gleich einlenkend, ändert den Ton.

»Na gut. Ich spiele nicht den Besserwisser. Ich erinnere mich nicht genau an die ganze Saga, die übrigens jeder auf seine Weise erzählt hat; ich weiß nur, dass sie im Mittelalter in Europa auftaucht, in Frankreich, wenn ich nicht irre ... das Beste wäre, einen Blick ins Internet zu werfen. Dort würdest du sicher eine Menge Informationen finden. Mit deiner Mutter hat sie wenig bis gar nichts zu tun, von der

Schönheit einmal abgesehen. Ich weiß nicht warum, aber das erste Mal als ich sie gesehen habe, ist mir dieser Ausdruck eingefallen, ,Die schöne Melusine' und das denke ich jedes Mal, wenn ich sie sehe. Ohne weitere Erklärung.« Zuerst Papa mit seiner Fille aux cheveux de lin, jetzt Hans Georg mit der schönen Melusine: Wer ist meine Mutter für diese Leute?

Ich sage ihm, dass er nach all den schrecklichen, wahren Geschichten des Nachmittags gut daran täte, mir ein schönes Märchen zu erzählen.

Er beginnt mir eine ziemlich komplizierte Geschichte von einer Fee zu erzählen, die mit einem Mann verheiratet ist, der nichts von ihrem übernatürlichen Wesen wusste. Nach einer Weile begreife ich, dass er nicht wie Tante Sidonie zu erzählen weiß, beginne zu lachen und ihn auf den Arm zu nehmen, und er ist gezwungen aufzuhören.

Im Übrigen haben mich übernatürliche Geschichten nie interessiert, außer in meiner Kindheit, als mir mein Vater von Max und Moritz erzählte, was eigentlich kein richtiges Märchen für Kinder ist, weil voller Grausamkeiten und mir kommen einige in den Sinn, die mich immer noch erschauern lassen.

Papa nahm mich auf seine Knie und las mir viele Märchen vor. Ich erinnere mich, wie ich mich an seine Brust kauerte und mehr seiner Stimme lauschte als den Worten. Es gefiel mir, den Geruch seines Körpers zu schnuppern, herb, geröstet, so anders als der Mamas, und wenn ich Angst hatte, oder vorgab Angst zu haben, versteckte ich mich in seiner Wolljacke, er zog den Reißverschluss hoch und ich war eingeschlossen und beschützt. Wie alt war ich damals? Es ist eine ziemlich lebendige Erinnerung in meinem Gedächtnis, auch wenn ich nicht älter als vier, fünf Jahre gewesen sein dürfte.

Armer Hans Georg, jetzt verstehe ich, was er mir heute

Nachmittag zu sagen versucht hat.

Während ich schreibe, oder besser gesagt die Geschichten und meine Eindrücke dieses Tages niederzuschreiben versuche, kommt es mir vor, ein Vaterportrait zu rekonstruieren, das nur für mich existiert. Gewiss, er schimpfte mich, tyrannisierte mich, ließ mich die Schwere seiner Hand spüren (die letzten Jahre nicht mehr), aber er war anwesend. Er war mir in jedem Moment meines Lebens Vater, bei Tag und bei Nacht.

Ich will nicht sentimental werden, aber plötzlich spüre ich eine riesige Sehnsucht nach ihm. Er fehlt mir sehr. Jetzt, da ich viele Dinge über ihn weiß, glaube ich, ich würde ihn mit anderen Augen sehen.

Ich mache besser Schluss.

Ich bin so müde, dass ich nicht denken kann, nicht einmal versuchen kann, ein Resümee dieser Situation zu ziehen; ohne zu bedenken, dass in zwei Tagen Mama kommt und mit Sicherheit andere Komplikationen auftauchen werden.

Eine Sache ist mir klar: Frau Edith wird ihr den Krieg erklären.

Ich bin spät nach Hause gekommen und ich habe versucht, die Wohnungstür so leise wie möglich zu öffnen, um die Alte nicht aufzuwecken. Ein stiller und verschlagener Wächter erwartete mich, bereit zum Angriff. Verflucht, ihm entgeht nichts. In der Tat war er genau dort, neben der Tür. Ich fand nicht einmal die Zeit das Licht anzumachen, schon war er weg, in vollem Tempo die Treppe hinab. Zum Glück war das Haustor zu, so konnte ich ihn noch rechtzeitig fassen, bevor ihn jemand hinaus ließ. Der Gedanke an eine solche Möglichkeit, hat mir den Mut verliehen ihn irgendwie, vielleicht ungeschickt zu fassen. Tatsache ist, dass darauf eine richtige Auseinandersetzung folgte. Er war entfesselt. Mit Mühe vermochte ich ihn zurück in die Wohnung zu bringen. Die Kratzer an den Armen, den Händen und sogar auf dem Bauch sind nicht zu zählen.

Gerade in diese Wohnung eingezogen, wurden mir einige Regeln des Zusammenwohnens diktiert, die alle hier niederzuschreiben mir unnütz erscheint. Die erste und wichtigste war jene, den Kater nicht hinaus zu lassen, niemals, Todesgefahr! So muss ich also jedes Mal, wenn ich die Wohnungstür aufmache, ein äußerst kompliziertes Manöver veranstalten, um den Verfluchten daran zu hindern, sollte ihn die Lust überkommen und er sich in der Nähe befinden, einen Spaziergang auf meine Kosten zu machen.

Der Gipfel war, dass ich dabei Lärm gemacht haben muss, denn oben auf der Treppe wartete sie auf mich, die Hausherrin, im Nachthemd. Sie schien ein Gespenst zu sein und es fehlte nicht viel, dass ich vor Schreck den Kater losgelassen hätte. Sie hatte ein Nachthemd an, das ihr bis zu den Füßen reichte, schwer, aus weiß-grauem Leinen, gewiss vom Beginn des letzten Jahrhunderts, wer weiß auf welchem Dachboden entdeckt, vielleicht in einer Truhe, die der Großmutter gehörte – ihrer Großmutter –, vielleicht derselben, die sich dann gemeinsam mit ihren Eltern umgebracht hat. (Mein Gott, bin ich zynisch.)
Ich habe ihr den Kater wortlos übergeben und sie hat ihn gleich in die Arme genommen, so als hätte es sich um ein Kind gehandelt.
Zum Glück hat sie keinen Kommentar abgegeben.

So endete dieser mühselige Tag.

XI

Heute Morgen bin ich ziemlich entnervt aufgewacht, wegen eines seltsamen Traums, den ich kurz bevor ich munter geworden bin, gehabt haben muss, angesichts der Tatsache, dass ich mich bis ins kleinste Detail an ihn erinnern kann.

Ein Haus, eine Art Spelunke, alt, baufällig. Ich bin gerade angekommen und ein Mordsweib, eine betagte Frau, eine ziemlich weitläufig mit mir Verwandte, die ich Tante nenne, bemüht sich, mir ein Zimmer herzurichten. Sie ist größer als der Durchschnitt und ziemlich dick. Sie trägt ein langes, dunkles Kleid und eine weiße Schürze, die um den weiten Rock gewickelt ist. Eine Art Bäuerin mit einem Kopftuch.

Ich strenge mein Gehirn an, um in irgendeinem Gedächtniswinkel einen mir bekannten Menschen zu finden, der mit dieser seltsamen Person zu tun haben könnte: Habe ich sie völlig neu erfunden? Wie erschaffen wir unsere Träume? Kann es sein, dass sie niemandem ähnelt? Nichts. Ich kenne keine Frau mit derartigen Proportionen und schon gar nicht so gekleidet. Außerdem erinnere ich mich nicht, welche Sprache sie sprach: Deutsch, schwedisch? Wenn ich zumindest das wüsste, könnte ich sie identifizieren, irgendwo verorten.

Sie bietet mir ein Zimmer ohne Bad und ohne Wasser an und weist auf ein zweites Zimmer mit Toilette und kaltem Wasser im oberen Stock hin. Ich sage, dass das mit dem kalten Wasser passt und dass es besser ist eine Toilette zu haben als gar nichts. Sie geht hinauf, um das Bett zu beziehen und ich folge ihr. Ich finde mich in einer Art Scheune wieder, die auf halber Höhe von einer Art Empore zweigeteilt wird, von der sich die sogenannte Tante herauslehnt. „Komm herauf", sagt sie und zeigt mir die Sprossenleiter, die zwischen Himmel und Erde baumelt: Zwei senkrechte Bretter aus halb morschem Holz sind an der Empore festgemacht. Und jetzt kommt der Gipfel: Am Anfang und am Ende der Leiter fehlen die Sprossen, das heißt ziemlich einige, zumindest vier an jeder Seite. Man könnte nur hochsteigen, wenn man von der Mitte aus starten würde. Ich hebe ein Bein, aber ich kann die erste Sprosse, mindestens eineinhalb Meter über dem Boden, nicht erreichen. Nach einem weiteren Versuch lasse ich es bleiben. Die Tante ermutigt mich von oben herab und ich frage mich jetzt, wie sie es angestellt haben mag, da hinaufzusteigen. Ob es einen Aufgang auf der Rückseite des Hauses gibt?

Was bedeutet das alles? Davor nichts, danach nichts. Nur in der Mitte etwas. Das lässt mich an ein Rätsel der Sphinx denken. Davor, das heißt in der Vergangenheit nichts; danach, in der Zukunft, nichts: Ich befinde mich in der Mitte meines Lebenswegs. Soll ich den Traum auf diese Weise deuten?

Inzwischen habe ich eine Bleibe für meine Mutter gesucht. Es ist bereits Dienstag, noch zwei Tage. In welchem Zimmer soll sie schlafen? Das Zimmer neben dem meinen scheint mir geeignet, ich glaube es war Papas Zimmer. Aber vielleicht ist es nur ein Gästezimmer, das mir den Eindruck vermittelt, dass es seit Jahren von niemandem betreten wurde. Ich lege mich richtig ins Zeug, um es mit Reinigungsmittel, Besen, verschiedenen Lappen zu putzen. Eine enorme Energieverschwendung, meiner Energie, nur um der Polin zu zeigen, dass auch ich putzen kann, besser noch als sie. Maryla ignoriert mich, wie übrigens auch ihre Herrin; nur Fuset schaut vorbei. Mein ganzes Gewühle bleibt unbeobachtet und das irritiert mich dummer Weise. Hätte es mir gefallen, gelobt zu werden? Während ich putze, werde ich immer unsicherer, der anfängliche Schwung löst sich in Nichts auf,

und am Ende scheine ich ein Luftballon ohne Luft zu sein;
plötzlich komme ich mir äußerst jung und schutzlos vor. Ich
lasse alles bleiben, werfe mich aufs Bett, das knarrt, vielleicht vor Überraschung, nach wer weiß wie vielen Jahren
einen Körper auf sich zu spüren. Fuset springt seinerseits
aufs Bett, hält aber einen gewissen Abstand zu mir und
macht eine Inspektionsrunde.

Ich habe ein klammes Herz und weiß nicht warum; wäre
ich ein wenig feiger, ich würde zu weinen anfangen. Schließlich suche ich die Bettwäsche in den Schränken, die ein ganzes Zimmer am Endes des Flures einnehmen. Bevor ich sie
öffne, muss ich einen Augenblick des Widerwillens überwinden, der aber vielleicht nur Angst ist. Diese alten
Schranktüren ächzen in der Tat wie menschliche Wesen; ein
Jammern, ein Protest, der mich erschaudern lässt, auch
wenn ich auf rationaler Ebene weiß, dass es sich um Rost
auf den Scharnieren handelt.

Jedenfalls würde es mich nicht überraschen, wenn ein
seit langem hier vergessenes Skelett auf mich fiele. Ich gestehe, dass die Anwesenheit Fusets, der neugierig herum
streunert, mich auf irgendeine Weise beruhigt.

Ich würde es vorziehen, Mama ins Hotel zu schicken.

Ich werde von Panik ergriffen.

Kennen sie sich, sie und Frau Edith? Vielleicht sind sie sich
auf der Beerdigung begegnet; ich erinnere mich an nichts.
Da waren viele Leute. Vielleicht haben sie sich nicht einmal
gegrüßt. Ich würde gerne wissen, warum mich Mama mit
dieser ganzen Geschichte im Dunkeln gelassen hat und warum sie mir erzählt hat, dass hier eine Art Haushälterin des
Großvaters lebe. Unglaublich, sie hat Papas Frau mit Frau
Edith verwechselt. Es kann aber auch sein, dass sie nichts
verstanden hat; mir kommt der Verdacht, dass sie diese

ganzen Geschichten nie interessiert haben.

Eigentlich bin ich mir dessen sicher.

Der Traum fährt in der Zwischenzeit fort, einen Teil meines Gehirns zu besetzen. Wer ist diese alte Tante? Und in welchem Haus befinde ich mich? Warum fehlen die sanitären Anlagen? Die alte Tante könnte Tante Sidonie sein, auch wenn diese klein und alles andere als majestätisch ist, ganz zu schweigen davon, dass es in ihrem Haus ein Bad mit warmen Wasser gibt.

Aus, das funktioniert so nicht.

Besser an anderes denken.

Ein Hybrid, eine Kreuzung aus Tante Sidonie und Frau Edith, wegen der hohen Gestalt und dem Nachthemd von heute Nacht. Im Traum ist alles möglich!

Nein, es funktioniert nicht.

Kann ich es zulassen, dass die beiden Frauen unter demselben Dach wohnen? Ich will nicht daran denken, was daraus folgen könnte.

Endlich sitze ich an diesem Schreibtisch und als erstes lese ich, was ich gestern Nacht, nach dem wiederholten Abenteuer mit dem Kater geschrieben habe.

Jetzt versuche ich mich zu konzentrieren, doch die Gedanken entweichen in alle Richtungen, wie die Haare, die den Haarspangen entfliehen, weil sie zu glatt sind; vielleicht sind meine Gedanken glatt, steif, deshalb gehen sie die unterschiedlichsten Wege. Ich möchte sie in einem Knoten vereinen und so auf den Kern der Lage kommen. Diese Wohnung ist nicht mein, weil sie Großvater nicht gehörte, sagen wir, von einem ethischen Standpunkt aus gesehen. Ich weiß nicht, mit welchem Schachzug es ihm gelungen ist, sich diesen Besitz von Ediths Eltern schenken zu lassen; wenn ich die Dinge auf diese Ebene bringe, dann finde ich nichts, was daran auszusetzen wäre. Ein Geschäft wie jedes andere. Nicht sehr sauber, man muss es zugeben: Einer der Vertragspartner wurde an der Gurgel gepackt, da gibt es keine Zweifel, und das ist es, was mir Unbehagen verursacht.

Etwas in mir bäumt sich auf, mein Magen weigert sich die ganze Angelegenheit zu akzeptieren. Wäre mein Vater gezwungen gewesen, unser Haus in Roselle, in dem ich geboren und aufgewachsen bin, in dem ich meine Wurzeln habe, sagen wir einem Terroristen zu schenken, um mein Leben zu retten ...? Was für wirre Gedanken; heutzutage redet man über nichts anderes als über Terroristen, und sofort bringe ich einen Terroristen in einer Geschichte ins Spiel, in der der Terror von oben kam, das heißt legal war, wie Hans Georg gestern sagte. Ein legalisierter Terrorismus gegenüber einer religiösen oder auch nur rassischen Minderheit.

Lassen wir das bleiben, es sind nicht dies die Überlegungen, die ich anstellen will, ganz zu schweigen davon, dass ich zu wenig Erfahrung habe, um gewisse Dinge zu verstehen.

Ich komme mir aufs Neue sehr jung vor, unwissend, zu einer persönlichen Meinung unfähig; Frau Edith hatte recht, ich sollte das eine oder andere Geschichtsbuch lesen, mich über die Vergangenheit informieren, die mich in Wirklichkeit doch etwas angeht, nicht nur, weil Papa Deutscher war, sondern als Enkelin oder Urenkelin jener Generation, die ein Jahrhundert geprägt hat.

Kommen wir auf den Punkt zurück: Welche soll meine Haltung in dieser ganzen komplizierten Geschichte sein? Was diktiert mir mein Gewissen?

Seit ich weiß, dass dies Ediths Wohnung ist, fühle ich mich nicht wohl.
Im Übrigen habe ich mich auch vorher nicht wohl gefühlt.

Ich weiß nicht, was tun.

Auf jeden Fall wäre es besser gewesen, diesen Umschlag nicht zu öffnen, denn jetzt geht es mir schlechter.

Besser nichts wissen. In der völligen Unwissenheit leben, so wie es Mama macht, die Augen und die Ohren verschließen.

Dazu muss man aber geboren sein und ich bin nicht dazu geboren. Auch Hans Georg hat es gesagt. Wie sagte er? Ich muss die vorhergehenden Seiten wieder lesen: „Eine nachdenkliche Ernsthaftigkeit", hat er in mir gesehen, und das hat mir gefallen, auch wenn ich weiß, dass ich seine Worte nicht richtig interpretiert habe, aber der Sinn war dieser.

Würde Papa noch leben, ich würde zu ihm laufen und ihn zwingen, mir alles zu erzählen, auch wenn ich in der Zwischenzeit gelernt habe, dass er mir nur ‚seine‘ Version der Ereignisse hätte bieten können und nichts weiter.

Aber es wird doch ein menschliches Wesen, eine Institution, eine Gruppe von Menschen geben, die fähig ist, die WAHRHEIT zu sagen?

Es gibt nicht nur eine Wahrheit: Jeder bastelt sich seine Wahrheit. Dasselbe Problem wie mit der Wirklichkeit, verschieden für jeden von uns. Und ich, die ich mich für absolut neutral halte, in dem Sinne, dass ich nicht einmal weiß, welches MEINE Wahrheit und noch weniger welches MEINE Wirklichkeit ist, sollte Partei ergreifen, das heißt, mich entscheiden, auf welcher Seite ich stehen will: Auf der Seite der legalen Terroristen, demzufolge akzeptiere ich Großvaters Haltung, oder auf der der Opfer, also muss ich die Wohnung Frau Edith zurückgeben. Das heißt, ich bin gezwungen, aus der Neutralität herauszutreten und die Wirklichkeit, in der ich leben will zu suchen und auch zu akzeptieren.

Ich glaube, an diesem Punkt angelangt, kann ich den frontalen Zusammenstoß nicht mehr vermeiden.

Nur weiß ich nicht, wie anfangen, auch weil mit ihr nicht gut Kirschen essen ist – eine schöne deutsche Redewendung, um zu sagen, dass es sich um eine gefährliche Person handelt.

Um eine Eingebung zu suchen, habe ich die verbotene Schublade geöffnet und mein Blick ist auf den Umschlag mit der roten Schleife gefallen. Wie eine Schlafwandlerin habe ich ihn in die Hände genommen, beinahe so, als würde mich eine mysteriöse Hand führen, und ich bin aufgestanden. Wie in Trance bin ich dann Frau Edith suchen gegangen. Sie war im Wohnzimmer und las, auf dem üblichen Sofa sitzend in einem Buch, der Kater wie immer neben ihr liegend, in seine seltsame morgendliche Wäsche vertieft: Er war dabei sich seine Hinterpfote abzuschlecken. Bei meinem Eintreten hat er innegehalten, die Pfote in der Luft, abwartend. Es war komisch, die beiden mir zugewandten Köpfe mit derselben Frage in den Augen zu sehen: „Was gibt's?".

Ohne ein Wort habe ich den Umschlag neben sie auf das Sofa gelegt und habe einige Worte gestammelt, ungefähr in der Art:

»Ich bitte Sie, diesen Brief zu lesen.« Der Kater senkte die Pfote und Frau Edith nahm das Päckchen in die Hand, las den Adressaten und sah mich überrascht an.

»Er ist nicht an mich adressiert, du wirst doch lesen können.« Es war nicht leicht, ihr zu erklären, wie die Dinge lagen, auch wegen ihres so abwägenden Blickes voller Misstrauen, beinahe als hätte sie kein Wort verstanden. Gewiss, mein Diskurs war ziemlich verworren. Ich habe zugeben müssen, eine Schublade geöffnet zu haben, die nicht die meine war und, oh Schreck, einen nicht an mich adressierten Brief gelesen zu haben. Ich habe versucht ihr zu verstehen zu geben, dass die Großmutter seit ich weiß nicht mehr wie vielen Jahren tot ist und dass sich mein Vater nie darum gekümmert hat, diese famose Schublade zu öffnen und ... Schluss mit dem ganzen Rest. Ich weiß nicht, wie viel sie von meiner ganzen Geschichte verstanden hat, ich weiß nur, dass in ihren Augen das Misstrauen von vorher geblieben ist.

»Und, was habe ich mit der ganzen Angelegenheit zu schaffen?«, platzte sie schließlich ungeduldig heraus. Ich holte Luft und machte mich daran, von vorne zu beginnen, als mir bewusst wurde, dass ich so nie auf einen grünen Zweig kommen würde.

»Im Brief spricht man von Ihnen, der Geschichte Ihrer Eltern, von diesem Haus. Mich hat das dermaßen aufgewühlt, dass ich nicht mehr in der Lage bin, hier wohnen zu bleiben; nicht nur das, sondern ich glaube, dass es meine Pflicht ist, Ihnen zurückzugeben, was Ihnen gehört. Nur so könnte ich irgendwie das Unrecht wieder gut machen, das Ihnen von denen angetan worden ist, die Sie als die Generation der Großväter bezeichnen!«

Sie sperrte die Augen auf, und ließ den Umschlag auf das Sofa fallen. Sie war eindeutig überrascht.

Was für Moment!

Ich bin vor ihr stehen geblieben, wie eine Büßerin, und irgendetwas in meinem Gesichtsausdruck muss sie erweicht haben, denn sie gab mir mit der Hand ein Zeichen, autoritär wie immer, und zeigte auf einen der beiden Sessel ihr gegenüber. Ich ließ mich hineinfallen, weil ich seltsamer Weise meine Beine nicht mehr spürte. Außerdem merkte ich, dass ich zitterte und den Tränen nahe war. Was habe ich damit zu tun? Während ich die Ereignisse von heute Morgen niederschreibe, wird mir bewusst, dass ich mich in eine Geschichte hineingesteigert habe, für die ich überhaupt nicht verantwortlich bin.

WAS HABE ICH MIT MEINEN GROSSELTERN ZU SCHAFFEN?

Oder vielleicht war in meinem Kopf unbewusst ein Entschluss gereift. Sieh an, eine weitere Überraschung: Mein Unbehagen, das von einer unendlichen Anzahl von Faktoren bestimmt wird, hat sich völlig auf diese Wohnung konzentriert, beinahe so, als wäre sie die einzig Verantwortliche.

Gewiss, darin zu wohnen ist nicht einfach und wenn ich recht darüber nachdenke, hat es mich eine übermenschliche Anstrengung gekostet; ich war einer Depression nahe, oder vielleicht bin ich bereits hineingeschlittert, ohne mir dessen bewusst zu sein, sonst hätte ich nicht angefangen, meine Gedanken niederzuschreiben. Die ganze Atmosphäre hier ist erdrückend, ohne diese enigmatische Alte mit ihrem diabolischen Kater und den ganzen Rest zu berücksichtigen. Sie hat mir verboten Musik für ‚Junge‘ – hat sie betont – zu machen, ich darf keine männlichen Besucher empfangen (der Gipfel, als ob ich minderjährig wäre), und ich darf die Küche nur benutzen, um mir einen Tee aufzubrühen; außerdem muss ich leise sein, wenn ich die Wohnung betrete, darf die Türen nicht zuschlagen, die Fenster nicht öffnen, und muss auf den Kater Acht geben, der nicht einmal auf den Balkon darf, weil er hinunter springen könnte. Ich glaube, sie hat mir noch einige Regeln für die Benutzung des Bades diktiert, die ich gleich wieder vergessen habe, weil sie eindeutig beleidigend waren. Es ist zum Lachen: Sie hat mich wie eine unerwünschte Untermieterin behandelt.

Ich weiß nicht, was sie davon abgehalten hat zu verlangen, dass ich einen Teil der Strom- und Wassergebühren bezahlen solle.

Nachdem ich den befreienden Satz ausgesprochen hatte, habe ich mich besser gefühlt, so als ob der Kloß, der in meinem Hals steckte seit ich hier angekommen war, plopp gemacht hätte, ganz wie in den Comics, und verschwunden wäre. Ich habe tief durchgeatmet.

Die Alte beobachtete mich derweil: An die Stelle des Misstrauens war eine gewisse Neugierde getreten und, schwer zu sagen, etwas Positives. Ich spürte, dass sich auch in ihr ein Knoten zu lösen begann, ein uraltes Knäuel von Groll, der es ihr nicht erlaubte, ein normales Leben zu führen, die Welt zu sehen, wie sie jetzt ist, nicht wie sie vor siebzig Jahren war.

Schließlich nahm sie das Päckchen in die Hand, löste die rote Schleife und zog den Brief heraus.

»Wo soll ich lesen?« Ihre Stimme war dunkler als üblich, beinahe als käme sie direkt aus dem hölzernen Körper. Ich zeigte ihr die Seite. Sofort, bestimmt nicht so wie ich, las sie ihre Geschichte und las sie erneut. Ab und zu zog sie die Augenbrauen hoch und dabei wurde mir bewusst, dass sie keine Brille brauchte. Gute Augen für ihr Alter.

Papa hatte immer die Brillen in der Brusttasche seines Hemdes und zog sie bei jeder Gelegenheit heraus, auch wenn er Zwiebeln schneiden musste; er sagte, um nicht zu weinen. Mein Vater hegte keinerlei Sympathie für die Menschen und war ganz allgemein wenig gesellig; ich habe es mit der Zeit verstanden, während ich heranwuchs. Zu uns nach Hause in Roselle kam nie jemand; er hatte keine Freunde, abgesehen von einigen Deutschen auf der Durchreise, einem Kollegen von früher oder Hans Georg, der sich aus Arbeitsgründen mit einer gewissen Regelmäßigkeit blicken ließ.

Sein Kräuterladen hatte ihn in Wirklichkeit nicht im Dorf integriert; die Leute betrachteten ihn nicht als einen der ihren (sie nannten ihn ‚den Deutschen‘), und seine ziemlich hochnäsige Art war nicht dazu angetan, von jemanden akzeptiert zu werden. Ich muss sagen, dass ich ihn in ungefähr zwanzig Jahren nie mit einem Italiener ein Schwätzchen halten sah, vielleicht, weil er es so wollte, oder wer weiß aus welch anderem Grund. Ich hingegen war die Tochter der

Schwedin und durfte in allen Häusern ein- und ausgehen.
Sie waren freundlich zu mir, weil ich ein Kind war, glaube
ich, und weil ich mit ihren Kindern aufwuchs; oder vielleicht
wegen Mama, die allen zulächelte und immer unsere Nachbarn grüßte. Sie hatte in Grosseto Sprachkurse besucht und
hatte, wenn auch sehr mühsam gelernt, einige Sätze zu bilden, aber sie wagte es nicht, sich mehr als unbedingt nötig
zu äußern. Andererseits war es immer Papa, der die Einkäufe erledigte, und er sprach einigermaßen gut Italienisch.
Nach seinem Tod sah sich Mama gezwungen, auch dieses
Problem anzugehen. Gemeinsam mit vielen anderen Problemen des täglichen Lebens.

Schlussendlich, wollte ich sagen, war ich dort zu Hause aber
sie beide nicht.

Ich glaube, mein Vater hat sich auch hier nicht zu Hause gefühlt.

Er muss die Gespenster kennen gelernt haben, die in diesen
Zimmern hausen.
    Hat er sie gesehen oder nur wahrgenommen?

Ich kann nicht vergessen, dass sich sein Vater hier umgebracht hat.

Und Mama? Wo ist Mama zu Hause? In Roselle? Wieder eine
Sache, an die ich nie zuvor gedacht habe.
    In Schweden sicherlich nicht. In Deutschland auch nicht.

Aber das alles hat nichts damit zu tun, was heute Morgen
hier geschehen ist.
    Ich bin wieder abgewichen. Es passiert mir immer öfter.
Schließlich legt Frau Edith den Brief beiseite und schaut vor
sich hin.

»Meine Eltern haben diese Wohnung gegen mein Leben eingetauscht. Ich habe es immer gewusst. Deine Großmutter wollte es nie zugeben, nicht einmal im Angesicht des Todes.

Es stimmt nicht, dass Richter Hager meinen Vater von den Amtsdienern aus dem Gerichtssaal führen ließ. Mein Vater wurde von gewissen hitzköpfigen Nazis geschlagen, es hätte gereicht, die Polizei zu rufen, die im Gerichtsgebäude stationiert war. Er, der Richter, verließ den Gerichtssaal, um nicht Zeuge dieses Übergriffs zu sein, um nicht eingreifen zu müssen, um sich nicht zu kompromittieren. Er ließ geschehen, was geschehen war, um einen Präzedenzfall zu schaffen. Aber er war nicht der einzige, der sich so verhielt. In vielen anderen Gerichten Deutschlands ereigneten sich solche Szenen. Bei solchen Gelegenheiten tat die Polizei so, als sehe sie nichts, und wenn sie handgreiflich wurde oder die Schlagstöcke einsetzte, dann sicher nicht, um einen Juden zu schützen: Auch die Polizei war unter Kontrolle der Nazis. Erst als mein Vater am Boden lag, blutig geschlagen, befahl jemand den Saal zu räumen. Niemand aus dem Publikum schritt vorher ein, aus Feigheit, aus Duldsamkeit, aus Bequemlichkeit. Niemand kam ihm zu Hilfe, niemand, der ihm eine Hand gereicht hätte, um ihm aufzuhelfen; es war zu gefährlich, einen Juden zu berühren, es bestand Gefahr, sich mit wer weiß welchen ansteckenden Krankheiten zu infizieren, mit der Pest zum Beispiel, und ich weiß nicht was sonst noch. Oder auch angezeigt zu werden, einen Juden behilflich gewesen zu sein, was viel schwerwiegendere Auswirkungen gehabt hätte. Mein Vater war, da er aus der Anwaltskammer ausgeschlossen worden war, ein Gesetzloser geworden.«

Es folgte ein langes Schweigen. Mir schien, als sammle sie ihre ganzen Kräfte, um fortzufahren, um mit lauter Stimme die Geschichte zu wiederholen, die schon tausende von Malen in ihrem Kopf widerhallte.

»Er kam mit zerrissenen Kleidern und blutend nach Hau-

se. Er hatte weder ein Taxi noch die Trambahn nehmen können, weil es Juden verboten war, jedwedes öffentliche Ver-
kehrsmittel zu benutzen und unser Auto schon vor langem
beschlagnahmt worden war. Das ist eine der ersten Erinnerungen, die ich von ihm habe. Ich war fünf oder sechs Jahre
alt. Er schloss sich im Zimmer ein und wollte es für wer
weiß wie lange Zeit nicht mehr verlassen. Er weinte, war
völlig durcheinander; ich hatte noch nie einen Erwachsenen
in einem solchen Zustand erlebt. Und wir waren erst am Beginn, ich glaube im Frühjahr 1933. Tagtäglich wurden neue
Gesetze erlassen, um den Juden, den Nicht-Ariern, alle Rechte zu entziehen: Wie sehr ich dieses Wort hasse!«

Sie schwieg. Die Stimme leise, das Gesicht wie versteinert, habe ich begriffen, dass sie weit davon entfernt war,
fertig zu sein. Man sah's. Ich hingegen zitterte am ganzen
Körper, von ich weiß nicht welchem Schrecken ergriffen.

»Auch der Begriff ‚Jude‘ ist mir verhasst«, fuhr sie erbit-
tert fort. »Alle diskriminierenden Begriffe sind mir verhasst.
Rasse, Religion, Ethnien, Vaterland, Nation … man müsste
sie aus dem Lexikon streichen, per Gesetzt verbieten. Wie
viele Verbrechen wurden im Namen der Religion, des Vater-
landes, der Rasse verübt: Diskriminierungen, die nur die
menschliche Bestie kennt und für ihre zerstörerischen Ziele
benutzt, ja, denn der Mensch ist destruktiv, gierig, macht-
hungrig. Und er schert sich nicht um die Leiden anderer. Er
ist blind, sieht nichts, will das Leiden seines Nächsten nicht
sehen. Er hasst seinen Nächsten sogar, weil er ihn fürchtet;
er hasst den Anderen, den Andersartigen, den Fremden aus
einem ureigenen Instinkt heraus.«

Ich hörte immer niedergeschlagener und verängstigter
zu. Nie hatte ich derartige Diskurse gehört, eine derartige
Explosion von Hass. Laut ihr müsste das, was Tante Sidonie
Heimat nennt, mein Roselle, das heißt, die Sehnsucht nach
jenem Stückchen Erde, nach meiner Zypressenallee … die
Gefühle, die sie in mir auslösen, die unzertrennbare Verbin-

dung mit bestimmten Orten, alles, all das müsste laut ihr eliminiert, verboten werden. Und die Religion, alle Religionen. Mein Gott, was für eine Ignorantin ich bin. Ich weiß nichts von diesen Problemen, und die kleinen Streitereien, die seit jeher meine Existenz erfüllten, scheinen mir auf einen Schlag unnütz, unbedeutend zu sein.

Sie hielt lange inne, vielleicht um sich zu beruhigen. Fuset war mittlerweile mit sichtbarem Wohlbehagen, zu einer Art haarigem Knäuel zusammengerollt, eingeschlafen. Die tiefe Stimme seiner Herrin muss für ihn ein beruhigendes Schlaflied sein.

Ich, ungeduldig, spürte, wie ich Gift einatmete. Ich hätte weglaufen wollen, die Ohren verschließen, mich unsichtbar machen, besser noch einfach verschwinden, und blieb trotzdem. Ich spürte diesen Schwall unheilvoller Luft, der bei weitem ausreichte, um mir diesen Tag und wer weiß wie viele zukünftige Tage zu vergällen. Aber ich wagte nicht aufzustehen. Ich spürte, dass sie noch nicht fertig war, mich noch nicht entlassen hatte, wie es ihre Gewohnheit war.

»Die Geschichte von der großen Freundschaft zwischen unseren Familien ist eine Erfindung, an die deine Großmutter und nur sie bis zum Schluss glauben wollte. Meine Eltern, die ihr hätten widersprechen können, waren nicht mehr da und ich war zu jung, zu aufgewühlt ... und blieb es noch jahrelang. Andererseits hatte ich keine plausiblen Beweise, um das Gegenteil zu beweisen, ich weiß nur, dass der Antisemitismus in den zwanziger Jahren immer erschreckendere Ausmaße annahm, und ich kann nicht glauben, dass gerade der Richter frei davon war.

Die Wurzeln des Antisemitismus verlieren sich in der Vergangenheit. Immer wieder Geschichten von Pogromen, entfesseltem Hass, ungerechtfertigter Gewalt, Massenvertreibungen. Wir mussten Sondersteuern bezahlen, um der sogenannten zivilen Gesellschaft angehören zu dürfen; dauernde Erniedrigungen, Beleidigungen. Warum? Ich frage mich noch und werde nie aufhören mich zu fragen, welches der Ursprung dieser Form des kollektiven Hasses einem ganzen Volk gegenüber gewesen ist. Ich finde keine Antwort. Viele haben es versucht, es wurden ganze Bibliotheken zu dem Thema geschrieben, niemandem gelang es, dieses Phänomen zu erklären, die Ursachen, die Begründungen. Wir wurden der Hartnäckigkeit bezichtigt, die Religion nicht akzeptiert zu haben, die Kultur, die Zivilisation der Völker, die uns im Laufe von mehr als zweitausend Jahren aufgenommen haben. Wir haben uns unsere Identität fern von jedem Nationalismus bewahrt, da wir nie einen Staat hatten, ein Land, mit welchem man sich hätte identifizieren können. Wir hatten nur unseren Glauben, unsere Bräuche, unsere Riten, unsere uralten Gesetze. Diese haben uns die Kraft gegeben, die einzige wahre Unterstützung gegen die Verfolgungen, deren Opfer wir geworden sind.« Sie machte eine Pause, auch um Atem zu holen.

»Wie viele Völker, wie viele Religionen sind verschwunden, vergessen im Laufe der Jahrhunderte! Wir sind noch da, trotz allem. Ich habe viele Bücher gelesen, neue und alte; seit Jahren lese ich, um zu verstehen, welche Schuld wir uns aufgeladen haben, dass wir die gesamte Menschheit gegen uns haben. Gottesmörder. Eine Anklage, die anzunehmen ich mich weigere, denn Gott gibt es nur einen, einen für alle Menschen gleichen. Ohne zu bedenken, dass es unmöglich ist, Gott zu töten: Er wird erst sterben, wenn das letzte menschliche Wesen auf dieser Welt tot sein wird und vielleicht nicht einmal dann. Er wird alles überleben, weil er unsterblich ist.« Sie überlegt einen Augenblick.

»Es kommt mir eigenartig vor zu sagen ... er überlebt. Nur ein lebendiges Wesen kann überleben und Gott ist kein lebendiges Wesen; er ist nur ein Gedanke von uns, ich würde fast sagen, eine Voraussetzung. Eine Einheit, die von uns allen absieht, vielleicht nur eine für den Menschen notwendige Erfindung, um ihm seine existenziellen Ängste überwinden zu helfen.«

Und plötzlich sah sie mich mit ihren alten, wässrigen Augen an. Ich weiß nicht, was sie in Wirklichkeit sah: Mich als Person oder nur Horsts Tochter?

»Bereits damals, als die Schulen, die Universitäten voller Juden waren, nicht wie jetzt, war dein Großvater bestimmt nicht so liberal, wie sie uns danach zu verstehen geben wollten, als es ihm gelegen kam, während des Rehabilitationsprozesses. Die Luft, die man atmete, muss bereits sehr vergiftet gewesen sein, wenn meine Onkel nach dem Tod meines Großvaters, 1929, auszuwandern beschlossen hatten, der eine nach Amerika, der andere nach Australien. Mein Vater hätte ihrem Beispiel folgen sollen, ich wäre in Amerika aufgewachsen, obwohl auch dort ein starker Antisemitismus Fuß gefasst hatte, wie mir mein Onkel dann erzählte.« Erneut eine lange Pause.

»Mein Vater, ein bescheidener Mann!« Sie schüttelte den Kopf. »Seine Persönlichkeit ist zermalmt, zerstört worden. Gedemütigt, misshandelt, auch von seinen sogenannten Freunden: Von deinem Großvater – sie haben gemeinsam studiert, das stimmt, wie sehr sie jedoch Freunde waren? – und von anderen, von denen ich nicht weiß, wo sie geblieben sind. Alle, ausnahmslos alle haben nach dieser großen Tragödie wieder zu leben begonnen, zu essen und zu schlafen, sich zu lieben, zu unterhalten, zu lachen als wäre nichts geschehen. Gewissensbisse? Reue? Unbekannte Worte. Ich habe sie alle wiedergesehen, seine angeblichen Freunde und Kollegen, bei jenem Entnazifizierungsprozess. Bei jener Gelegenheit brachte ich in Erfahrung, dass jeder von ihnen mindestens einen Juden gerettet hatte! In ganz Deutschland hat man nicht einen Menschen gefunden, der nicht zumindest einen Juden versteckt oder in irgendeiner Weise einem geholfen hätte. Sechzig Millionen Arier haben irgendwie einem Juden beigestanden. Sechzig Millionen Arier gegen eineinhalb Millionen Juden ... und seltsamer Weise hat keiner überlebt.

Aber dein Großvater war ganz anderer Verbrechen angeklagt, Todesurteile, ich glaube über dreißig, erteilt wegen Vergehen, die vielleicht einige Monate Haft verdient hätten; er ließ sie ohne mit der Wimper zu zucken erschießen oder aufhängen, und es handelte sich nicht um Juden, denn die waren bereits von anderen eliminiert worden, sondern um gewöhnliche Bürger, Deutsche, Italiener, Österreicher und vor allem Polen. Für die Polen hatte er immer eine Sonderbehandlung parat. Übrigens sind auch sie erklärte Antisemiten und schämen sich noch heute nicht, es zuzugeben; nicht umsonst waren die größten Vernichtungslager gerade dort errichtet worden, in Polen. Und wie sie sich befleißigten, den kriminellen Nazis alle ihre Juden auszuliefern, ungefähr dreieinhalb Millionen, mit welchem Eifer sie sie sich ein für alle Mal vom Halse schafften. Die lieben Polen, auch sie Opfer ...

Aber wer tat das damals nicht? Die Franzosen, Antisemiten der ersten Stunde, und auch die Amerikaner. Nur den Dänen gelang es, ihre Mitbürger jüdischen Glaubens zu retten, fünftausend glaube ich, die sie nach Schweden aussiedelten. Unnütz über all die anderen europäischen Länder zu reden, allen anderen voran dem Vatikan, dem einzigen, der intervenieren oder zumindest offiziell protestieren hätte können.«

Ich dachte, sie wäre mit ihren Anschuldigungen fertig und machte mich bereit, Asche aufs Haupt und den Körper zu streuen, als ich an ihrem wer weiß in welch schrecklichen Visionen verlorenem Blick bemerkte, dass das Ende noch weit weg war.

»Nun wagt niemand den Mund aufzumachen, niemand erlaubt sich ganz in sich hineinzuschauen. Ich bin überzeugt, dass man nicht lange kratzen müsste. Früher hatte jeder das Recht, die eigenen rassistischen Gefühle zu äußern; zu schreiben, Witze zu erzählen, sich offen über die Juden auszulassen war eine sehr verbreitete Unsitte. Nun haben alle die Maske aufgesetzt, eine heuchlerische Maske von einer neuen Moral diktiert, die aus jener Schuld geboren wurde, mit der sich alle befleckten. Aber unter der Kruste, denn es ist eine ziemlich dünne Kruste, schlummert der alte Geist von damals und es genügt ein Nichts, um ihn wieder aufzuwecken.

Ich bin überzeugt, dass in jedem menschlichen Wesen eine potentielle Angst vor dem Anderen, dem Andersartigen, vor dem, der die Regeln nicht respektiert, vorhanden ist. Aber vielleicht steht am Ursprung allen Übels das Sich-besser-als-die-anderen-Fühlen. Im Grunde haben der Antisemitismus und der Rassismus im allgemeinen dieselben Wurzeln: Intoleranz aber auch Neid und der Wunsch sich auf Kosten der Anderen zu bereichern ... die alte, dem menschlichen Wesen innewohnende Raubgier.«

Sie schwieg. Sie hatte mich vergessen. Sie dachte laut nach, das war mein Eindruck und es müssen Gedanken gewesen sein, die sie seit Jahren beschäftigten, die ihre Existenz vergiftet haben. Und jetzt wiederholt sie immer wieder dieselben Dinge, unermüdlich, besessen.

»Aber er war nicht der einzige. Viele Richter in ganz Deutschland beschmutzten sich mit derselben Schuld, vom Norden bis in den Süden. In Wirklichkeit stand die Gerichtsbarkeit im Dienste des Regimes; das belegt die Tatsache, dass mit wenigen kleinen Ausnahmen alle Parteimitglieder waren, alle mit ihrem braven Parteiausweis, alle, alle und die meisten befolgten blindlings die Paragraphen des Gesetzbuches, andere steuerten, aus übertriebenem Fleiß, ihren Teil an Sadismus bei; sie wollten sich mit ihrer besonderen Bravour bemerkbar machen, mit der sie die Befehle befolgten, die aus Berlin kamen.

Richter Hager hatte nie Zweifel moralischer Natur, noch stellte er sich die Frage was gerecht oder ungerecht war. Er gab die Ungeheuerlichkeit seiner Verbrechen nie zu. Er wollte sich im Unterschied zu vielen anderen seiner Generation nie die Maske der Heuchelei aufsetzen. Konsequent bis in den Tod, verlor er nie die Überzeugung, nur seine Pflicht getan, die Gesetze angewandt zu haben und nichts weiter. Und so wie er, machten es all die anderen kleinen und großen Kriminellen.

Warum ich zwei Mal hintereinander für ihn ausgesagt habe? Ich frage mich das heute noch, ich frage es mich jeden Tag. Ich war seine Trumpfkarte, ich konnte es am veränderten Verhalten der gesamten Familie ablesen. Nicht mehr der lästige Ballast, die, die man verstecken muss, die, die man mit Mühe erträgt, die, der es nur erlaubt war, sich an den Tisch zu setzen, wenn der Herr Richter nicht da war.«

Erneut von der Erinnerung an die erlittenen Erniedrigungen übermannt, hielt sie inne. Sie fuhr sich mit der Hand über das Gesicht und schloss die Augen. Sie änderte den Tonfall, nahe daran, die eigene Schwäche einzugestehen.

»Ich brauchte gerade ihre Akzeptanz. Ich wollte, dass sie mich respektierten, endlich. Ich wollte die Dankbarkeit der ganzen Familie, dieses Mannes und dieses furchtbaren Burschen: Ich wollte gerade ihm meine ganze Überlegenheit beweisen, ich muss es zugegeben. Es war eine kleine Revanche nach Jahren der Demütigung, der völligen Unterwerfung. Sie haben mir alles genommen, alles, mir war nicht einmal der kleinste Rest an Würde, Gewissheit, Selbstachtung geblieben.

Horst behandelte mich nach wie vor wie früher, konsequent bis zum Ende, auch er bis in den Tod. Er hat mich immer gehasst, seit seiner Geburt. Vielleicht war er eifersüchtig auf mich, auf meine Freundschaft mit Katia. In unserer Kindheit schlossen wir ihn aus unseren Spielen aus, weil er zu klein war. Vielleicht war an meiner Art ihn zu behandeln etwas, das ihn störte. Bin ich es gewesen, die diesen Hass heraufbeschwor? Ich kann nicht glauben, dass er bereits in früher Kindheit antisemitische Gefühle hegte, wie es später geschah, als er zur Schule ging. Welche Verachtung in seinen Augen, in diesem hochmütigen Gesicht des in einer Schule mit beinahe militärischem Drill erzogenen Jungen. Er wich mir aus, wollte sich nie neben mich setzen, im selben Raum aufhalten; es war eine persönliche Zurückweisung, eine körperliche, würde ich sagen. Noch Jahre später war er nicht völlig frei von gewissen Vorurteilen, von bestimmten rassistischen Giften, die fortfuhren mehr oder weniger offensichtlich in ihm zu schlummern. Er setzte seine Feindseligkeiten auch später fort, als ich bereits in Amerika lebte.

Als ich auf Ersuchen von Frau Hager, die an einer schrecklichen Krankheit litt, hierher zurückkam, war er nicht zu Hause. Ich sah ihn erst später, beim Begräbnis, und er sah mich kaum an. Die Arme starb vor Prozessende in dieser Wohnung, bis zum Schluss von Sidonie, der guten Haut betreut. Die arme Sidonie, ein Opfer dieser Familie. Damals hatte sie ein kleines Kind, das sie in der Küche versteckte. Ich hätte sie nach Amerika mitgenommen. Ich habe es ihr mehr als einmal vorgeschlagen, aber allein das Wort Reise stürzte sie in eine Krise, immer noch wegen jener berüchtigten Aussiedlung. Ich glaube, dass sie heute noch davon träumt. Jedes Mal, wenn ich sie treffe, redet sie von nichts anderem als von irgendeiner Episode, von der sie glaubt, sie bisher noch nicht erzählt zu haben.«

Sie hob den Blick zu mir und ich hatte den Eindruck, als sei sie überrascht mich zu sehen. In diesem Augenblick erwachte der Kater, gähnte vor augenscheinlicher Zufriedenheit, strecke alle Viere von sich und war mit einem Satz am Boden. Dann, ohne mich eines Blickes zu würdigen, ging er majestätisch zur Tür. Er blieb stehen, fixierte die Türklinke und begann zu überlegen. Nachdem er das nötige Kalkül angestellt hatte, sprang er mit plötzlicher Entschlossenheit genau auf die Höhe der Klinke, zog sie, sich daran festhaltend nach unten und landete wieder auf dem Boden. Die Tür war offen! Ich hatte noch nie ein derartiges Meisterstück gesehen. Frau Edith hatte nichts bemerkt, auch weil sie mit dem Rücken zur Tür gewandt dasaß, bestimmt aber kannte sie dieses Kunststück ihres Katers.

Maryla, die Polin, kam mit einem Tablett herein. Es musste elf Uhr sein, denn mir war schon vor einiger Zeit aufgefallen, dass die Alte um diese Zeit Tee zu trinken pflegte. Zu meiner Überraschung fragte sie mich mit einer gewissen Freundlichkeit, ob ich eine Tasse möchte. Ein Angebot, das ich nicht ablehnen konnte, auch weil ich das Gefühl hatte, Glasscherben im Schlund zu haben, so angespannt war ich. Maryla hob leicht die Augenbrauen an, auch sie überrascht, und holte eine weitere Tasse. So fand ich mich in Gesellschaft von Frau Edith Tee trinkend im Wohnzimmer meines Großvaters, oder besser gesagt ihrer Eltern wieder.

Trotz der aufgelockerten Stimmung war ich aber nach wie vor beunruhigt; ich misstraute dieser entspannten Atmosphäre. Und zudem fühlte ich mich schlecht. Nicht nur der Hals war verkrampft, auch der Magen verschloss sich, abgewürgt von ich weiß nicht was. Warum bin ich hierhergekommen, warum habe ich diese ... – von einer Unterhaltung zu sprechen wäre Schönfärberei – bloß angefangen?

»Dein Großvater war ein echter Diplomat, man muss es anerkennen, vor allem wenn es darum ging, irgendeinen Vorteil für sich herauszuholen. Ich weiß nicht, wie die Dinge sich abgespielt haben, aber mein Vater, Verwalter des ganzen Hauses, vermietete deinen Großeltern die Wohnung seiner Eltern. Vielleicht glaubte er, sich einen Freund ins Haus zu holen, vielleicht auch weil die beiden anderen Wohnungen an hohe Gerichtsbeamte vermietet worden waren.

In Wirklichkeit verlor mein Vater nie die Hoffnung, dass alles wieder wie früher werden würde, er wollte nie an die Endlösung glauben: Er weigerte sich bis zum Schluss zu verstehen, was dieses Wort bedeutete, dabei war er doch ein intelligenter Mensch, ein guter Jurist, von seinen Kollegen geschätzt ... er musste die Menschen doch gut kennen. Heute noch kann ich mir sein Verhalten nicht erklären; er ließ sich betrügen, weil er betrogen sein wollte, das ist es, was ich denke, und er bewahrte sich die Illusion oder das Vertrauen in die Kultur des deutschen Volkes, die große Kultur des letzten Jahrhunderts, die, die dem jüdischen Volk alle Staatsbürgerrechte zuerkannt hatte und sie mit Fug und Recht, wenn auch einer anderen Religion angehörend, als Deutsche anerkannte, was in anderen Ländern der Welt nicht geschah. In Deutschland lebten die Juden ein normales Leben, Staatsbürger neben anderen Staatsbürgern; ihnen standen Karrieren bei öffentlichen Ämtern offen, auch politische und militärische, sie konnten ohne jegliche rassische Diskriminierung alle Berufe ausüben, die sie wollten. Vielleicht haben sie aus diesem Grund nicht die nötigen Vorkehrungen getroffen. Ich weiß es nicht. In ihm wie in vielen anderen in seiner Lage, musste sich eine gewisse Einfältigkeit, Leichtgläubigkeit oder vielleicht nur Schwäche eingenistet haben.«

Jetzt murmelte sie, beinahe so als spräche sie zu sich selbst. Sie hatte mich wieder vergessen. Ich hatte Mühe, ihre Worte zu verstehen, wagte es aber nicht, mich ihr zu nähern. Ich hing buchstäblich an ihren Lippen.

»Warum haben sie sich wie Schafe auf dem Schlachthof abschlachten lassen? Ich finde keinen Frieden, finde keine Rechtfertigung. Die alte Theorie von dem Einvernehmen zwischen dem Opfer und seinem Schlächter, bis zu welchem Punkt, kann man sie auf die jüngste Geschichte anwenden?«

Es müssen tausend Mal wiederholte Fragen gewesen sein, und ihre tonlose, beinahe ausdruckslose Stimme war ein klarer Hinweis darauf. Sie wusste, dass sie keine Antwort finden würde. Sie goss sich noch eine Tasse Tee ein und trank sie in einem Schluck bis zum letzten Tropfen aus. Sie bemerkte mich und fuhr mit etwas lauterer Stimme fort:

»Ich weiß nicht, welches der zwischen meiner Familie und dem Richter abgemachte Pakt war. Deine Großmutter schreibt, dass sie die beiden Wohnungen kauften. Es ist möglich, auch wenn bei Kriegsende die Wohnung im Parterre einen anderen Besitzer hatte. Vielleicht ist es ein fiktiver Verkauf gewesen. Die anderen Wohnungen wurden von der Partei konfisziert; genau in dieser Straße war ein eigens dafür geschaffenes Büro, zur Abwicklung derartiger Prozeduren, etwas was übrigens in ganz Deutschland geschah: Arisierungsverfahren, Reinigung der Rasse, so nannten sie es. Nach dem Krieg bewiesen die neuen Eigentümer, so wie auch dein Großvater, dass alles seinen legalen Weg gegangen war. Wir haben die Wohnung bereits 1935 der Familie Hager überlassen müssen, und wie alle Juden sind wir gezwungen worden, zu viert in einem Zimmer zu hausen. Eine Wohnung, drei Zimmer, drei Familien, das war Praxis.

Dann war auch das nicht mehr erlaubt; es gab viele Bombardierungen und eine Menge arischer Obdachlose; sie hatten mehr Anrecht auf ein Dach überm Kopf als wir. So wurden wir in die Baracken in Milbertshofen gebracht, der letzten Etappe vor der Deportation.

Schon seit einiger Zeit durften wir nach sechs Uhr nachmittags nicht mehr ausgehen, mussten den gelben Stern gut sichtbar tragen, durften kein öffentliches Lokal betreten, auch nicht gewisse Straßen und Parks, mussten in den wenigen, noch von Juden geführten und von der Gestapo bisher verschonten Läden einkaufen, sogar im Krankenhaus war es wegen der Ansteckungsgefahr nicht erlaubt, mit einem Arier im selben Zimmer zu liegen.

Ich ging nicht mehr zur Schule; es war gar nicht wahr, dass Katia mich verteidigte, sie war nicht einmal in derselben Klasse, war sie doch zwei Jahre jünger als ich; Mama gab mir jeden Tag Unterricht, um mich und sich selbst abzulenken. Wir warteten nur auf das Visum; mein Onkel tat das Möglichste, das heißt, er bezahlte viel Geld, um es zu bekommen, aber die Amerikaner erfanden Ausreden, verloren die Unterlagen, fanden sie wieder, es brauchte andere Papiere … dann, an einem gewissen Punkt, war alles umsonst: Es war nicht mehr erlaubt Deutschland zu verlassen.

Die berüchtigte Nacht, in der meine Eltern mich hierher brachten, war keine Nacht, sondern ein Nachmittag – im Winter ist es schon um vier Uhr finster, und außerdem war Ausgangssperre. Deine Großmutter war alleine zu Hause, mit Katia, die sich nicht mehr an mich erinnerte … meine Kindheitsfreundin!

Es stimmt, wir sind zusammen aufgewachsen und es verging kein Tag, an dem wir nicht miteinander spielten. ‚Die kleinen Freundinnen' nannten uns alle, und ich erinnere mich noch, wie schwer es am Abend war, uns zu trennen … und jetzt erkannte sie mich nicht wieder, nicht nur das, sie tat auch nichts, um ihren Widerwillen zu verbergen. Wer weiß, wie ich ausgesehen haben muss, um eine derartige Reaktion auszulösen, nicht zu vergessen, dass wir uns schon lange nicht mehr begegnet waren. Ich hegte keinerlei Groll, auch weil, ich wiederhole es, die gemachten Erfahrungen mich gefühllos gemacht hatten, und ich möchte hier das Wort betäubt verwenden.» Sie begann wieder zu murmeln.

»Wir hatten aufgehört, uns im Spiegel anzusehen; wir sahen nur die anderen und das genügte, um uns auszumalen, wie wir selbst waren. Es vergingen Jahre, viele Jahre, bis ich den Mut aufbrachte, mein Gesicht im Spiegel anzusehen. Ich erinnere mich an den Moment, an dem ich, mich selbst suchend, imstande war, mich anzuschauen. Ich sah nur meine Augen, die die Augen einer anderen anstarrten; langsam ging ich auf die Gesichtszüge über, und fand keine Linie, keine Form wieder, die irgendwie mit dem Bild übereinstimmte, das ich in meiner Erinnerung von mir hatte. Nichts. Ich hatte mich selbst verloren. Von mir war nur eine Fremde zurückgeblieben, die eine andere Fremde beobachtete.

Ich glaube, dass sich im Innersten eines jeden von uns

mehrere Subjekte verbergen, das eine dem anderen fremd, wie Untermieter desselben Hauses. Sie ignorieren sich solange, solange kein Konflikt, kein Ungleichgewicht entsteht, das die scheinbare Harmonie stört, die zwischen ihnen herrscht. Da findet dann eine Begegnung zwischen Fremden statt, die in derselben Person wohnen ... eine Begegnung, die häufig ein Zusammenstoß ist, weil sie sich nicht kennen und nicht einmal verstehen, da jeder eine andere Sprache spricht. Das Ziel, auf das sie alle zusteuern, ist immer dasselbe: Sich mit dem Bild eines Selbst, eines einmaligen Selbst zu identifizieren, das sich ein jeder von uns im Laufe des Lebens schafft. Dieses Selbst ermöglicht es uns, uns selbst zu akzeptieren, mit unserer ganzen Misere, den Schwächen, den Lastern: Ein Bild, das aber nie mit dieser Serie von Ichs übereinstimmt, die in Wirklichkeit unsere Persönlichkeit bilden, vor allem aber nicht mit jenem einzigen Ich, das uns beobachtet und richtet.

Wann und wie entsteht diese Trennung zwischen dem Ich, oder besser zwischen den vielen Ichs, die handeln und dem Ich, das beobachtet, das heißt, zwischen den primitiven Instinkten, die immer in uns beheimatet sind und dem spirituellen, idealisierten Wesen, in dem wir uns einbilden unsere armselige animalische Existenz zu sublimieren? Wann entsteht das sogenannte Gewissen, die moralische Instanz, die den Betrug, die Kompromisse und die zum Überleben nötigen Schändlichkeiten zurückweist? Und entsteht es in allen, dieses Bewusstsein?

Man sagt, dass das Gewissen nichts Anderes als das Auge Gottes ist, das uns beobachtet, das unsere ureigensten Instinkte einzudämmen versucht, unseren Geiz, unsere Leidenschaften. Aber das hat nichts mit der Religion zu tun, mit allen Religionen der Welt nicht.

Der Mensch hat Gott erschaffen, um eine Stufe der Spiritualität zu erreichen, die ihm die Illusion gab, ein höheres Wesen zu sein. Aber auch Gott hat nichts mit Religion zu tun ... Systeme der Unterdrückung, der Oberhoheit ... die Tyrannei einiger weniger, um über die Mehrheit zu herrschen.

Die Tiere erkennen keinen Gott an, nicht etwa, weil ihnen die Intelligenz fehlen würde, es fehlt ihnen lediglich an Spiritualität, das heißt sie besitzen nicht die Fähigkeit zu abstrahieren. Aber vielleicht wissen wir noch ziemlich wenig von den Tieren.«

Sie hielt lange inne. Ich habe den Eindruck, dass diese seltsame Art zu philosophieren sie irgendwie beruhigt hat. Ihre Stimme war nicht mehr missgünstig, rau; nur traurig, monoton.

»Sie schickten mich in Katias Zimmer, dasselbe Zimmer, in dem du schläfst. Ich weiß nicht, was danach geschah, aber ich ging nicht in die Baracken zurück, und meine Eltern sah ich nicht mehr wieder. Es war 1942 und München war völlig arisiert, wie mit großem Stolz von den für die ‚Reinigung des deutschen Volkes‘ zuständigen Organisationen erklärt wurde. So wechselte ich von dem völligen Durcheinander der Baracken, wo keine Möglichkeit bestand, ein Privatleben, irgendein Leben zu haben, in die völlige Isolation. Ich wurde in einem Kämmerchen, einer Rumpelkammer, untergebracht, du kannst sie noch am Ende des Ganges dort sehen – jetzt befinden sich dort die Besen, der Staubsauger und ich weiß nicht was sonst noch –, das ich für einige Stunden am Tag verlassen, und die ich mit Katia verbringen durfte, die von dieser Neuerung überhaupt nicht begeistert war.

Dass am Tag darauf die Gestapo gekommen sein soll, erscheint mir ziemlich unwahrscheinlich, da niemand etwas vom Besuch meiner Eltern wusste, nicht einmal ich, bis wir nicht losgingen. Erst auf dem Weg trug mein Vater mir auf, seine Entscheidungen zu akzeptieren, ohne Fragen zu stellen. Er und Mama hatten lange überlegt. Ich begriff nicht, dass sie im Sinne hatten, ihrem Leben ein Ende zu setzen.

Ich war benommen, ich kann meinen Gemütszustand jener Jahre nicht anders definieren. Wenn ich nur verstanden hätte …«, und sie verschluckte die letzten Worte. Sie schwieg. Sie schenkte sich noch eine Tasse Tee ein.

»Ich habe mich von meinen Eltern nicht verabschieden können, richtig verabschieden: Sie gingen schweigsam fort, ohne mich zu grüßen. Nach ich weiß nicht wie langer Zeit, es müssen aber mindestens zwei Stunden vergangen sein, kam deine Großmutter in Katias Zimmer. Mit ernstem, angespannten Gesicht, sie konnte kaum ihre Stimme beherrschen. Sie sagte nur, dass ich die Nacht bei ihnen verbringen würde, fügte nichts weiter hinzu und ich stellte keine Fragen, mittlerweile gewohnt, alles zu akzeptieren ohne zu diskutieren, ohne Erklärungen zu erbitten. Schließlich richtete sie ein Bett im Kämmerchen her. Ich glaube, sie hat gerade dieses Kämmerchen gewählt, weil es kein Fenster hat. Es bekommt sein Licht durch eine Art Luke zum Dachboden hin.

Ich erinnere mich an ihre verstörten Blicke, an die Hände, von einem so starken Zittern erfasste Hände, dass sie nicht einmal die Bettwäsche, das Federbett, den ganzen Rest richtig festhalten konnten. Alles entglitt ihren Fingern und sie musste sich immer wieder bücken, um die Sachen vom Boden aufzuheben. Ich half ihr nicht, abwesend, erstarrt; ich sah mich um, ohne zu begreifen, während sie etwas stotterte, ich solle brav sein, keinen Lärm machen, nicht singen … stell dir vor, nicht singen!«

Sie schwieg abermals und schloss die Augen. Ich muss sagen, dass mir das überhaupt nicht unrecht war. Auch wenn ich versucht hatte, diesem Blick auszuweichen, diesen bleichen Augen, die in einer gelatineartigen Flüssigkeit schwammen, gelang es mir nicht immer anderswohin zu schauen. Ihr in die Augen zu schauen, schien mir ein Akt extremer Indiskretion zu sein, beinahe als zeige sie sich mir nackt bis in die Tiefe der Seele, in ihrer verborgensten Intimität. Aber auch sie nicht anzublicken, war eine Art Verrat. Es fällt mir schwer, das enorme Unbehagen, die Verlegenheit zu erklären und, warum auch nicht, das Unwohlsein, das mir diese ganze Geschichte verursachte.

»Hier ist alles geblieben, wie es damals war; dein Großvater hat nichts verändert. Er hat seine alten Möbel am selben Platz von früher gelassen, ohne je auch nur einen Stuhl, einen Teppich, ein Buch im Regal zu verrücken. Hier scheint mir, meine Eltern auf diesen beiden Sesseln sitzen zu sehen, wie zwei Bittsteller ... man kann noch die Abdrücke ihrer Körper in den Sesseln erkennen.

Für mich bleiben sie dort sitzen, für immer.«

Ein Gedanke ging mir durch den Kopf: Es stimmt nicht, dass man den Toten alles verzeiht, wie Papa immer sagte. Frau Edith hat nichts verziehen, sie hat nichts vergessen und will nichts vergessen; deshalb hat sie sich in diesem Haus verschanzt, um nicht zu vergessen.

Sie erholte sich und die Stimme gewann die alte Härte wieder, die ich von ihr kannte.

»Ich durfte die Mahlzeiten nicht gemeinsam mit der Familie einnehmen, und bis wir aufs Land zogen, am Ende des Schuljahres, blieb ich in diesem Kämmerchen eingesperrt. Es war für deine Großmutter nicht einfach, mich vor dem Personal zu verstecken, ganz im Gegenteil glaube ich, dass das ihr größtes Problem gewesen ist; es gab immer und überall Spione, man konnte niemandem trauen.

Heute kann sich niemand den Zustand der dauernden Unsicherheit vorstellen, die Angst vor dem eigenen Nachbarn, den Passanten, dem Bäcker, alle bereit, dich wegen des geringsten Verdachts anzuzeigen; wegen eines in Gegenwart Fremder unvorsichtiger Weise geäußerten Satzes gegen das Regime oder gegen den Krieg, riskierte man das Gefängnis oder die Erschießung. Nicht einmal Scherze waren erlaubt, vorausgesetzt, jemand hatte noch Lust zum Scherzen.

Ich weiß nicht, wie sie es angestellt hat, mich vor allen zu verstecken; sie muss Momente großer Angst durchgemacht haben.

Für sie, allein für sie kam ich hierher zurück, um die erste und die zweite Zeugenaussage zu machen, ganz sicher nicht wegen des Richters und noch weniger wegen seiner Kinder.

Sie war eine schwache Frau, unsicher, getragen allein von einem starken Glauben. Der christlichen Barmherzigkeit, die viele vergaßen. Die grundlegenden Prinzipien der Nächstenliebe denen gegenüber, die leiden und die über die Religion hinausreichen. Sie war aber hin- und hergerissen zwischen den Pflichten einer guten Christin und der Verantwortung der eigenen Familie gegenüber. Aber ich will auch die ständige, ununterbrochene Angst sich zu verlieren, die eigene Familie zu verlieren, nicht unterschätzen. Hätte sie bloß die Möglichkeit gehabt, sie wäre fortgelaufen, und an gewisse Szenen zurückdenkend, an manche in meiner Gegenwart fallen gelassenen Worte glaube ich, dass sie das Verhalten ihres Mannes nicht guthieß, des Mannes, den sie mehr als jeden anderen fürchtete, das weiß ich mit Gewissheit. In der Tat fand sie nie den Mut, ihre Meinung offen zu äußern.

Sie war ein Opfer ihrer Zeit und vor allem dieser Familie; ich bin mir zudem sicher, dass die einzig wirklich heldenhafte Tat in ihrem Leben gerade meine Geschichte gewesen ist, in die sie sich übrigens völlig unvorhergesehen, gewiss aber zu ihrem Leidwesen verwickelt fand. Ich glaube in der Tat, dass sie nie den Mut hatte zu reagieren, dass ihr unmittelbar die Folgen ihres Verhaltens nicht bewusst waren. Ich weiß es nicht, sie redete nie mit mir darüber und sie machte mir auch keine Vorhaltungen.

Ich muss das zu ihren Verdiensten hinzufügen.

Der Richter vermied immer, mir zu begegnen; er ignorierte meine Anwesenheit in seinem Haus bis zum letzten

Tag, um jede Verantwortung von sich zu weisen. Horst tat dasselbe, zumindest solange wir hier waren. Auf dem Lande war seine Feindseligkeit offen, ausdrücklich.

Katia. Katia musste dem Prozess beiwohnen, um zu verstehen, was tatsächlich geschehen war. Ich war nicht in der Lage zu reden, weder mit ihr noch mit anderen.

Ich habe mit einer Mauer in mir gelebt, mit einer Mauer des Schweigens. Ein Schweigen des Todes, ohne Stimmen, ohne Laute. Ich verbot mir zu denken, mich zu erinnern, weil jede Erinnerung eine nie verheilte Wunde zum Bluten brachte. Ich hatte Angst vor den Gedanken, den Worten, beinahe so als hätten diese nicht nur die Macht jene Ereignisse aufleben sondern sich wiederholen zu lassen. Und das über Jahre hinweg.

Aber auch wenn ich geredet hätte, wenn ich die Erlaubnis dazu hatte, einige Stunden mit ihr zu verbringen, am Abend, wenn die Haushälterin wegging und das Haus in ein großes Schweigen versank, Horst in seinem Zimmer eingeschlossen, mit den Schularbeiten beschäftigt, Frau Hager immer mit der Angst ins Gesicht geschrieben, nach einem Tag voller Manöver, um zu verhindern, dass jemand die von außen abgeschlossene Tür zu meinem Kämmerchen hätte aufsperren können ... was hätte ich ihr sagen können? Wie Katia meine, unsere Situation erklären, wo sie und ihre ganze Generation doch in der Schule tagtäglich einer wilden antijüdischen Propaganda ausgesetzt waren. Wir waren die Feinde des deutschen Volkes, die Pest, die die Welt ansteckte, die die den Krieg heraufbeschworen hatten, die Kommunisten, die Profiteure, die Blutegel, die Ratten. Wenn sich die Erwachsenen beeinflussen ließen, wie hätte sie, ein Kind, widerstehen können?« Erneut hart, schneidend.

»Ich verbrachte inzwischen alle meine Tage eingesperrt zwischen vier Wänden; für meine Notdurft hatte ich eine Art Sessel aus Holz mit einem Deckel an Stelle der Sitzfläche. Wer weiß, auf welchem Dachboden sie den gefunden hatte. Er musste von einem alten, kranken Verwandten gewesen sein, und er roch alt und nach Scheiße. Er war widerlich. Im Sessel drin war ein emaillierter Topf, den ich leeren musste, sowie die Luft rein war.

Ich las viel, den ganzen Karl May, Jules Verne und ich weiß nicht mehr was noch; ich versank in diesen Büchern, ich verlor mich in ihnen, ich träumte sie sogar nachts, ich lebte in dieser fantastischen Welt. Sie waren meine Rettung und ich bin Frau Hager dankbar, die mich verstand und mir half, wie sie konnte. Sie brachte mir auch Geduldspiele und das eine oder andere Schulbuch; sie sagte, sowie sich alles wieder normalisiert hätte, hätte ich wieder in die Schule gemusst. Sie glaubte an eine Zukunft in Frieden!

Mit Katia, meiner Busenfreundin, dem Alter Ego meiner glücklichen Kindheit redete ich nicht. Wie soll ich jenen angewiderten Gesichtsausdruck vergessen, die Feindseligkeit ihrer Augen, die angeekelte Art, mit der sie mir die kleinen Dinge aus der Hand riss, die unordentlich auf ihrem Schreibtisch herumlagen; und wehe, wenn ich eines ihrer Schulbücher oder ein Heft aufschlug ... so als hätte ein Fingerabdruck darauf haften bleiben können, der womöglich meine Anwesenheit in diesem Haus verraten hätte. Ihre Mutter aber bestand darauf, uns mindestens eine Stunde am Tag miteinander verbringen zu lassen, sonst, so sagte sie, würde ich verrückt werden. Laut ihr war der Kontakt zu einer Gleichaltrigen, zu einer Freundin notwendig. Nie verstand sie mein und Katias Unbehagen, vielleicht, weil sie bereits genug zu denken hatte. Ich hingegen zog es vor in die Küche zu gehen und ihr bei der Zubereitung des Abendessens zu helfen. Endlich eine Beschäftigung. Abends war sie alleine und konnte über die ganze Wohnung verfügen, auch über die Küche. Ich erinnere mich an ihre unsichere Stimme, ihre ständige Nervosität, die Art wie sie meinen Blicken auswich und redete, ununterbrochen über alles redete, vor allem aber über den Krieg, der inzwischen in ganz Europa wütete, über die Notwendigkeit, die Stadt zu verlassen. Bald, so schnell als möglich. Es war ein Alpdruck: Fortgehen, sie dachte an nichts Anderes. Vielleicht meinetwegen.

Sie sprach mit mir nicht, wie man mit einem Kind spricht, sondern wie mit einer Gleichgestellten, und ich, die ich sie seit immer kannte, vertraute ihr, spürte ihre Zerbrechlichkeit, ihre Angst und ich identifizierte mich mit ihr, spiegelte mich in ihrer Angst, in dieser Unsicherheit, die mich nicht erschreckte. Ich war undurchlässig, sogar gleichgültig; ich kann mich nicht erinnern, in jener Zeit besonders gelitten zu haben. Mir fehlten nur meine Eltern, aber ich verbot mir, an sie zu denken. Es war als hätte ich sie in einem entfernten Winkel meines Gehirns versteckt; ich wusste, dass sie dort waren und das reichte mir. Sie waren in mir, ich trug sie in mir. Ich trage sie noch mit mir. Immer.«

Sie schwieg lange. Ich war zerstört. Dann begann sie plötzlich wieder zu reden.

»Eines Tages schnitt sie mir die Haare sehr kurz, sie schor mich beinahe kahl; sie sagte, um mich wie einen Buben aussehen zu lassen; sie ließ mich kurze Hosen und Knabenkleidung anziehen, fing an mich Hubert zu nennen, damit ich mich an eine andere Identität gewöhnte. Ich wusste nicht, was sie im Sinn hatte, tat aber alles, was sie wollte; sie war der einzige Mensch, der mich nicht abwies, den ich irgendwie mir nahe fühlte, trotz des Vorbehalts, trotz der extremen Unsicherheit. Das einzige menschliche Wesen, das es wagte, mich zu berühren, mein Gesicht mit flüchtiger Zärtlichkeit zu streifen, die mich trotz allem wärmte, mir half weiterzuleben. Noch heute sind diese Erinnerungen an jene kleinen menschlichen Gesten ...« Sie schluckte und schwieg.

»Ich fragte Frau Hager nie, wohin meine Eltern gegangen sind. Nie fragte ich sie etwas. Erst während des Prozesses erfuhr ich von ihrem Selbstmord. Sie haben sich gemeinsam mit der Großmutter erhängt. In den Baracken. In der Nacht, in der sie mich in unser altes Zuhause begleitet hatten. Ein würdevollerer Tod als in den Gaskammern. Ich weiß nicht, wohin man ihre Leichen geschafft hat, und ich muss sagen, dass ich nie Nachforschungen angestellt habe. Mit Sicherheit in ein Massengrab, gemeinsam mit den anderen Selbstmördern. In jenen zwölf Jahren haben sich tausende Juden umgebracht.

Die wenigen aber langen, in jenem fensterlosen Kämmerchen verbrachten Monate kehren oft in meinen Träumen wieder, aber es sind keine angstvollen Träume. Seltsamer Weise hatte ich keine Angst entdeckt zu werden, ich dachte auch nicht an meine Eltern. Ich las, las mit lauter Stimme. Nicht gerade mit lauter Stimme, wegen Frau Hager, ich murmelte bloß, aber das genügte mir, um wenigstens meine Stimme zu hören, um nicht zu vergessen, wie man spricht.

Ich habe nie zu lesen aufgehört. Viele, viele Jahre lang.

Dann habe ich nicht mehr lesen können. Da war eine Zäsur, eine plötzliche Eiseskälte. Ein furchtbarer Schlag. Es war, als wäre ich aus einem langen Schlaf erwacht, und ich kann mir noch immer nicht erklären, was dieses Erwachen provozierte. Und mit dem Erwachen kam ein starkes Gefühl der Scham, der Demütigung. Ich schämte mich wegen der Schande anderer, der Schande der gesamten Menschheit, die, vergesslich, die schändliche Erinnerung an jene zwölf Jahre hinter sich gelassen hatte.

Ich begann mich zu beobachten, mich zu verdoppeln: Ich wollte mich leben sehen. ‚Wie lebe ich, wie kann ich leben, nach dem was geschehen ist‘, fragte ich mich.

Damals war ich bereits seit ungefähr zehn Jahren verheiratet. Ich weiß nicht wie, eines Morgens bemerkte ich, einen Mann neben mir zu haben. Heute noch wundere ich mich, dass ein menschliches Wesen den Mut gehabt hat, sein Leben mit mir zu teilen; ich frage mich, was ich ihm habe bieten können, ich, in all den Jahren. Auch er, ein Deutscher, hatte seine ganze Familie verloren – er war Jude. Bei meinem Onkel hatte er Wärme gefunden, Freundschaft, eine Zuflucht und eine Frau. Jetzt weiß ich, dass ich bis zu jenem Moment ein ‚normales Leben gelebt habe‘, das heißt bis zu dem Moment, an dem ich mir meiner selbst bewusst wurde, selbst eine zu sein, die überlebt hat.«

Sie schwieg. Frau Edith verheiratet! Was für Neuigkeit. Und welches Ende wird wohl dieser unwirkliche Ehemann genommen haben? Ich hielt den Atem in Erwartung weiterer Neuigkeiten an.

»Ich bin vor fünfzehn Jahren hierher zurückgekommen; ich wollte am Begräbnis des Richters teilnehmen. Er hat sich umgebracht, wie meine Eltern, aber nicht aus demselben Grund. Ein schändlicher Tod, der seine, der Tod eines Feiglings. Bis zum Schluss hat er nichts begriffen, nichts von seiner Verantwortung als menschliches Wesen, als Richter. Ich weiß nicht wem, einem Feind – und er hatte viele –, gelang es, eines seiner Opfer ausfindig zu machen, das im Durcheinander des Krieges der Exekution entgangen war. Nach beinahe vierzig Jahren hat ihn die Vergangenheit eingeholt und die hat sich in der Verkleidung eines Hungerleiders eingefunden, dem gewiss Geld geboten wurde, um diese Anzeige zu erstatten. Der Richter glaubte die Früchte seiner ‚ehrlichen‘ Arbeit genießen zu können, eine gute Rente, diese große Wohnung, eine Frau, die ihn bediente und eine, die sich um ihn kümmerte, die arme Sidonie, Ehre, hochrangige Bekannte aus Politik und Wirtschaft ... und alles ging wegen eines armen Schwachsinnigen in Rauch auf. Er hat es nicht ertragen, er wollte sich nicht einem erneuten Prozess stellen, aus dem er in jedem Fall als freier Mann hervorgegangen wäre. Aber der Skandal, der Skandal!«

Während sie sprach, nahm die scharfe Stimme Töne an, die ich mittlerweile gut kannte.

Zufällig kreuzten sich unsere Blicke. Die Gesichtszüge wurden weicher, soweit das möglich war, und auch die Stimme bekam menschlichere Töne. Fasziniert, oder vielleicht müsste man sagen überwältigt, hatte ich die fortwährende Veränderung der Stimme verfolgt; wie die Schauspielerin einer griechischen Tragödie ist sie von einem undeutlichen, tiefen, gruftigen Gestammel in eine Art akuten scharfen Schrei übergegangen, der bei mir einen Angstschauer hervorrief; dann, mit überraschender Schnelligkeit, kehrte sie zu den tiefen, farblosen, beinahe tonlosen Lauten zurück, die sie nach einer Reihe von unmerklichen Übergängen, zu etwas ruhigeren, beinahe angenehmen Tönen modulierte. Ich wusste nicht, dass die menschliche Stimme so flexibel, so farbenprächtig sein konnte.

»Wann, sagtest du, kommt deine Mutter? Auch so ein Mensch, dem das Leben gestohlen worden ist. Sidonie hat mir erzählt, dass sie Sängerin werden wollte, in ihrer Jugend, und dass sie auch sehr schön ist. Dein Vater war ein Existenzendieb. Zuerst Sidonie, dann deine Mutter und wer weiß wie viele noch, von denen wir nichts wissen. Eine junge Sängerin in einem Kuhdorf! Er hat sie von der zivilisierten Welt abgeschirmt, um sie ganz für sich zu haben. Die arme Sidonie, wäre es nicht seinetwegen gewesen, sie hätte ein normales Leben gehabt, einen richtigen Mann, eine Familie. Auch ihr hat er die Existenz geraubt. Wie alt ist deine Mutter?«

Ich antwortete dreiundvierzig, und ich weiß nicht, wie ich dieses Wort aussprechen konnte, den Hals wieder voller Scherben. Ihre großen, breiten Lippen entspannten sich und wurden zu etwas, was einem entspannten Lächeln ähnlich scheinen mochte.

»So jung! Sie hätte ihm Tochter sein können ... der Unverschämte! Man hat mir gesagt, dass sie Schwedin ist, aus dem einzigen skandinavischen Land, das, ich weiß nicht aus welchem Grund, vor der Nazisoldateska verschont geblieben ist.«

Plötzlich hörte sie auf zu reden und entschlossen nahm sie das Buch, das sie beiseite gelegt hatte wieder in die Hand.

Auf diese Weise endete unsere Begegnung.

Jetzt sitze ich an Katias Schreibtisch, am Schreibtisch dieser enigmatischen Persönlichkeit, die jeder anders beschreibt. Laut Tante Sidonie bewunderte ihre Mutter sie, doch dann fürchtete sie ihre hitzigen Briefe, ohne ihre Aussöhnung mit Frau Edith nach dem Prozess zu bedenken. Sie hat nicht gesagt, ob daraus eine neue Freundschaft entstanden ist.

Die Eltern, Selbstmörder, hier oder in den Baracken aufgefunden; die Großmutter sagt, dass sie sich in ihrer Wohnung umbrachten, das heißt in diesem Haus. Und der Besuch der Gestapo ... ein großes Durcheinander.

Und dann bin ich ziemlich schockiert wegen der letzten Bemerkung: Mein Vater ein Dieb der Existenzen, meine Mutter, die ihm Tochter hätte sein können. Hans Georg ist drei Jahre vor Mama geboren, eine Tatsache, die man nicht verleugnen kann, und ich, mit dieser Art Überlegungen fortfahrend, könnte Hans Georgs Tochter und die Enkelin meines Vaters sein. Was für Absurdität.

Existenzendieb. Was heißt das? Meine Mutter hätte sich auflehnen können, er hat sie gewiss nicht in Ketten in jenes Kuhdorf gebracht (und Roselle ist übrigens kein Kuhdorf, ich habe dort nie eine Kuh gesehen). Mama hatte eine wunderschöne Stimme, das habe ich Leute sagen hören, die sie in ihrer Jugend gekannt haben. Warum ist sie nicht Sängerin geworden? Das muss ich sie wirklich fragen.

Ob ihr Papa verboten hat zu singen? Ich kann es nicht glauben. Sie hat freiwillig darauf verzichtet, es ist ihre freie Wahl gewesen.

Doch schlussendlich muss ich zugeben, dass ich nicht weiß, wie die Dinge gelaufen sind.

Und die andere Geschichte, von den vervielfachten Ichs, das heißt von der Bewusstwerdung eines von den anderen dissoziierten Ichs ... ich bin verwirrt.

Wie können wir uns leben sehen, wenn wir uns selbst fremd sind?

Vielleicht gerade weil wir uns fremd sind, können wir uns beobachten, so wie wir uns in einem Schaufenster spiegeln.

XII

Der lange Monolog von Frau Edith hat mich dermaßen verwirrt, dass ich, wieder in meinem Zimmer, nicht anders konnte, als einen Bericht, einige Anmerkungen niederzuschreiben, um nichts zu vergessen, ohne jeglichen Kommentar, ohne irgendwelche Stellungnahme. Welche Position hätte ich auch einnehmen können?

Aus ich weiß nicht durch welche Eingebung habe ich dann Tante Sidonie angerufen. Sofort hat sie mich zu sich nach Hause zu einem Kaffee eingeladen. Sie war dabei einen Kuchen zu backen und wenn ich mich beeilen würde, könne ich ein noch warmes Stück bekommen. Ich habe den Eindruck, dass sie jeden Tag einen Kuchen backt oder zumindest jeden zweiten Tag.

Und da, der gedeckte Tisch mit dem Tischtuch der tausend Spitzen, dem Tellerchen, dem Kännchen für die Sahne, die Milch und dem ganzen Rest, und eine sehr gut duftende Torte, ich muss es zugeben, dass mich das trotz aller Ungerechtigkeiten mit der Welt versöhnte. Ich aß gerne zwei Stück, zur großen Zufriedenheit von Tante Sidonie – ich lerne Kuchen zu essen! Sie konnte nicht wissen, dass ich weder gefrühstückt noch zu Mittag gegessen hatte; wie sollte ich ihr sagen, dass ich seit einigen Tagen einen Kloß im Magen hatte, wegen der Familiengeschichten Papas? Sie hätte mich nicht verstanden.

Ich sagte ihr, dass Mama kommen würde und sie lächelte, das heißt, sie fuhr fort zu lächeln, da sie immer lächelt.

»Warum kommt ihr mich nicht besuchen, ihr zwei? Es würde mich sehr freuen, deine Mutter wiederzusehen; ich weiß nicht, was sie von mir denkt, aber ich habe nie etwas gegen sie gehabt. Warum auch? Es ist unmöglich, sich gegen das eigene Schicksal aufzulehnen, und dein Vater ist unser Schicksal gewesen, meines und ihres. Ich wünsche ihr von Herzen einen jungen Mann zu finden, mit dem sie den Rest ihres Lebens verbringen kann, ich bin inzwischen zu alt für diese Dinge, aber sie hat alles noch vor sich.« Und sie fuhr auf dieser Schiene noch eine Weile fort. Es gelang mir nicht, mich zu konzentrieren und hörte ihr nur halb zu. Da sind viele Dinge, die ich nicht verstehe: Hat sie wirklich mit meinem Vater gelebt, oder war er nur ein zufälliger Gefährte – gerade die richtige Bezeichnung, da jede ihrer Begegnungen ein richtiges Unheil für sie gewesen ist –, mit dem sie rein zufällig drei Kinder gezeugt hat? Das war zumindest Hans Georgs Version.

Andererseits, was weiß denn Hans Georg.

Tante Sidonie spricht von Papa als einem fürsorglichen Ehemann, der, so kann man sagen, ein Leben lang an sie gebunden war. Es scheint, als wäre es eine große Vertrauensbeziehung gewesen. Laut ihr, erzählte er ihr alles, sogar von Mama, und ich weiß nicht von welch anderen Intimitäten er es auch richtig fand ihr zu berichten.

Was wissen schließlich die Kinder über die ‚wirkliche‘ Beziehung, die die eigenen Eltern verbindet?

Eine Frage, die ich nie werde klären können.

Auch weil ich mir nicht erklären kann, wie zwei derart verschiedene Menschen wie Papa und Mama so lang miteinander leben konnten. Was hatten sie gemeinsam? Und mein Vater und Tante Sidonie, was konnten sie gemeinsam haben, die beiden? Großes Fragezeichen. Warum dann leben zwei Menschen miteinander, wenn sie nichts gemeinsam haben? Sehr großes Fragezeichen.

Gleich nach dem Kaffee schlug sie mir einen Spaziergang im Schlosspark vor, aber trotz ihres Geplauders, konnte ich mich nicht zerstreuen; dauernd Frau Edith, ihr im Gericht verprügelter Vater, und ich sah ihn blutend, zerrauft vor dem gleichgültigen Publikum, vor all den Leuten, die zusahen, ohne sich angesichts dieses schrecklichen Schauspiels zu entrüsten; seine Angst sich nur ans Fenster zu stellen; und dann die Trostlosigkeit der Baracken, die erlittenen Demütigungen und der Tod.

Wer weiß, wo ihre Knochen liegen.

Ein ganzes Land voller blinder und tauber Menschen. Eine Welt von Blinden und Tauben ... doch es handelte sich um menschliche Wesen wie sie, wie wir, denen die Würde entrissen wurde, das Leben selbst, und niemand, niemand der aufbegehrte! Wie ist das alles möglich? Und hier ist mein Vater geboren, hier hat er gelebt?!

Auch das Bild Katias erhält aus ihrer Sicht eine andere Dimension: Ich sehe sie angewidert, alles andere als ihre Freundin. Ist sie nach Amerika gegangen, um der Nachkriegszeit zu entfliehen, aus dem Bedürfnis nach Abenteuer und nicht aus Scham, wie die Großmutter zu verstehen geben wollte?

Derweil redete Tante Sidonie weiter, aber ich vermochte ihr nicht mehr zuzuhören. Nach ich weiß nicht wie langer Zeit, muss ihr mein Schweigen aufgefallen sein, denn sie nahm meine Hand und sich auf eine Bank setzend, suchte sie ein wenig besorgt meinen Blick.

»Was hast du? Ich sehe, dass du abwesend bist. Hast du noch Fragen, willst du etwas über deine Großmutter oder deinen Großvater wissen? Ich habe sie sehr gut gekannt, ich habe einen guten Teil meines Lebens mit ihnen gelebt und ihnen verdanke ich alles was ich bin, vom Anfang bis zum Ende. Deine Großmutter war eine Frau großer moralischer Statur, sie ging jeden Tag zur Messe und am Sonntag nahm sie auch mich mit. Dein Großvater ging nie in die Kirche, er war ein sehr harter Mensch weniger Worte. Horst hatte zu keinem von beiden ein gutes Verhältnis. Auch er hatte keinen einfachen Charakter, und die wenigen Male, die er von Berlin oder von wer weiß woher nach Hause kam, schloss er sich mit dem Richter im Studio ein, und eine Stunde später verließ er es mit versteinertem Gesicht. Wer weiß, was sie sich sagten. Sie erhoben nie die Stimmen und ich erlaubte mir nicht zu lauschen, wie du dir vorstellen kannst.

Jetzt, nach so vielen bei jener Familie verbrachten Jahre, weiß ich, dass ich großes Glück gehabt habe. Was wäre aus mir geworden, wäre ich in einem Waisenhaus gelandet?

In dem Haus, in der Wohnung, in der du wohnst, war eine Grabesstille. Man hörte das Summen der Fliegen. Mein armes Kind wagte es nicht zu spielen, so verängstigt war es von dem Richter, obwohl dieser sich immer in seinem Studio verschanzte; ohne zu bedenken, dass er unter der Woche früh am Morgen aus dem Haus ging und am Abend zurückkam. Ich konnte sagen, dass er die Existenz meines Buben gar nicht bemerkt hatte und die wenigen Male, da sie sich begegnet sind, haben sie, glaube ich, kein einziges Wort gewechselt. Der Richter hatte kein Interesse an Kindern ganz allgemein, wir dürfen ihm keinen Vorwurf machen. Aber Hans Georg fürchtete ihn trotzdem, ohne Grund. So sind die Kinder, es braucht nicht viel, sie zu verängstigen. Er hat keine glückliche Kindheit gehabt, mein armer Sohn, und danach dann nur Verantwortung.«

Sie sprach all diese Ungeheuerlichkeiten mit dem üblichen Lächeln auf den Lippen aus, mit traurigen Augen und ab und zu einem Seufzer.

»Als du Frau Edith wiedersahst, kurz bevor Großmutter starb, wie war sie da? Erinnerst du dich?« Sie zuckte bei Frau Ediths Namen zusammen.

»Oh, die Edith. Gewiss erinnere ich mich daran. Ich ging mindestens zwei Stunden früher zum Flughafen, so nervös war ich, und während ich auf die Ankunft des Flugzeugs wartete, zitterte ich beim Gedanken, ich könnte sie nicht wiedererkennen. Ich dachte, die Jahre und der Aufenthalt in Amerika hätten sie verändert, was weiß ich, modisch gekleidet, eine Dauerwelle ... aber nichts. Sie war immer dieselbe, beinahe als wäre die Zeit stehen geblieben! In der Menge der Reisenden, du wirst es nicht glauben, habe ich sie sofort erkannt. Verwirrt, gequält, beunruhigt vielleicht noch mehr als früher.

Ich hatte den Eindruck, dass die Jahre an ihr spurlos vorübergegangen sind. Manchmal scheint mir, dass sie in ihrer Kindheit stehen geblieben ist, in ihren schrecklichen Erfahrungen in den Baracken, in jenem letzten Spaziergang mit ihren Eltern, den sie mir hundert Mal bis in die kleinsten Einzelheiten erzählt hat. Ihr Leben ist dort stehen geblieben, an der Straße, die sie von ihren Eltern getrennt hat, und du wirst es nicht glauben, sie erinnert sich an jedes Wort, das ihr Vater zu ihr sagte, sogar den Tonfall. Im Grunde ist sie trotz all der verflossenen Jahre immer das Mädchen von damals. Mir tut sie furchtbar leid.« Sie seufzte. »Willst du noch mehr wissen? Warum quälst du dich mit diesen alten Geschichten? Hat sie dir etwas gesagt? Ist sie wieder mit der Geschichte von der Widenmayerstraße gekommen? Sie ist immer noch überzeugt, die Besitzerin dieser Wohnung zu sein. Eine fixe Idee. Ich habe versucht, sie zur Vernunft zu bringen, aber es war alles umsonst; über dieses Thema kann man mit ihr nicht diskutieren.«

Eine Stunde später bin ich gegangen.

Ich bin in der Stadt herumgelaufen, von einem Geschäft zum nächsten, habe hunderte von Schaufenstern angeschaut, ohne Ziel und ohne Ruhe. Ich hätte gerne alle Alten angehalten, denen ich begegnete, um sie gerade heraus zu fragen: „Du, was hast du ‚damals‘ gemacht? Wie konntest du ‚danach‘ leben?“

Heute Morgen bin ich zum Flughafen gegangen.

Ich habe schlecht geschlafen und bin unruhig. Zu viele Dinge haben mich in den letzten Tagen aufgewühlt.

Während ich wartete, habe ich mich umgesehen: Ich habe Kinder, Enkel gesehen, alle ‚danach‘ geboren, und alle wissen von woher sie kommen. Sie waren ruhig, sie, haben gut geschlafen, zeigten ein ausgeruhtes Gesicht, und gewiss haben sie ein ausgiebiges Frühstück zu sich genommen. Man sah es.

Ich hingegen nicht.

Warum reagiere ich so? Mir scheint, ich bin in einen Morast hineingerutscht, und dieser Morast breitet sich aus und verschluckt mich. Vielleicht handelt es sich nicht um einen Morast, sondern um einen Sumpf, in dem es möglich ist zu ertrinken, wie in einer Erzählung Sherlock Holmes'. Ich muss heute Nacht etwas in der Art geträumt haben, aber ich erinnere mich an keine Einzelheit; nur ein Gefühl des Versinkens und des Schlamms, der mir in den Mund, in die Augen, in die Ohren dringt. Ein böser Traum, der mich durcheinander gebracht hat und mir einen widerlichen Geschmack, eine Mischung von ich weiß nicht was, im Mund zurückgelassen hat.

Ich habe so viele Dinge aufzuschreiben, dass ich nicht weiß, wo ich beginnen soll.

Mama trat aus der Menge der Passagiere, schön, leicht gebräunt, sehr elegant in einem langen, dunklen, bis an die Knöchel reichenden Kleid mit kleinen Blümchen – das erste Mal, dass ich sie in einem Kleid sehe, ich meine in einem femininen Kleid –, und schlank.

In den letzten Jahren nach Papas Tod hatte sie zugenommen, und es war etwas Ungesundes, etwas Unerledigtes in ihr. Jetzt strahlte sie, sie strahlte ganz einfach vor Schönheit und, ganz besonders vor lauter Jugend! Ich habe bemerkt,

wie die Menschen rund um sie Platz gemacht haben, so als
hätte es sich um eine Diva oder gar um eine Göttin gehandelt. Alle sahen sie an, Männer wie Frauen, und sie schien
sich des Geschenks bewusst zu sein, das sie trug, denn sie
bewegte sich mit einer Grazie und einem Adel, die ich noch
nie an ihr bemerkt hatte. Mein erster Gedanke war: „Ist das
meine Mutter?"

Ich lief ihr entgegen und sie sah mich einen Augenblick
lang mit einem großen Fragezeichen in den Augen an, bevor
sie die Arme öffnete – ich muss mich in diesen zwei Monaten verändert haben, denn einen Augenblick hatte ich den
Eindruck, als hätte sie mich nicht erkannt. Beinahe schämte
ich mich, sie Mama zu nennen, so sehr schien sie meine
Schwester zu sein, meine wunderbare, große Schwester.

Was für ein wunderbares Wesen! Ich hatte sie nicht so
schön in Erinnerung und vor allem nicht so voller Scharm.
Wirklich ‚die schöne Melusine'.

Sie hatte gerade das Haus betreten, da wollte sie gleich Frau
Edith grüßen. Und mit welcher Höflichkeit und welchem
Scharm sie das tat. Die Alte starrte sie an, von so viel Schönheit geblendet. Vielleicht ist es wirklich das erste Mal, dass
sie sie sieht, denn sonst könnte ich mir ihre Überraschung
nicht erklären. Mama hat sie erobert, würde ich sagen, auf
Anhieb erobert. Die Alte hat sogar gelächelt und ihr die
Hand gegeben, etwas, das sie mit mir nie getan hat – aber
wer bin denn ich?
Was für eine Szene! Nur Fuset hat sich nicht gezeigt, der
Feigling. Ich bin mir sicher, Mama hätte auch ihn betört;
vielleicht hätte er seinen verfluchten eigensinnigen Schädel
an ihren schönen Beinen gerieben und geschnurrt.
Sie hat mir kurz vom Opa erzählt, der eine Notoperation
durchgemacht hatte, und von der Notwendigkeit nach
Stockholm zurückzukehren.

Bereits im Taxi hatte mein Handy geklingelt: Hans Georg wollte wissen, ob Mama angekommen sei. Und, wer sagt's denn, er hat uns sofort zum Abendessen eingeladen.

Ein luxuriöses Abendessen und ein überaus eleganter Hans Georg, voller Aufmerksamkeiten für die schöne Melusine – und dieses Schwesterchen, das er bis vor einigen Tagen noch ganz anders behandelt hatte, fast ganz vergessen.

Er war verzaubert und sah sie an, wie Mario Gentilini vor Jahren, mit derselben Intensität und mit etwas, was ich als ‚Sehnsucht‘ bezeichnen würde. So muss es gewesen sein, als Papa sie zum zum ersten Mal gesehen hat: Sehnsucht nach Schönheit, nach Vollkommenheit, nach undefinierbarer Freude. In Mamas Augen muss ein Glücksversprechen stehen, eine Art verlorenes Paradies, nicht umsonst heißt sie Eva.

Das seltsame an der ganzen Geschichte mit den Augen ist, dass ich da kein Glücksversprechen sehe, kein Paradies, nur einen verlorenen Blick auf weit entfernte Horizonte, wie bei jemandem, der die Erde noch nicht gesichtet hat. Mag sein, weil ich nur eine Tochter bin und in ihr andere Antworten suche. Ich weiß nicht, ich komme ganz durcheinander. Wie sehr möchte ich verstehen, wer meine Mutter ist und was an ihr die Männer so verzaubert.

Seit sie hier ist, kommt mir vor ich schwimme, ich kann meinen Gemütszustand nicht anders beschreiben. Ich habe versucht, einige Worte bezüglich dieses Hauses, meines und Frau Ediths Unbehagen hier zu wohnen mit ihr zu wechseln. Sie hat nichts begriffen oder vielleicht hat sie mich nicht wirklich verstanden.

»Ich verstehe dein Interesse für die Geschichten dieses Hauses nicht. Es handelt sich um Mauern und nichts weiter: Du hast diese Mauern geerbt, und nicht die Geschichten, die damit verbunden sind; der Rest hat keine Wichtigkeit. Auch das Haus in Roselle ist uralt; wer weiß wie viele Dinge dort passiert sind, wie viele Menschen vor uns da drinnen gelebt haben und gestorben sind. Glaubst du, dass mich das gestört hat, oder dass dein Vater Nachforschungen angestellt hat, wer vor uns in diesem Haus gewohnt hat? Gewiss, dein Großvater ist hier gestorben, auf ziemlich ungewöhnliche Weise, aber du hast nichts damit zu tun, es sind alte Geschichten. Und Frau Edith scheint mir eine sehr interessante Frau zu sein, voller Scharfsinn, von der man viel lernen könnte.«

Um das Thema zu wechseln habe ich sie nach Oma gefragt, da sie alleine zu Hause geblieben ist, jetzt wo der Opa im Krankenhaus ist, und ob jemand da ist, der sich um sie kümmert. Wiederum ausweichende Antworten. Ja, täglich, für einige Stunden.

Sie hat Besuch bekommen, ehemalige Kollegen von der Musikhochschule, die sie im Wohnzimmer empfangen hat, als ob nichts dabei wäre! Sie darf Männerbesuche empfangen, Frau Edith hat ihr keine Liste der während ihres Aufenthalts einzuhaltenden Regeln vorgelegt. Auch Fuset hat sie nicht ein einziges Mal angegriffen.

Ich muss Schluss machen, denn sie will ausgehen, wie jeden Abend. Ich kann mich nicht mehr konzentrieren, und all das Schreiben kommt mir unnütz und banal vor.

Ich habe meinen bisherigen Rhythmus verloren, ich bin unausgeglichen. Am Morgen ist sie imstande mit Frau Edith eine oder zwei Stunden im Speisezimmer zu sitzen. Mama bereitet mit größter Selbstverständlichkeit das Frühstück auch für sie zu, dann ruft sie nach ihr und sie fangen an zwischen der einen und der anderen Tasse Tee miteinander zu reden. Ich möchte wissen, was sie sich zu sagen haben. Ab und zu höre ich die schöne Stimme meiner Mutter in einer harmonischen Kaskade von Noten explodieren, aus der ihr

Lachen besteht. Unglaublich. Die Alte ist wie neugeboren, hat ihre düstere Art verloren, die ich von ihr kenne, sie öffnet sich dem Licht, das meine Mutter ausstrahlt, sie profitiert davon, saugt es gierig auf. Ich irre derweil durch die Wohnung wie eine arme Seele und ich verstehe nicht warum.

Am Tag nach ihrer Ankunft ist sie mit der Alten ausgegangen, um ein paar Schritte zu tun, und meine Mutter hat einen großen Blumenstrauß gebracht, um das Wohnzimmer zu schmücken. Ich habe nie vorher Blumen in dieser Wohnung gesehen.

Sogar Hans Georg ist bis hierhergekommen sie abzuholen, das heißt, er ist herauf gekommen, ist in diese Wohnung gekommen, in die er, so hat er gesagt, seit ich weiß nicht wie vielen Jahren keinen Fuß mehr gesetzt hatte.

Es gibt Neuigkeiten: Mama hat sich in den Kopf gesetzt, die Wohnung zu renovieren, einige Zimmer zumindest.

Als erstes ist es ihr gelungen, die Alte zu überzeugen, drei Wochen Ferien in einem Kurort zu buchen – ich glaube sie hat so etwas wie Rheumatismus –, und gemeinsam mit Hans Georg hat sie sie früh am Morgen, bevor sie Zeit gefunden hätte es sich anders zu überlegen ins Auto gepackt und in einem Hotel abgeladen, ich weiß weder wo noch interessiert es mich es zu wissen. Wirklich ein großes Unterfangen, wenn man bedenkt, dass sie in diesen letzten fünfzehn Jahren nur für einige Stunden die Wohnung verlassen hat.

Gleich darauf sind sie zusammen zurückgekommen und haben begonnen große Projekte zu machen. Vorerst haben sie in gemeinsamen Einvernehmen gesagt, dass es mindestens drei Bäder braucht, die beiden bestehenden reichen nicht, und außerdem sind sie in miserablem Zustand, ab und zu löst sich eine Wandfliese, die Wasserhähne tropfen Tag und Nacht, eine Katastrophe; die Küche muss von Grund auf erneuert werden, das heißt die Möbel, die Küchengeräte,

der Fußboden, die Wände, alles neu, und der Gipfel kommt
jetzt: Sie wollen die Wohnzimmermöbel wegwerfen und den
Salon anständig einrichten. Es geht darum, die Sofas und die
Sessel wegzuwerfen, die die Spuren all der Menschen auf
sich tragen, die darauf in den letzten hundert Jahren gesessen haben, und wo noch die Geister von Frau Ediths Eltern
sitzen.

Nein, ich kann's nicht glauben. Es kommt mir wie ein Sakrileg vor. Ich habe es zu erklären, zu protestieren versucht.
Es war umsonst. Sie haben mir nicht einmal zugehört.

Ich bin niedergeschlagen und konfus.

Wir haben verrückte Einkäufe gemacht und Hans Georg ist
uns eine große Hilfe gewesen; er hat einige Maurer geschickt, die sofort angefangen haben, die Mauern einzurei-
ßen, Durchgänge aufzubrechen und Staub und Lärm zu machen und das ganze Haus zu verwüsten. Ich hätte große Lust
fortzulaufen, aber Mama erlaubt mir nicht einmal auf einen
Spaziergang nach draußen zu gehen; ich muss auf die Wohnung aufpassen, die Männer nicht alleine lassen, und so weiter, und so weiter.

Es bleibt mir nichts Anderes übrig, als mich in Großvaters Studierzimmer einzuschließen, wohin wir unter anderem auch den armen Fuset verbannen mussten.

Ich muss sagen, dass er mir in letzter Zeit sogar leid tut.
Er leidet unter Einsamkeit. Er hat fast aufgehört zu fressen
und, sehr seltsam, er ist nicht mehr so aggressiv wie früher,
krallt sich nicht mehr an meinen Beinkleidern fest und
rennt nicht mehr entfesselt und wie wild herum. Er ist de-
primiert, ein Kater der unter Depressionen leidet. Hat man
jemals einen derartigen Krampf gehört? Es wäre zum Lachen. Ich fange an zu glauben, dass ihm das Frauchen fehlt.
Mama nimmt ihn ab und zu auf den Schoß und erzählt ihm
etwas auf Schwedisch. Er scheint zufrieden, obwohl er kein
Wort versteht; tatsächlich schaltet er nach einem Moment

der Unschlüssigkeit seinen berühmten Motor ein, schließt vor Vergnügen die Augen und lässt sich verwöhnen. Ein gezähmter Fuset. Wer hätte das gedacht?

Inzwischen haben Mama und Hans Georg Möbel gekauft, Sofas, sogar ein neues Bett für mein Zimmer. Mit Mühe gelang es mir den Schreibtisch und einige andere Relikte aus verflossenen Zeiten zu retten. Auch die Wände wurden neu gestrichen, alles blitzschnell. Ich habe den Eindruck, dass die halbe Wohnung in Ordnung gebracht worden ist; sogar für den Parkettfußboden ist eine Maschine gekommen, die alles geschliffen und einen Höllenlärm gemacht hat. Wer am meisten gelitten hat, war Fuset.

Was mich am meisten beunruhigt, ist das dritte Bad, das sie in dem Kämmerchen geplant haben, in dem Frau Edith als Kind eingeschlossen war; wie wird sie reagieren, wenn sie all diese Veränderungen entdeckt? Ich habe bei Mama angedeutet, dass die Alte etwas dagegen haben könnte, dass es schließlich angebracht gewesen wäre, sie zu befragen. Meine Mutter hat nicht verstanden, wie immer. Sie ist überzeugt, dass sie überglücklich sein wird, ein bequemes Sofa, ein funktionelles Bad Tür an Tür mit ihrem Zimmer vorzufinden, eine helle, moderne Küche, in die man sich setzten kann, um zu frühstücken – sie hat alles mit schwedischen, ich muss sagen, sehr schönen Möbeln eingerichtet – und die Wohnung renoviert, voller Licht, elegant. Sie hat sogar einen neuen Perserteppich für das Wohnzimmer gekauft, weil der alte nichts anderes als ein Lumpen war, genau so hat sie gesagt, ein Lumpen: Aber darauf sind noch die Spuren der Schritte von Ediths Eltern, hätte ich sie anschreien wollen, und da sind sie all die Jahre geblieben, ungestört.

Nach dieser ganzen Katastrophe habe ich den Eindruck, in einer anderen Wohnung zu leben, wären da nicht das Arbeitszimmer des Richters, das so geblieben ist, wie es war und ich weiß nicht wie viele Zimmer, die ich in Wirklichkeit nicht kenne. Alles abgeschlossene Türen, entlang des Korridors, hinter denen sich wer weiß welche Geheimnisse verbergen, vielleicht nur alte Möbel, Spinnweben, Staub.

Am Abend, sowie die Arbeiter die Wohnungstür hinter sich zumachen, taucht Fuset auf, um einen Kontrollgang zu machen und die Gerüche, die er aufnimmt, dürften ihm nicht schmecken, denn nach einer Weile zieht er sich in Großvaters Arbeitszimmer zurück, um seine alten Gerüche, den alten, nur in diesem Zimmer, wie eine Reliquie der Vergangenheit verbliebenen Mief, vor allem aber die alten zerfledderten Ledersessel wiederzufinden, auf denen er sich trübseliger als zuvor zusammenrollt. Wie ein Waise.

Auch ich fühle mich als Waise.

All diese Veränderungen bringen auch mich durcheinander.

Mama geht ständig mit Hans Georg aus – ich glaube, auch er hat all seine Verpflichtungen vergessen, oder vielleicht hat er Urlaub genommen, sonst wüsste ich nicht, wo er die ganze Freizeit hernehmen könnte –, aber was mich am meisten stört ist, dass sie mich jetzt alleine zu Hause lassen. Auch am Abend.

Meine Mutter und mein Bruder. Mama weicht mir aus, lässt mich offensichtlich links liegen. Und für Hans Georg bin ich zur nebensächlichen Figur geworden. Es ist ein Wunder, wenn er mich überhaupt noch sieht, ohne die beinahe beleidigende Art mich zu grüßen zu erwähnen: Er tätschelt mir die Wange, wie man es mit kleinen Kindern macht. Ich koche vor Wut. Warum behandelt er mich so?

Die Leidenschaften.

Bis vor einigen Monaten schien ich alles unter Kontrolle zu haben und jetzt fühle ich mich von einer Welle von wohlbekannten Gefühlen überschwemmt, die ich nicht beim Namen nennen möchte.

Ich habe zwei vibrierende Menschen vor mir, von wer weiß
welcher elektrischen Ladung getroffen; ich existiere nicht
mehr für sie, für mich ist kein Platz, ich habe gar den Eindruck, dass ihnen meine Anwesenheit lästig ist.

Genug, ich will nicht fortfahren.

Vielleicht kehre ich nach Roselle zurück. Hier bin ich im
Wege, ohne zu bedenken, dass ich noch nichts von den Prüfungen weiß und ich mich erst Ende September in die Universität einschreiben kann.

Zweiter Teil

I

Ich habe dieses Heft wiedergefunden. Ich glaubte, es bei dem Durcheinander der letzten Zeit verloren zu haben. Ich muss auch zugeben, es nicht ernsthaft gesucht zu haben.

Ich wollte nicht lesen, was ich damals geschrieben habe, vor mehr als dreieinhalb Jahren, aber mir kommt vor, etwas unerledigt gelassen zu haben, es nicht abgeschlossen zu haben, nicht ans Ende gekommen zu sein, wenn es denn ein Ende gibt. Ich erinnere mich nur an jenen September, das Durcheinander in der Wohnung, Mama in voller Aktivität, und meine Einsamkeit, meinen immer dringlicheren Wunsch nach Roselle zurückzukehren.

Ich weiß noch, dass ich eines Morgens sehr früh aufgestanden bin, bevor das Haus erwachte und nachdem ich einige Abschiedsworte geschrieben hatte, die überhaupt nichts rechtfertigten, einige Dinge in meinen Rucksack gesteckt habe und zum Bahnhof gegangen bin. Ich war ganz wirr im Kopf. Daran erinnere ich mich noch.

Es war eine ziemlich chaotische Fahrt – ich musste mehrmals umsteigen –, bis ich am späten Nachmittag in Grosseto ankam. Was für ein trauriger Bahnhof. Und niemand, der auf mich wartete. Eine trostlose Rückkehr, die mir den Rest gab. Was hatte ich mir nur gedacht? Ich hatte niemanden benachrichtigt. Ich hatte nur Lust abzuhauen, mich zu verstecken; mir kam vor, ich könne den Anblick keines einzigen menschlichen Wesens mehr ertragen. Ich war erschöpft, wie man in solchen Fällen zu sagen pflegt, aber es wäre besser zu sagen, dass ich in ein Loch gefallen war. Ich hatte mich selbst verloren.

Jetzt, nach so langer Zeit und dem Wissen danach, ist mir bewusst geworden, dass ich von einer Eifersuchtswelle überrollt worden war; das ist das Wort, dass auf der Spitze der Feder brennt.

Von Mama verraten und vom Bruder. Ich, unbequem, nörgelnd. Kindisch.

Ich schäme mich meiner, das ist die Wahrheit und ich muss es zugeben.

Bei jedem Läuten des Telefons schreckte Mama auf, geschüttelt von einem Schaudern; wenn sie dann mit ihm sprach, konnte ich das an der Modulation der Stimme erkennen: Sie gurrte wie eine Taube! Wenn er in die Wohnung heraufkam, um sie abzuholen, Erröten, Spannungen, ein verstohlenes Berühren mit den Händen, mit den Schultern oder auch nur mit den Augen. Peinlich. Und ich hatte sie bis zu diesem Moment für zwei geschlechtslose Wesen gehalten. Warum weiß ich nicht, aber Mama habe ich jene Sexualität verweigert, die ich sogar mir zugestand, und Hans Georg war nur mein älterer Bruder, nicht ein Mann wie jeder andere. Jetzt, im gemeinsamen Einvernehmen erdreisteten sie sich die Ordnung auf den Kopf zu stellen, die ich mir kindischer Weise aufgebaut hatte. Unerhört!

Sie haben sich verliebt. Jeder hätte es gemerkt. Die schöne Melusine betörte das sterbliche Wesen und nahm Besitz davon, Körper und Seele.

Nur ich versteifte mich nicht zu verstehen, immer verlorener, immer weniger Herrin meiner selbst. Ich spürte, dass sie sich von mir entfernten, mir entflohen, mich ignorierten, mich an einer Straßenecke vergaßen, vaterlos, alleine auf der Welt. Deshalb also bin ich in einem Anfall von Wahnsinn nach Hause, nach Roselle geflüchtet, um mich selbst wiederzufinden, um mich zumindest von den Mauern, dem Dach, der Atmosphäre beschützt zu fühlen, die noch die Spuren der Anwesenheit meines Vaters in sich trugen.

Ich erinnere mich, wie ich in die Zypressenallee einbog. An ihrem Ende erkannte man das Haus. Es war wie das Betreten eines Traumes. Ich musste nicht die Füße auf den Boden aufsetzen, es genügte zu fliegen, beziehungsweise das Haus näherte sich mir wie durch einen Zauber. Jetzt stehe ich vor der Tür. Aufschließen und das Telefon sehen war alles eins. Das Erwachen. Die Wirklichkeit, bereit mich anzugreifen: Ich musste Mamas Stimme hören, ihr sagen, dass ich angekommen bin, dass sie sich nicht aufregen soll. Nichts weiter.
Wollte ich sie oder mich beruhigen?
Sie war nicht überrascht und ließ keine Besorgnis durchklingen. Kein Kommentar zu meiner Abreise, sie teilte mir nur mit, dass sie am nächsten Tag nach Schweden abreisen würde: Opa ging es schlechter, und sie musste nach Hause zurück. Sie war ruhig, ihre Stimme hatte denselben Tonfall wie immer.
Ich bewundere ihre Kontrolle, auch wenn sie mich erzürnt, beziehungsweise mich verletzt. Es ist, als könnte sie nichts in ihrem Elfenbeinturm erschüttern, in dieser kalten und unnahbaren Art Rüstung, die sie, glaube ich, nur bei mir anzieht.
Sie sagte mir, en passant, dass eines der Bäder wegen gewisser im Zuge der Arbeiten aufgetauchten Schwierigkeiten noch nicht fertig ist, und dass Hans Georg Frau Edith abholen gegangen war, da die vom Kurhotel angerufen haben, dass sie seit einigen Tagen das Essen verweigerte. Er war mit seiner Mutter losgefahren, um eine Unterstützung zu haben, fügte sie hinzu, da sie ja die Arbeiter in der Wohnung beaufsichtigen musste. Mit dem üblichen gleichgültigen Ton, den ich von ihr so gut kenne, sagte sie abschließend, dass ich so schnell als möglich zurückkommen, am nächsten

Morgen den erstbesten Zug nehmen solle.

Ich erinnere mich, dass ich benommen neben dem Telefon stehen blieb, wie eine, die eine kalte Dusche abbekommen hat.

Das Haus, leer, seit einigen Monaten unbewohnt, machte einen seltsamen Eindruck auf mich. Ich kehrte in den Traum zurück.

Das Haus schlief, schweigsam und verlassen.

Die Wände näherten sich, eine Wand der anderen, den Raum verkleinernd. Es war klein, finster, ärmlich. So anders als in meiner Erinnerung. Ich hatte in der großen Wohnung Großvaters gelebt, wo ich mich in den Räumen, im Licht der großen Fenster verirrte. Das konnte nicht mein Zuhause sein! Hier fehlte das Leben, die Luft und alles war eng, dunkel. Ich beeilte mich die Fensterläden, die Rollläden zu öffnen. Die kleinen Fenster ließen wenig Licht ein, wenig Luft. Da war auch der Geruch nach Schimmel, und ich weiß nicht nach etwas zugrunde Gegangenem. Ich bemerkte, dass Mama vergessen hatte den Müll hinauszubringen.

Sie war nach mir abgereist und man bemerkte noch die Zeichen ihrer Anwesenheit: das auf das Bett geworfene Nachthemd, ein auf den Boden gefallenes Handtuch im Bad, ein Topf, noch auf dem Herd, leer (sie muss Wasser für einen letzten Tee aufgesetzt haben), eine nicht abgewaschene Tasse in der Spüle und Ameisen, tausende von Ameisen überall, eine richtige Invasion. So sah ich mich gezwungen, einen ersten Kampf gegen diese kleinen lästigen Kreaturen aufzunehmen, die, ich muss es zugeben, mir sehr leid taten. Leider ist es mir nicht möglich gewesen alle zu retten, wie ich es früher, gegen Papas Willen tat. Einige schon, einige hundert vielleicht. Ich hab sie auf die Kehrschaufel geladen und hab sie nach draußen gebracht; eine mühselige Arbeit und ich glaube, dass mir keine dankbar gewesen ist, obwohl ich ihnen das Leben gerettet hatte. Die anderen musste ich vernichten und mir blutete das Herz. Es war ein allgemeines Flüchten, eine herzzerreißende Szene, aber ich hatte keine Wahl: Die Küche war schwarz vor Ameisen und ich konnte sie nicht ihren Händen überlassen, oder besser gesagt, ihren winzigen Beinchen.

Nach diesem Massaker – ich identifiziere mich in der Tat mit jeder kleinen Ameise, während ich selbst mich wie eine Art Riese Gulliver fühle –, setzte ich mich zerstört, niedergeschlagen auf eine Bank, die Papa vor Jahren aus Ziegeln und Brettern entlang der Hausmauer gebaut hatte.

Der Abend war schon angebrochen und die Luft war weich, nach ich weiß nicht welchem vom Land ringsherum kommenden Geruch duftend. Der Himmel, der große, wunderbare Himmel der Maremma, so weit, unendlich, war von einem außergewöhnlich leuchtenden Mond erhellt; mir schien, noch nie ein ähnliches Schauspiel gesehen zu haben, sogar die Sterne wurden davon überstrahlt, verloren ihr Licht, sich scheu zeigend, einer nach dem anderen, bis sie das ganze schwarze Firmament tapezierten. Wie viele Stunden betrachtete ich dieses Schauspiel?

Ich muss auf der Bank liegend eingeschlafen sein, denn irgendwann weckte mich die Morgenfrische. Oder vielleicht war es der Hunger, der mich weckte. An jenem Tag hatte ich nur ein belegtes Brötchen am Bahnhof von Verona gegessen.

Im Haus fand ich nichts. Auf der Fahrt hatte ich nicht daran gedacht etwas zum Essen einzukaufen, so trank ich ein Glas Wasser und legte mich mit leerem Magen in meinem kleinen Zimmer voller Staub und Spinnweben ins Bett. Welch hässliches Abenteuer: So habe ich mir meine Rückkehr nach Roselle gewiss nicht vorgestellt.

Ich habe noch das Elend in mir, die Einsamkeit, das Gefühl des Verlassenseins, das mich überkam, als ich in dieses Haus kam, das ich zum ersten Mal nicht als meines empfand. Und so träume ich es andauernd, einsam, elend. Schlechte Träume, die sich wiederholen, ich weiß nicht warum.

Ich frage mich, wo das Haus meiner Kindheit, meiner Jugend geblieben ist. Das Haus meines Vaters, in dem ich so viele heitere Jahre erlebt habe, beschützt, geliebt von diesem Mann, der mich nie aus den Augen verlor, der auch nach dem großen Abschied bei mir war, ohne dass ich mir dessen bewusst geworden wäre. Andererseits kannte ich nichts Anderes. In den ersten zwanzig Jahren meiner Existenz war er immer da, Tag und Nacht. Diese neuen, so ganz anderen Träume, voller Einsamkeit, ließen mich begreifen, dass diese Person endgültig fortgegangen war und dass es in Roselle mittlerweile nur mehr das Haus meiner Mutter gibt.

Ich will nichts weiter hinzufügen.

Natürlich war meine Rückkehr nach München frustrierend, um nicht zu sagen verheerend. Ich bin spät abends angekommen und Mama war schon abgereist; nur Fuset kam mir entgegen, gähnend. Ich hatte ihn geweckt und er miaute irgendetwas, was ich nicht verstand: Ob er wohl Hunger hatte? Ich ging gleich in die Küche, auch mein Magen knurrte, so leer war er, und ich fand etwas im Kühlschrank; ohne mir irgendwelche Skrupel zu machen – es konnten ja Sachen für Frau Edith sein –, begann ich zu essen, doch erst nachdem ich eine Dose für den Kater aufgemacht hatte, der sehr interessiert schien. Auch er hatte Hunger. Sie mussten ihn wohl in dem Durcheinander von Mamas Abreise und der Heimkehr der kranken Alten vergessen haben.

Mir war, als wäre ich nicht einmal eine Stunde fort gewesen. Die sehr elegante Küche in perfekter Ordnung, der seltsam gezähmte Kater, der mich wie eine alte Bekannte behandelte, vielleicht, weil er etwas von mir wollte ... aber wer hat schon jemals den Charakter einer Katze begriffen? Und schließlich die ganze Atmosphäre der Wohnung, irgendwie vor Leben vibrierend, Blumen überall, gewiss von Mama besorgt, der Geruch frischer Farbe an den Wänden, das Werkzeug der Handerker in einer Ecke aufgestapelt: Alles wie am Tag zuvor.

Wer weiß warum ich abgereist war. Zwei im Zug für nichts verlorene Tage.

Mein Bett, mein neues Bett empfing mich mit offenen Armen wie ein Freund und ich schlief sofort ein: Ich war heimgekehrt!

Was für eine seltsame Bemerkung.

Was in den darauffolgenden Tagen geschah, kann man mit einem einzigen Wort bezeichnen: Ein Alptraum.

Am folgenden Morgen erschien Tante Sidonie mit dem üblichen Lächeln auf den Lippen, ganz geschäftig, mit einer Art weißem Kittel, wer weiß aus welch altem Schrank hervorgeholt. Sie umarmte mich übereilt und teilte mir mit, dass Frau Edith erkrankt sei, man wusste noch nicht an was, aber noch am selben Tag würde sie für weitere Untersuchungen in eine Klinik gebracht werden. Seit einer Woche brachte sie keinen Bissen hinunter, und auch sie wäre nicht imstande gewesen, ihr ein wenig Brühe einzuflößen. Man verstand nicht, ob es eine von ihrem hartnäckigen Willen diktierte Verweigerung war oder eine reale Behinderung.

Einige Stunden später kam ein Krankenwagen. Die Alte verließ ihr Haus auf einer Trage, so schwach war sie. Tante Sidonie hatte sich sehr viel Mühe gegeben einige Kleidungsstücke einzupacken, um sie ihr mitzugeben und schließlich fuhr sie, ganz aufgeregt, mit ihr mit. Ich hatte den Eindruck, sie habe den Verstand verloren. Ich war nur damit beschäftigt den Kater außer Reichweite zu halten, denn der hätte nur zu gerne sein Frauchen begleitet, zumindest um eine Runde an der frischen Luft zu drehen.

Frau Edith blieb eine Woche in der Klinik, glaube ich, dann

wurde sie nach Haus gebracht; Hans Georg kümmerte sich um den Transport.

Man sprach von Magenkrebs, inoperabel, weil in zu fortgeschrittenem Stadium. Ich will nicht auf Einzelheiten eingehen, auch weil sie, Tante Sidonie und Hans Georg, mich aus der ganzen Sache heraushielten. Sie sagten, dass ich zu jung sei, um eine neuerliche Begegnung mit dem Tod zu verkraften, bedenkend, dass ich den Vater vor zwei Jahren verloren hatte. Ich war wegen dieser Rücksichtnahme dankbar und beschäftigte mich nur mit dem Kater, der anfing sich an mich zu gewöhnen.

Mittlerweile hatten die Vorlesungen an der Universität begonnen und ich war den ganzen Tag weg, was mir, angesichts der Situation überhaupt nicht missfiel. Ende November kam Mama aus Schweden, auch dieses Mal auf der Durchreise, gemeinsam mit der Oma im Rollstuhl. Großvater war gestorben und Oma schien ‚weggetreten‘, aber ich glaube, das war mehr eine Reaktion auf den Flug als auf den Tod ihres Mannes.

Kurz, es war ein ständiges Kommen und Gehen und der einzige, der sichtlich darunter litt, war wie üblich Fuset, der einige unkontrollierte Aggressionsattacken auf meine Beinkleider machte. Bei diesen Gelegenheiten begann ich nicht zu schreien, ich wusste eh, dass mir niemand zu Hilfe gekommen wäre, aber nachdem ich ihn am Kragen gepackt hatte, habe ich ihn richtig geschüttelt und angeschrien. Das Resultat war gelinde gesagt erstaunlich: Nach einer dieser Lektionen blieb er anstatt wegzulaufen, wie es seine Gewohnheit war, verblüfft stehen, beinahe wie um die Nervosität und die Predigt der neuen Herrin abzuschütteln, und nach einem Moment des Überlegens – ich denke, dass Katzen überlegen! – miaute er leise, beinahe ein Murmeln, ein seltsames Geräusch, das ich als Zustimmung interpretierte. Noch ein Moment des Überlegens, ein wiederholtes Katzbuckeln und wie zufällig kam er an, um meine Beine zu streifen. So habe ich mich als Besitzerin eines ungewollten und zudem neurotischen Katers mit schlechtem Charakter, einem Verräter, wiedergefunden. Aber was konnte ich machen? Ich musste mich um ihn kümmern, da die Alte nicht mehr ihr Zimmer verließ, Tag und Nacht von zwei Krankenschwestern betreut, ohne Maryla mitzuzählen, die fortfuhr wie früher zu putzen. Niemand, der sich für ihn interessiert hätte.

Tante Sidonie kam jeden Tag für ein paar Stunden – ich sah sie selten –, aber als ich ihr einmal begegnete, teilte sie mir den letzten Willen ihrer Freundin mit: Sie hatte sie gebeten sie in ihrem Heim sterben zu lassen, dort wo sie geboren war und gelebt hatte. Schon wieder eine, die in ihrem Zuhause sterben will, dachte ich, genau wie Großmutter, und wie immer war es Tante Sidonie, die involviert wurde.

Papa hingegen ist hier in München im Krankenhaus gestorben, von mir und Hans Georg betreut. Er wollte seiner Vorurteile wegen nicht in ein italienisches Krankenhaus eingeliefert werden. Wir haben bis zuletzt bei ihm ausgeharrt. Die beiden anderen Söhne sind erst nachher gekommen. Eine schreckliche Nacht, die ich nie vergessen werde. Ich will bei niemandes Tod mehr dabei sein, nie mehr. Aber ich konnte meinen Vater nicht alleine in einem Krankenhauszimmer lassen.

Ich muss zugeben, dass mir die Alte heute noch fehlt. Die Wohnung kommt mir leer vor, still, ohne das ständige Rauschen des Fernsehers und, eigenartig es zu sagen, ohne diesen abgestandenen Geruch, der mich jedes Mal, wenn ich eintrat im Hals reizte. Auch glaube ich, dass sie die während ihrer Abwesenheit vorgenommenen Veränderungen gar nicht bemerkt hatte, das Wohnzimmer mit den neuen Sofas, die Küche, die Bäder. Zum Glück ist ihr Zimmer in dem Zustand von früher verblieben, und die letzten Monate ihres

Lebens verbrachte sie dort, an ihr Bett gefesselt. In dieser Zeit fürchtete ich, dass sie herauskommen und die Verunstaltung sehen könnte, die in ihrer Abwesenheit angerichtet worden war.

Ob ich sie liebgewonnen habe? Das scheint mir so unwahrscheinlich, dass ich diesen Gedanken ausschließen möchte. Aber jetzt ist sie nicht mehr. Sie starb einige Tage vor Weihnachten, vor mehr als drei Jahren. Ich kann sie nicht vergessen. Ich war in Roselle und erfuhr erst bei meiner Rückkehr von ihrem Ableben; Tante Sidonie sagte mir dann, dass sie sie bis zuletzt Tag und Nacht betreut habe, die gute Seele.

Zumindest ist sie nicht alleine gestorben. Und bestimmt war auch Fuset dabei. Ob er etwas mitbekommen hat?

Die Wohnung war lange voll mit ihrer Gegenwart, mir schien, ich könne sie durch die Zimmer streifen sehen, mit ihren weiten, dunklen Hosen, mit düsterem Gesicht, versteinerten Augen. Ob ihr Geist hiergeblieben ist, auch er unfähig sich aus dieser Wohnung zu entfernen?

Als ich nach Weihnachten aus Roselle zurückkam, verspürte ich das Bedürfnis, auf den Friedhof zu gehen. „Ich muss sie besuchen", sagte ich mir. Hier gibt es einen jüdischen Friedhof, vielleicht auch einen islamischen? Seltsamer Gedanke. Ich muss mich informieren, ich bin wirklich neugierig. Auch nach dem Tod haben die menschlichen Wesen das Bedürfnis sich zu trennen. Ich dachte, dass der Tod für alle gleich ist, dass das Jenseits, zumindest in extremis die Menschen aller Religionen vereint; muss ich annehmen, dass irgendwo, ich weiß nicht wo, und habe mir auch nie die Frage danach gestellt, die Juden für sich sind, genauso die Christen, die Muslime und all die anderen? Mir scheint das eine großartige Überlegung zu sein. Hat noch nie jemand daran gedacht? Ein in Abteilungen unterteiltes Jenseits, je nach Religion, beinahe als handle es sich um politische Parteien, aber Gott, zumindest er, ist für alle gleich? Oder hat jeder einen anderen Gott? Und diese verschiedenen Götter, begegnen sich die ab und zu, halten Friedenskonferenzen ab oder erklären sich gegenseitig den Krieg?

Ich glaube, es ist besser dieses Thema sein zu lassen.

Ein alter Friedhof, finstere Gräber, viele Bäume und Sträucher aber keine Blumen, wie auf christlichen Friedhöfen; und kalt, einer jener eiskalten Tage mit ich weiß nicht mehr wie vielen Graden unter null, die ich als arktisch bezeichnen möchte.

Im Januar und im Februar erfriert man hier.

Während ich das Grab von Frau Edith suchte, habe ich da und dort auf den Grabsteinen gelesen. Ich gebe zu, dass ich sehr betroffen war. Namen, viele Namen, lange Listen von Namen mit unterschiedlichen Geburtsjahren und demselben Todesjahr, und einer einzigen Ortsangabe: Auschwitz. Ich dachte, dass es alles leere Gräber wären, nur ein Grabstein, Namen und nichts weiter.

Endlich entdeckte ich das Grab der Familie L. Da waren verschiedene Namen, auch die der Eltern und der Großmutter von Frau Edith – ich habe es aus dem Sterbedatum und dem Ort geschlossen, für alle gleich – und der ihre, frisch, vor kurzem eingemeißelt. Es beeindruckte mich sehr, diesen Namen zu sehen, dort, inmitten so vieler Toter. Ich schrak auf, beinahe als hätte ich nicht erwartet sie da zu finden, auch sie tot, auf einem traurigen und einsamen Friedhof. Ihr in jenen Grabstein gemeißelter Name war eine Bestätigung, etwas Definitives. Nichts weiter als der Name und zwei Daten. Der Rest, der ganze Rest, das Leben, das sich hinter diesem Namen verbarg, die vielen Ereignisse, die es gezeichnet haben aber vor allem ihre Gedanken, ihr Schmerz, ihr Bedauern, all das, was die Essenz dieses Menschen ausmachte, in bloß zwei Daten festgehalten. Was geschieht mit mir? Ich war zu Tränen gerührt, weinte um einen Menschen, den ich nicht geliebt habe. Ist das die Bedeutung des Todes? Und ist der Friedhof vielleicht der einzige Ort, an dem es möglich ist, sich mit denen auszusöhnen, mit denen es im Leben nicht möglich war? Vor diesem Grab stehend war mir, als würde ich jenes meines Vaters in Roselle sehen. Er wollte dorthin gebracht werden, in fremder Erde begraben, dem einzigen Ort, an dem er glücklich gewesen ist, mit Mama und mir. So schrieb er im Testament.

Das Grab der Familie L. war groß, monumental, schwarz, ein bisschen vernachlässigt, wie sie selbst im Leben. Einige Steine darauf, wie es bei den Juden Brauch ist. Ich hatte dummerweise einige halb erfrorene Blumen mitgebracht und wusste nicht wohin damit.

Ich wusste nicht mehr, warum ich hergekommen war, wieder einmal am falschen Ort, wie immer in ihrer Gegenwart, durchgefroren und unsicher. Auf jeden Fall verwirrt. Nach einer Weile überraschte ich mich dabei, wie ich ihr von Fuset erzählte, von seinen Wutausbrüchen und seiner Resignation, aber auch von der Einsamkeit, der Stille in ihrer Wohnung, genauso sagte ich zu ihr, in ,ihrer' Wohnung.

Ich empfand sie auch jetzt noch nicht als die meine, wo es doch keinen anderen Besitzer außer mir mehr gab.

Aber die Überraschungen sollten nicht enden. Nach ich weiß nicht mehr wie langer Zeit wurde ich von einem Notar vorgeladen, ein mir unbekannter Name, nur eine Einladung an dem und dem Tag in seiner Kanzlei vorstellig zu werden. Man kann sich meine Reaktion vorstellen. Gewiss hatte er eine schlechte Nachricht mitzuteilen, vielleicht meldet sich der Mann von Frau Edith mit Ansprüchen auf die Wohnung oder irgend ein anderer vergessener Erbe. Ich zeigte Hans Georg den Brief. Er wollte ihn nicht einmal lesen, ihm genügte der Briefkopf, seine Mutter hatte denselben Brief erhalten; er sagte mir, es handle sich um das Testament der

Alten, um ihren letzten Willen.

Ich weiß nicht, warum ich mich so aufregte. Ich begann davon zu träumen, dass ich die Wohnung verlassen müsste, dass ich ohne Schlüssel vor der Tür stünde oder mich auf einer Bank im Park von Schloss Schleißheim wiederfinden würde, verloren, ohne festen Wohnsitz. Fuset fehlte nicht, auch er zwangsgeräumt. Im Hintergrund eines jeden Traumes war auch immer die Sorge um den Kater gegenwärtig, auch er ohne Zuhause, gezwungen unter den Brücken der Isar zu hausen! Die Woche bevor ich zu jenem verdammten Termin ging, war ein Crescendo an Ängsten und Befürchtungen, die ich heute noch nicht vergessen kann; ich überraschte mich, wie ich auf der Straße rannte, bestrebt schnell nach Hause zu kommen, mit der Hand den Schlüssel umklammernd, aus Angst er könnte in den Gully fallen, in irgendein Loch, oder ich könnte ihn auf dem Gang der Universität verlieren, auch den Rucksack und ähnliche Verrücktheiten. Es endete damit, dass ich Hans Georg einen Zweitschlüssel übergab, für den Fall, dass ich meinen verlieren sollte. Eine Art völlig ungerechtfertigter Hysterie. Ich weiß, dass ich an jenem Tag, dem 10. März, mit den Nerven am Ende war.

Am Telefon mit Mama hatte ich einmal die Möglichkeit angesprochen, dass die Alte, mit ich weiß nicht welchem Trick, Großvaters Testament zu annullieren vermocht hätte. Wie gewöhnlich begriff sie nichts. Sie verstand meine Ängste nicht, meine Befürchtungen. Auch Hans Georg verstand nicht, lächelte nur, auf seine gutmütige Art, irgendwie ungeduldig. Er verlor meinetwegen nur Zeit, ohne zu bedenken, dass er nicht an die Geschichte mit dem angeblichen, irgendwo auf der Welt verlorenen Ehemann glaubte. Er wusste nicht einmal, dass Frau Edith verheiratet gewesen ist. Ich glaube, nicht einmal Tante Sidonie wusste es, obwohl ich es nicht schwören könnte; auf meine Fragen hatte sie sich darauf beschränkt, mich mit aufgerissenen Augen anzusehen, so wie sie es immer machte, wenn sie nicht antworten konnte oder wollte.

Zu der Zeit ging ich ziemlich häufig zu Tante Sidonie; ihre Gastfreundschaft, immer herzlich, ihre Umarmungen und die Küsse auf die Wange, die Kuchen, die sie, wie sie sagte, gerade für mich gebacken hatte, hatten eine vertrauenserweckende Wirkung auf mich. Auch eine beruhigende. Es ist schön, einen Verwandten zu haben, eine liebe Alte in einem vor Tand und Spitzen überquellenden Haus voller Wärme und alten, unwiederbringlich verflossenen Geschichten.

Mittlerweile fehlt ihren Erzählungen jene anfängliche Intensität, jene Rührung, die mich so sehr fasziniert hatte. Es ist als ob, je öfter sie sie wiederholt, ihre Farben zu verblassen beginnen würden und sie die Umrisse verlieren würden, trotz der kaum wahrnehmbaren Varianten, die kleinen Details, die sie hinzufügt, beinahe als Bestätigung eines Erinnerungsvermögens, das meiner Meinung nach löchrig zu werden beginnt. Dann passiert es, dass sie vormals in ihrem Heimatdorf verortete Szenen mit irgendwelchen in Bayern angesiedelten verwechselt, so dass sie den Tod ihrer Mutter sogar vor ihrer berühmten Reise oder auch während der Reise selbst, entlang der Straße einordnet. Alles ist von einem immer dichteren, undurchdringlichen Nebel eingehüllt und die Ereignisse folgen ohne logische Anordnung aufeinander. Eine Aufeinanderfolge von Szenen, die sie selbst an keinem realen Ort oder in keiner realen Zeit einordnen kann oder will.

Nie aber vergisst sie weder die griesgrämige Bäuerin noch den Ort in Bayern, an den sie nie mehr zurückgekehrt ist.

Von meinem Vater erzählt sie beinahe nichts mehr und vom Großvater noch weniger. Schon seit einiger Zeit habe ich aufgehört Fragen zu stellen: Mittlerweile weiß ich genug und der Tod von Frau Edith hat in gewisser Weise alle meine Probleme gelöst.

Bei ihr verbringe ich Nachmittage außerhalb der Zeit in einer warmen und gemütlichen Atmosphäre.

Jetzt noch, wenn mir die Einsamkeit und die Sehnsucht ich weiß nicht mehr warum den Hals zuschnürt, brauche ich nur anzurufen und sofort kommt eine Einladung:

»Komm sofort, ich backe gerade einen wunderbaren Apfelkuchen, das ist meine Spezialität.« Oder es ist ein wunderbarer Braten oder ein wunderbares Hähnchen und ich weiß nicht was sonst noch. Jedes Mal kommt mir vor, dass sie nichts Anderes gemacht hat als auf meinen Anruf zu warten, um sich an die Arbeit zu machen, immer im Begriff etwas zuzubereiten, etwas um mich mit allen Ehren zu empfangen. Sie sagt mir und wiederholt es häufig, vielleicht, weil sie vergisst, es mir schon gesagt zu haben, dass ich die so sehr erwünschte Tochter bin, das letzte Geschenk in ihrem Leben. Ich muss zugeben, dass ich ihre Zuneigung stärker spüre als ich die meiner Mutter je empfunden habe; oder besser, sie liebt mich auf andere Weise, ich würde sagen auf viszerale, mütterliche Art, gerade sie, die mir nicht Mutter ist.

Wir trafen uns beim Notar, ich aufgeregt, sie ruhig und ein wenig neugierig.

Ich hatte nicht geglaubt, dass es in München noch ein Haus wie jenes geben könnte, sicher von vor dem ersten Weltkrieg und so belassen, wie es erbaut worden ist. Der abgeblätterte Putz, eine elendigliche Atmosphäre die einen am Hals packte, die Holzstiege, deren Stufen bei jedem Schritt auf mehr als verdächtige Weise knarrten, so dass ich fürchtete, sie könnten das Gewicht von Tante Sidonie nicht aushalten. Im ersten Stock blieben wir vor einer Glastür stehen, auf dem Schild der Name des Notars.

Ohne zu zögern schob ich die angelehnte Tür auf und wir

traten in eine Art Vorzimmer, klein, eng, beinahe völlig von einem Tisch eingenommen, der den Zugang zu einer Tür versperrte, der einzigen. Hinter diesem Tisch saß eine Frau mittleren Alters vor einem Computer. Es muss die Sekretärin gewesen sein. Sie habe uns erwartet, sagte sie mit näselnder, offensichtlich erkälteter Stimme, und es war nicht zu verwundern, angesichts der arktischen Temperatur im Zimmer. Man musste um den Schreibtisch herumgehen, um in das Studio des Notars zu gelangen. Hier war die Temperatur ein bisschen milder, aber nicht so sehr, dass man die schwere Jacke und den Schal hätte ablegen können.

Frau Edith muss lange gesucht haben, bis sie diese seltsame Figur gefunden hat. Noch so eine Sonderlichkeit von ihr. Wenn ich an Großvaters und Vaters Notar in einer der zentralsten Straßen Münchens gegenüber der Residenz in einem alten Palast voller Tradition und mindestens vier Sekretärinnen und einer unbestimmten Anzahl von Assistenten denke ... lassen wir das, der Vergleich hinkt.

Es geht um das Testament von Frau Edith, sagte uns ein graues Männlein, das überhaupt nicht wie der Notar aussah, sondern wie sein Bürodiener, so bescheiden war er. Er entschuldigte sich, so viel Zeit verstreichen gelassen zu haben, aber er hätte verschiedene Nachforschungen anstellen müssen, eine Menge Dinge in Ordnung bringen und klären müssen und erst jetzt habe er die nötigen Instrumente, um nach dem Willen der Verstorbenen verfahren zu können. Bei diesem Diskurs begriff ich, dass es sich wirklich um den Notar handelte. Schließlich zog er aus einer dicken Akte einen Umschlag heraus und überreichte ihn mir. Ich las meinen Namen und den Satz: „Nach meinem Tod zu öffnen“. Ich hatte einen Anflug von Ekel. Vor einiger Zeit hatte ich einen ähnlichen Umschlag in der Schublade meines Schreibtisches gefunden, ich wollte nicht dasselbe Spielchen wiederholen, auch wenn dieses Mal der Brief an mich adressiert war. Der erste Impuls war, ihn nicht anzunehmen. Der Notar bemerkte meine Reaktion mit Erstaunen.

»Frau L. hat mir eine Woche vor ihrem Tod diesen Umschlag übergeben. Sie sagte mir, dass Sie sich in Italien befänden und sie nicht wüsste, wann Sie zurückkommen würden. Sie hat mir wärmstens nahegelegt, ihn ihnen zukommen zu lassen und unterstrichen, dass ihr sehr daran läge.« Da ich keine Wahl hatte und ein Ablehnen meinerseits zumindest unverständlich gewesen wäre, nahm ich den Umschlag und steckte ihn, bereits halb im Gehen begriffen, in den Rucksack. Der Notar deutete beinahe erheitert ein Lächeln an. Er sagte mir, dass da einige Absätze im Testament wären, die ich mir besser anhören sollte und dass ich bitte sitzen bleiben möge.

So kam die große Überraschung: Frau Edith bat mich ihren geliebten Kater Fuset bei mir zu behalten, ihn gut zu behandeln, ihn im Falle einer Erkrankung zu pflegen, ihn gerne zu haben sofern es mir möglich wäre, da er Liebkosungen brauchte und nicht nur zu fressen, und schließlich es ihm an nichts fehlen zu lassen. Diese Dienstleistung würde mir mit einem Betrag von hundert Euro pro Tag entgolten! Der Notar hielt ein und sah mich aufmerksam an.

»Haben Sie verstanden? Es wird ihnen ein monatlicher Scheck von dreitausend Euro für alle Jahre ausgehändigt, die der obgenannte Fuset am Leben bleibt. Jedes Jahr müssen sie ein Zertifikat des Veterinärs beibringen, das den Gesundheitszustand belegt; außerdem muss ich Kontrollen durchführen, sagen wir in privater Art und Weise, bevor das Geld am Monatsende auf ihr Konto eingezahlt wird; Sie werden von meiner Sekretärin im Voraus über die Art der Kontrolle benachrichtigt werden. Ich hoffe, dass Sie diese Bedingungen akzeptieren. Ich muss noch hinzufügen, dass mir in all den Jahren, in denen ich diesen Beruf ausübe, noch kein ähnlicher Fall untergekommen ist. Sehen Sie zu, dass das Tier so lange als möglich am Leben bleibt, mehr kann ich ihnen nicht wünschen.« Ich war verblüfft. In Wirklichkeit hatte obgenannter Fuset ein Erbe von lebenslänglichen hundert Euro am Tag erhalten. Ich hatte von derartigen Geschichten gelesen und hatte immer gedacht, dass es sich um Erfindungen der Medien für magere Zeiten handeln würde.

Aber der Absatz, der mich betraf, war noch nicht zu Ende: Beim Tode Fusets würde ich die einmalige Summe von fünfhunderttausend Euro erhalten und, dulcis in fundo, die Wohnung in der Widenmayerstraße! Auch für Tante Sidonie „im Gedenken an die Freundschaft und die aufrichtige Zuneigung, für die heiteren gemeinsam verbrachten Stunden", hatte sie ein Erbe in bar vorgesehen, mit der Bitte, noch einmal die berüchtigte Reise zu machen, das heißt in ihre Geburtsstadt zurückzukehren, das Häuschen zu suchen, in dem sie zur Welt gekommen war und ein für alle Mal alles erlittene Unrecht zu vergessen. Tante Sidonie, bis zu diesem Moment ruhig, mit dem üblichen Lächeln auf den Mund gestempelt, öffnete eilig ihre Handtasche und begann kurzatmig etwas zu suchen. Nach einigen Sekunden zog sie eine Art Durcheinander von Spitze mit einem Stückchen Stoff in der Mitte heraus: ein Taschentuch. In der Zwischenzeit hatte eine Flut von Tränen ihre bleichen, schlappen Wangen überschwemmt. Es war als hätten sich die Schleusen geöffnet. Eine Flut salzigen Wassers, wer weiß wie lange in wer weiß welchen Falten des Gesichts zurückgehalten, sprudelte mit plötzlichem, unaufhaltsamen Ungestüm hervor. Es war eine richtige Überschwemmung. Ich erhob mich sofort und umschloss ihre Schultern mit den Armen, ohne ein Wort des Trostes zu finden. Ich verstand nichts.

Sichtlich von dieser Tränenflut gestört, verließ der Notar, nachdem er uns mit wenigen Worten mitgeteilt hatte, dass das gesamte Vermögen von Frau L. an eine Stiftung für verfolgte Juden gegangen sei, eine Institution, die schon seit Jahren von ihr subventioniert wurde, fluchtartig sein Studio, beinahe so als hätte er sich gerade in diesem Moment an eine dringende Angelegenheit erinnert.

Nach all diesen Aufregungen hatte ich beim Verlassen jenes einfachen Hauses einen euphorischen Moment: Ich drehte wie in vergangenen Zeiten, leicht wie eine Feder, sprudelnd wie ein Glas Champagner eine halbe Pirouette auf dem Gehsteig, während Tante Sidonie die Falten in ihrem Gesicht zu Ende glättete. Eigenartiger Weise hatte sie die Nachricht vom Erbe um viele Jahre altern lassen. Ich hatte den Eindruck, dass ihr in jenem Moment bewusst geworden war, die letzte Kindheitsfreundin verloren zu haben, die einzige, die ihr Leben von Anfang an kannte. Schließlich rief ich ein Taxi und mit überraschender Entschlossenheit gab ich die Adresse eines bekannten Lokals, Möwenpick, an, an dem ich einige Male vorübergegangen war und von außen einen Blick in einen wunderbaren runden Saal voller Fresken mit einem großartigen Kronleuchter aus Muranoglas geworfen hatte. Dort, in jenem Luxuslokal, in das einzutreten ich mich nie zuvor getraut hätte, wollte ich der lieben Alten einen Kaffee und ein schönes Stück Kuchen anbieten, vielleicht nicht so gut wie der, den sie selber buk, aber sehr zeremoniell serviert.

Es ist wirklich sehr seltsam zu wissen, viel Geld zur Verfügung zu haben; dreitausend Euro im Monat kamen zu der kleinen Leibrente des Großvaters hinzu. Eine wirklich hübsche Summe. Und die Wohnung, die Wohnung in der Widenmayerstraße war jetzt auch vom moralischen Standpunkt aus mein! Mir schien, ich berührte den Boden nicht mehr, von ich weiß nicht welcher Ekstase getragen. Ich hätte laut lachen wollen, schreien, tanzen, wäre nicht dieser verfluchte Brief in meinen Rucksack gewesen. Eine wirksame Bremse, eine Art Bleikugel, eine im Rucksack steckende Bombe. Was wollte sie mir noch mitteilen, nach ihrem Tod? Welche Predigt hatte sie vor mir zu halten, welch kolossale Kopfwäsche hatte sie noch für mich bereit?

Ich habe mindestens ein Woche gewartet, bevor ich diesen Umschlag öffnete; ich war ein Feigling, ich gebe es zu, aber ich habe nicht den Mut gehabt, mir mit eigenen Händen einen Schlag auf den Schädel zu versetzen. Ich dachte mir, dass mich niemand hätte zwingen können diesen Brief zu lesen, dass ich ihn in eine Schublade stecken und vergessen hätte können. Ein Gedanke, der mich wahrhaftig verfolgte. Am Ende begann er auch in meinen Träumen aufzutauchen, wie eine Obsession. Ab und zu überraschte ich mich wie ich „Nein" brüllte. Ein Schrei, den ich nicht zurückzuhalten vermochte. Ich dachte sogar daran, ihn zu verbrennen, ihn von der Erdoberfläche verschwinden zu lassen.

Es war eine Woche intensiven Wahns, der die Macht besaß, mich meine wahre neue Situation als Besitzerin der Wohnung mit einer hübschen, monatlich auszugebenden Summe vergessen zu lassen. Nach dem kurzen Augenblick überwältigender Freude, nach jenem unvergesslichen Nachmittag, brachte dieser Brief meine Existenz durcheinander.

Das Drama war, dass ich an nichts Anderes dachte, ich konnte mich nicht auf andere Dinge konzentrieren, auf ein Buch, einen Film; bei den Vorlesungen an der Uni wusste ich nachher nie, wer gesprochen hatte und was gesagt worden war.

Ich weiß nicht mehr, welch verschrobene Ideen in meinem Kopf herumschwirrten. Abhauen. Die Tür hinter mir schließen und fortgehen. Und Fuset? Wie ihn zurücklassen und wem? Ich sah ihn schon verlassen auf der Straße, vielleicht von einem Auto überfahren, ein irgendwo hingeworfenes blutendes Bündel; oder erfroren, ausgehungert, oder von Kriminellen aufgelesen, um ihn an wer weiß welches Institut für wissenschaftliche Forschungen zu verkaufen. Schluss. Meine Fantasie kannte keine Grenzen.

Er, dann, schien meine Gedanken zu interpretieren. Er ist immer zahmer geworden, seine Überfälle wurden immer seltener, auch weil ich verstanden hatte, dass sie nur eine Reaktion auf seine Ängste waren. Er verträgt weder Überraschungen noch Menschen, die er nicht kennt. Wenn ich jetzt Besuch von Freunden bekomme, schließe ich ihn in Großvaters Arbeitszimmer ein und lasse ihn kommen, wenn er Lust dazu hat, er kann ja die Tür selbst öffnen. Dann erscheint er, scheu, mürrisch und auf seine Art gleichgültig; er nähert sich, beschnüffelt meine Gäste und dann kuschelt er sich irgendwo hin, um eines dieser vorgegaukelten Nickerchen zu halten. Es gefällt ihm, in Gesellschaft zu schlummern. In den letzten Jahren habe ich viele Menschen kennen gelernt und ich habe mir einige Male erlaubt, jemanden zu mir nach Hause einzuladen, auch über längere Zeit, wie Astrid, die gut zwei Monate hier bei mir verbracht hat.

Ich habe ‚zu mir nach Hause‘ geschrieben und bin überrascht. Ich will keine Kommentare abgeben.

Mein Leben mit Fuset. Ich könnte einen Roman darüber schreiben!

Ich muss sagen, dass ich mich inzwischen an ihn gewöhnt habe, ihn sogar zu verstehen beginne, soweit man eine Katze verstehen kann, und versuche seine Bedürfnisse zu befriedigen, wie ich kann. Für ihn habe ich auf der Terrasse ein großes Netz anbringen lassen, damit er an die Luft kann solange er will, ohne Gefahr zu laufen, dass er in seinem Eifer einen Vogel zu verfolgen (und die Vögel sind so dumm, ihm genau vor die Nase zu fliegen) nicht einen akrobatischen Sprung macht und im Hof landet.

Heute noch treibt mir die Erinnerung an jenen Tag den kalten Schweiß hoch. Ich muss vergessen haben die Balkontür zu schließen. Erst einige Stunden später bemerkte ich sein Verschwinden. Ich habe ihn überall im Haus gesucht und am Ende, ich weiß nicht mehr aus welcher Eingebung heraus habe ich einen Blick über den Balkon hinaus geworfen und habe ihn da sitzen sehen, unten im Hof! Ein Schock, ich finde kein anderes Wort dafür. Ich habe sofort ein Taxi gerufen und habe ihn in die Tierklinik gebracht. Er hatte sich keinen Knochen gebrochen, nicht einmal ein Bein, nichts, aber auf mein Ersuchen haben sie ihn einen Tag zur Beobachtung dabehalten. Das also ist Fuset.

Deshalb habe ich das Netz anbringen und einige Kisten voll Erde hinstellen lassen – Tante Sidonie hat sich sehr bemüht mit praktischen Ratschlägen bezüglich der Sträucher und dem ganzen Rest –, die kleine Terrasse in eine Art hängenden Garten verwandelnd, der vor Blumen und immergrünen Pflanzen überquoll. Es fehlten auch zwei Bäumchen für Fuset nicht, damit er nach Lust und Laune herumklettern und sich daran die Krallen abwetzen konnte. Es war eine Arbeit, die mich für einige Zeit von den Ängsten abgelenkt hat, die mich in dieser Zeit quälten. Vielleicht ist es diese neue Freiheit gewesen, die ihn beruhigt hat, in der Tat verbringt er ganze Tage an der frischen Luft. Ich habe ihm sogar einen Korb mit einem Schafsfell hingestellt, damit er sich wärmen kann, wenn es kalt ist; wenn er dann wieder herein will, klopft er an das Glas der Balkontür und ich, zu seiner Verfügung, laufe, um ihm auszumachen.

Manchmal, bevor er anzuklopfen lernte, hatte er vergebens versucht, wie es seine Gewohnheit war, die Klinke mit ins Leere gehenden akrobatischen Sprüngen herunterzudrücken, da die Tür von außen unmöglich zu öffnen war. Nach wiederholten Versuchen begriff er, dass da etwas nicht funktionierte, und so hat er sehr höflich anzuklopfen gelernt. Das passiert, wenn ich Zuhause bin, und ich muss sagen, dass ich oft von der Universität nach Hause eile, um ihn zu versorgen, um ihn ein paar Stunden auf die Terrasse hinaus zu lassen. Mir kommt vor einen Untermieter zu haben, der gut bezahlt und respektvoll bedient werden will.

Aber ich habe entdeckt, dass ich es gerne mache; ich fühle mich nicht mehr alleine; er ist für mich da, wartet auf mich, erkennt meine Schritte, meine Art die Tür zu öffnen und meine Stimme – denn ich rufe ihn bei noch geschlossener Tür, um ihn nicht zu erschrecken – und er begrüßt mich auf seine Art mit größter Würde, irgendwo abseits sitzend, wie gleichgültig die Wand fixierend, beinahe so, als wäre er rein zufällig da; aber er wartet nur darauf in den Arm genommen zu werden, genießt die Zuwendungen, die Liebkosungen und wenn ich ihn wieder absetze, folgt er mir genau wie ein Hündchen und ich spüre, dass ich ihm gefehlt habe. Es ist seltsam, dass es nur einiger Monate der Nähe oder des erzwungenen Zusammenlebens bedurfte, um die Beziehung zu dieser Bestie zu verändern. Und jetzt weiß ich auch, dass es nicht des Geldes wegen ist, das mir regelmäßig jeden Monat überwiesen wird. Und was die Kontrollen anbelangt, so kommt die Sekretärin des Notars, die an einer chronischen Verkühlung zu leiden scheint, vor jeder Überweisung vorbei und überzeugt sich persönlich vom Gesundheitszustand und dem Wohlergehen Fusets. Ihnen genügt die Bescheinigung des Tierarztes nicht. Vertrauen ist gut, Kontrolle ist besser, das ist ihr Motto.

II

Bad Feilnbach, 20. September 2004

Ich hätte noch einmal mit dir reden wollen, Serafina, denn mir scheint noch nicht damit fertig zu sein, noch nicht all das gesagt zu haben, was mir am Herzen liegt. Ich spüre aber, wie die Zeit verrinnt, sich unwiederbringlich verkürzt. Ich weiß nicht, wie viele Tage mir noch zu leben bleiben. Ich kann nicht mehr warten.

Mit dir zu reden, hätte bedeutet in deine unschuldigen Augen zu blicken, mich in diesem Widerschein des Himmels zu spiegeln, in dem es möglich ist jeden Gedanken, jede minimale Regung deiner kleinen, makellosen Seele zu lesen. Deine Augen, wie die deiner Mutter, sind von einer Transparenz, die man schwerlich mit irgendeinem Element der Natur vergleichen kann; die Natur ist nie ohne Schattenseiten, auch am klarsten Himmel können sich drohende Wolken verstecken, und auch in den klarsten Wassern verbergen sich Tücken. Deine Augen kennen keine Schatten; der plötzliche Zorn, die Scham, die Angst, die Verzagtheit, die Sehnsucht und der Ekel und auch das Mitleid, alles ist klar, augenscheinlich, wie ein offenes Buch in der Welt deiner Gefühle zu lesen.

Du solltest nicht mit diesen unbedeckten Augen herumgehen. Du solltest dir dunkle Brillen aufsetzen, wie jedes zivilisierte Wesen seinen eignen Körper, seine intimen Körperteile mit Stoff, Fellen oder auch nur Blättern bedeckt. Du musst lernen, deine kleine, nackte Seele vor den Taktlosigkeiten, der Neugier, der Brutalität der Welt zu verteidigen, die dich umgibt.

Deine Arglosigkeit hat mich empfindlicher als jede Grob-

*heit oder Falschheit, an die ich mittlerweile seit langem ge-
wohnt bin, getroffen.*

*Sowie du in meine Wohnung gekommen bist, habe ich deine
Ablehnung, deine mangelnde Disponibilität gespürt. Du hast
dich in deinen kleinen Verteidigungspanzer eingeschlossen,
um die Einsamkeit der großen Stadt, das andere Leben und
den ganzen Rest besser ertragen zu können; so hast du alles
in einem Block abgelehnt: Die Wohnung, den Kater und mich,
vor allem mich. Ich drehe dir keinen Strick daraus. Es ist keine
einfache Begegnung gewesen.*

*Ich habe deinen Ekel gespürt, gleich nachdem du ange-
kommen bist, Ekel, der sich Schritt für Schritt in etwas noch
Negativeres verwandelt hat. Ich glaube, hätte deine makello-
se Seele es dir erlaubt, du hättest mich sogar gehasst. Ich
weiß auch warum. In einem gewissen Sinn, habe ich es mit
meinem immer noch Hiersein in diesem Haus, in dieser Stadt
auf dieser Welt provoziert. Meine Anwesenheit ist vielen Menschen lästig gewesen, ich weiß es, und du warst trotz deiner
Unschuld nicht imstande, in mir etwas anderes als ein lästiges
und sperriges Relikt der Vergangenheit zu sehen. Lebendige
Zeugin einer Welt, deren Existenz hier niemand zugeben will,
dieselben Leute, die der Zeit die Fähigkeit zusprechen, alle
Spuren auslöschen zu können, alle Zeichen dessen, was man
vergessen will.*

*Es stimmt, ich bin ein Relikt der Vergangenheit, das letzte
Blatt eines seit langem abgestorbenen Baumes, und wie ein
verdorrtes Blatt, mittlerweile ohne Lebenssaft, bin ich all die
Jahre in einer Art fiktiven Realität herumgeirrt. Ich habe aus
unendlicher Ferne das Vergehen der Existenzen beobachtet,
das ständige sinnlose Rollen der Tage und der Jahre, wie eine,
die vom Straßenrand aus benommen den sinnlosen Verkehr
der Autos beobachtet, den nervösen Rummel einer ver-
schwommenen Masse. Ohne Ziel, ohne Ende. Ich vermochte
mich keinen einzigen Zentimeter zu bewegen, blieb angewur-*

zelt, festgenagelt auf diesem Gehsteig, auf diesem Erdklum-
pen, um den herum sich das Leben abspielt; unfähig mich gemeinsam mit den anderen einzureihen, mich mit dem Rest
der Menschheit zu vermischen, beschützt von der Anonymität.

Jeder von uns findet eine Rolle in seinem Leben. Aber vielleicht steht diese Rolle schon bereit, von einem unnachgiebi-
gen Autor bestimmt. Sie wartet nur darauf gespielt zu werden, wartet nur auf ihren Schauspieler. Meine war schon vor
hunderten von Jahren vorherbestimmt, sie wartete seit uralten Zeiten auf mich und ich musste sie bis ans Ende spielen
ohne je aus der Rolle zu fallen, den deutlichen Anordnungen
dieses unerbittlichen Autors-Regisseurs nachkommen. Und
ich habe mich mit dieser Rolle dermaßen identifiziert, dass
ich keine anderen Lebensmöglichkeiten mehr kannte. Im Theater sagt man „sich in die Rolle versetzen". Ich habe mich soweit in die Rolle versetzt, dass ich mit ihr verschmolz, mein eigenes Ich ignorierend. Ich bin die Rolle selbst geworden, von
innen und von außen. Ich habe meine Rolle bis zur Auszeh-
rung gespielt, bis zu ihrem logischen Ende. Mit mir stirbt
auch meine Rolle, das Nicht-Leben zu dem sie verdammt worden ist.

    Das Leben. Die anderen haben ohne mich weitergemacht.
Ich war nicht so wie viele imstande, mich selbst zu betrügen.
Ich habe es zugelassen, dass die Zeit, diese von den Menschen
erfundene erbärmliche Abstraktion unabhängig von allen
verrinnt; ich sah sie verrinnen, Jahr für Jahr und mein Warten
wird bald ein Ende haben. Ich weiß, dass ich schwer krank
bin, ich wusste es schon, bevor du kamst und wollte nicht,
dass irgendjemand eingriff. Ich habe jede ärztliche Einmi-
schung abgelehnt. Es wäre eine Beleidigung derer gewesen,
die mir vorausgegangen sind.

Auch deine Rolle stand schon geschrieben, das Drehbuch deines Lebens ist irgendwo hinterlegt. Du musst es nur suchen,

auswendig lernen und spielen. Ich weiß, dass du die Fähigkeiten dazu hast, die Qualitäten und auch die Charakterstärke. Jetzt stehst du erst am Anfang, aber in dir steckt das Talent zur Hauptdarstellerin. Du musst dich nur entdecken und deine Rolle bis zu Ende spielen, so wie es dein Vater und dein Großvater getan haben, mit derselben Beständigkeit aber nicht zu demselben Zweck.

Vergiss niemals von wem du abstammst und die Verantwortung, die dir daraus erwächst.

In dir habe ich eine neue Generation gesehen, die kaum Bindungen zur Vergangenheit hat, ein bestimmtes Desinteresse für das was gewesen ist (bedingt vor allem durch Unwissenheit) und eine unbestimmte Vorstellung von Freiheit; eine Generation, die die Unfreiheit nicht kennt, ist nicht in der Lage das Geschenk zu würdigen, das die vorherige Generation ihr gemacht hat, ein sehr großes, sehr teuer bezahltes Geschenk. Ihr wisst nicht, was es bedeutet in ständiger Alarmbereitschaft zu leben, die eigenen Gedanken nicht äußern zu dürfen, ohne dabei das eigene und das Leben der Angehörigen aufs Spiel zu setzen. Ihr kennt die Denunziation nicht, nicht die legale Erpressung, die erklärte Ungerechtigkeit nicht, ein Instrument des Staates.

Lebe nicht blind, nur mit auf dich selbst gerichtetem Blick; nimm die Binde von deinen Augen, kämpfe, lass keinen einzigen Tag vergehen, ohne dich dafür einzusetzen, dass auch der Schwächste, der Unwissendste sein Recht auf Respekt und Menschenwürde erkennt.

Du hast zu denken und deine Gedanken zu äußern gelernt; habe den Mut zu schreien, lass dich nicht unterkriegen; unterwirf dich nicht und vor allem, handle nie gegen dein Gewissen.

Ich habe versucht, dir die Augen zu öffnen, vielleicht auf zu derbe Art, und ich habe deine ersten Reaktionen gesehen, dein verstohlenes, vorsichtiges Heranrücken an die Geschichte deines Vaters, deines Großvaters. Während unserer letzten Unterredung sah ich dich berührt, habe auch deine Teilnahme gespürt und, wenn ich das sagen darf, deine Trauer. Ich habe den Eindruck gehabt, dass du etwas verstanden hast, vor allem nach deinem naiven Angebot, mir ,meine' Wohnung zurückzugeben! Kleine Serafina mit dem weichen Herzen, der unschuldigen Seele, man kann nur Dinge zurückgeben, Möbel oder Liegenschaften, nie aber Gefühle, verletzte Gefühle, Kränkungen, geliebte Menschen und Erinnerungen. Die nicht, die werden mit mir sterben, die Erinnerungen, die verletzten Gefühle und der ganze Rest. Vielleicht aber wird etwas von diesen Erinnerungen in dir weiterleben; deshalb habe ich dir mein Leben erzählt, damit du mich nicht vergisst und mit mir nicht meine Leute; deshalb habe ich nach Jahren des Schweigens endlich geredet, zum ersten und letzten Mal.

Ich habe diese Wohnung nicht verlassen, weil das bedeutet hätte, meine Wurzeln auszureißen, mir das letzte Stückchen Boden zu nehmen, auf dem ich mich zu gehen berechtigt fühle. Diese Wohnung besteht nicht nur aus Mauern, sondern aus Erinnerungen, aus Zuneigung. Ich habe hier drinnen wie in einem Grab gelebt, außerhalb der Welt, in einer beinahe absoluten Einsamkeit, umgeben nur von den Schatten meiner Lieben. Bis du an meine Tür geklopft und deine Rechte beansprucht hast! Ich habe verstanden, dass es sich nicht um die Rechte eines einzelnen Menschen handelt, sondern die einer ganzen Generation, einer Jugend, die lernen muss, die Rechnung mit der Vergangenheit zu machen, mit einer Vergangenheit, deren Schatten trotz der verrinnenden Zeit immer noch wie eine bleierne Dunstglocke schwer auf diesem Land liegt. In beinahe regelmäßigen Abständen geschieht es in der Tat, dass sich ein Intellektueller oder einfach nur ein Mensch mit einer gewissen Feinfühligkeit die unerhörte Frage stellt, ob dies ein Volk ist, das würdig ist geliebt, vom Rest der Menschheit akzeptiert zu werden. Ich frage mich, welchem anderen

Erdenbürger ein solcher Zweifel kommt, wer und welches Land die Notwendigkeit empfindet, vom Rest der Welt geliebt zu werden.

Aber auch dies ist eine Generation, die im Verschwinden begriffen ist, es handelt sich um die Kinder. Die neue Generation, die der Enkel, der Urenkel, der du angehörst, akzeptiert diese Art Erbe nicht. Ihr seid nicht bereit, euch als Erben jener Großväter anzuerkennen.

Die Zeit, in der ihr aufgewachsen seid, ist anders, besser, offen für die Welt und die Menschen. Eure Väter, zeitlich zu nahe, beteiligt wenn auch bloß als Kinder, bewahren Erinnerungen an den Krieg, an die Leiden. Ihr habt alle eine Kindheit in Frieden gehabt und könnt nicht verstehen. Ihr schaut nur nach vorne. Das ist richtig so. Aber ihr dürft eure Verantwortungen nicht ignorieren; es ist gut, die Fehler der Vergangenheit zu kennen, damit sie sich nicht wiederholen. Das hängt von euch ab, von eurer Generation.

Als ich zum ersten Mal hierher zurückkam, um beim Prozess deines Großvaters auszusagen, fand ich dieselben Gesichter wieder, dieselben Personen, aber feister, Opfer des Wohlstands, der von den Amerikanern gewollten wirtschaftlichen Wiedergeburt; die Augen waren hart, unerbittlich, immer noch die von früher, Augen, die ich sehr gut kannte. Eine Wand harter Augen, die mich durchbohrten. Niemand, der die Demut gefunden hätte, die Scham, sie zu senken, diese Augen. „Wie? Da lebt noch eine", schienen sie mir zurufen zu wollen. Nichts hatte sich geändert. Auch noch zehn Jahre nach dem Ende des Krieges waren sie alle da, auf ihren Posten, schlechte Darsteller eines schlechten Horrortheaters. Jeder spielte seine Rolle ohne Überzeugung, ohne jegliche Beteiligung, niemand, der sich in seine Rolle vertieft, der innerlich akzeptiert hätte, die Rolle zu spielen, die ihm die Umstände aufdrängten. Es fehlte die Heiligkeit der Reue, der Gewissensbisse. Die Katharsis, wie die alten Griechen sagten. Wer sich für unschuldig erklärt, nicht zugibt, eine Tat begangen zu haben, bereut nicht. Dein Großvater war überzeugt, dem Gesetz entsprechend gehandelt zu haben, nicht mehr und nicht weniger, und wie er alle anderen. Ich bemerkte, dass sich niemand etwas vorzuwerfen hatte, dass sie sich weigerten zu begreifen, beschäftigt wie sie waren sich zu bereichern, fett zu werden, das Elend der vergangenen Jahre zu verdauen. Und schließlich, dass ihnen die begangenen Verbrechen nicht bewusst waren. Damals schon dachte ich, dass Rache das einzige Instrument, die einzig mögliche Wiedergutmachung wäre. Ich weiß, dass ich einen schrecklichen Tod herbeiwünschte, ein Massaker, ein zweites Hiroshima, hier in ganz Deutschland.

Ich war damals jung. Ich ließ mich noch von Gefühlen leiten. Es war eine kurze Zeit meines Lebens, sehr kurz.

Schritt für Schritt begriff ich die Unmöglichkeit einer auch nur moralischen Wiedergutmachung und kehrte mit dem festen Entschluss nach Amerika zurück, keinen Fuß mehr in dieses Land zu setzen, in dem ich geboren bin, wo meine Eltern geboren wurden, meine Großeltern und viele Generationen vorher. Ich glaubte, irgendwie die große Leere in meiner Existenz überwinden, beziehungsweise ausfüllen zu können.

Auch dort erwartete mich das Nichts. Mein Onkel und meine Tante versuchten mit ihrer Zuneigung meine Eltern zu ersetzen, aber es war zu spät, ich hatte keinen Lebenswillen mehr. In mir war eine Art ständiges Staunen; alles war an jenem Nachmittag stehen geblieben, in dem Augenblick, als mich mein Vater bat, alles zu akzeptieren, was er im Einvernehmen mit meiner Mutter zu tun beschlossen hatte aber er erklärte mir nicht was. Ich habe alles ertragen, Erniedrigungen, Beleidigungen, Elend, immer gemeinsam mit ihnen und alles hätte ich ertragen können, auch den Tod. Gemeinsam mit ihnen.

Während wir in jenem weit entfernten Jahr 1942 traurig, trostlos, durch die Straßen Münchens gingen, vertraute mir mein Vater ein Geheimnis an, ein großes Geheimnis, sagte er *mir, das ich für mich behalten sollte. Ein Geheimnis, das ich jetzt dir enthüllen werde. Vielleicht kannst du daraus irgendeinen Nutzen ziehen und dieser Brief kann dir eine Hilfe sein, sollten Komplikationen juristischer Natur auftreten.*

Wie ich dir bereits erzählt habe, wurde beim Tod meiner Großmutter ihre Wohnung an deinen Großvater vermietet. Vorher aber wurde die gesamte Einrichtung weggeschafft. Da es sich um Möbel, Teppiche und vor allem um Bilder von großem Wert handelte, beschlossen die drei Erben, die wertvollsten Dinge im großen Keller des Hauses aufzubewahren und eine gewisse Zeit verstreichen zu lassen, bevor sie zur Aufteilung schreiten wollten. Da war auch der Umstand, dass meine Onkel im Begriffe waren, ins Ausland umzuziehen, und die Mitnahme von Möbeln und anderen Gegenständen eine Menge Probleme mit sich gebracht hätte.

Einige Jahre später, als sich die Lage zu verschlechtern begann, brachte mein Vater die Bilder und einige Wertgegenstände in einer Art Stollen unter. Er ließ also eine Mauer hochziehen und den Keller in zwei Räume teilen. Vor dieser Mauer stellte er ein großes Regal auf, das du heute noch sehen kannst und auf dem er eine Menge Weinflaschen aufstapelte, um diese Wand zu verdecken oder zu rechtfertigen. Diese Wand wurde nie enttarnt und ist noch dort hinter den Spinnweben des mittlerweile leeren Regals. Der Keller gehört ausschließlich zur Wohnung in der du wohnst, kein anderer Wohnungseigentümer des Hauses hat je die Erlaubnis erhalten, diesen Keller auch nur zu betreten oder zu benutzen.

Der Inhalt dieses Raumes gehört nun dir, ich schenke ihn dir. Dieser Brief sei dir Bestätigung.

Ich habe bereits eine schriftliche Erklärung bei einem Notar gemacht und unterschrieben, den du bald kennenlernen wirst.

Verwende deinen neuen Reichtum für humanitäre Zwecke; zum Leben braucht es sehr wenig, du weißt es, ich hab es dir selbst vorgeführt und du wirst viel haben, viel mehr als ein Mensch brauchen kann. Lass dich nicht vom Luxus verführen, von der Oberflächlichkeit des Lebens, die der Reichtum oft mit sich bringt.

Lerne, eigne dir die Kenntnisse an, die es dir ermöglichen jenem Teil der Menschheit zu helfen, der es nötig hat; setze dich auch persönlich ein, geh in die Welt hinaus und setze dich mit dem Elend von Millionen von Frauen und Kindern auseinander. Vor allem der Kinder. Verwalte dein Geld vernünftig, benutze es denen zu helfen, die weniger haben als du, die sich aus Unwissen und Rückständigkeit oder auch aus Ohnmacht nicht zu verteidigen wissen oder können.

Das ist mein letzter Wille.

Edith L.

III

Ich habe diesen Brief ich weiß nicht wie oft gelesen und
nochmals gelesen, wollte alles verstehen. Ich habe die Worte wegen der Schrift – genau dieselbe wie die meiner Großmutter – nur schwer entziffern können, habe sie in ein Heft
übertragen, habe sogar ganze Sätze abgeschrieben und mit
Hilfe eines Wörterbuchs übersetzt. Eine Arbeit, die mich einige Tage beschäftigt hat, die mir keine Ruhe gelassen hat,
bis ich nicht jedes Wort entschlüsselt hatte ohne das kleinste Detail auszulassen. Während dieser Tage konnte ich keinen Bissen hinunterschlucken; ich ging durch die Zimmer,
zählte sie, untersuchte sie, ergriff tatsächlich von der Wohnung Besitz. Ich hatte die Erlaubnis dazu.

Aber ich war niedergeschlagen. Ich könnte meinen Gemütszustand von damals nicht anders bezeichnen.

Eines Morgens fand ich endlich den Mut auch ihr Zimmer
zu betreten – es war das erste Mal –, öffnete das Fenster und
ließ die kalte Luft ins verwaiste Zimmer. Es waren keine
schlechten Gerüche zu verscheuchen, noch sonst wie auch
immer geartete Präsenzen, mich empfing nur eine große
Leere und Stille. Das Leben war mit ihr entwichen, sofern es
je da gewesen war.

Eine ziemlich schlampige Einrichtung, nur ein altes Bett
und ein Schrank, ein Tischchen noch und ein Sessel, dessen
mittlerweile farbloser Stoff von den geschickten Krallen Fusets übel zugerichtet worden war. Hier hatte mehr als fünfzehn Jahre lang eine Millionärin gelebt! Nicht einmal einen
Teppich, ein Bild, einen Spiegel. Nichts.

Jemand hatte aufgeräumt, vielleicht Maryla gemeinsam
mit Tante Sidonie nach dem Begräbnis. Sie haben die alte

Matratze hochgehoben, beziehungsweise die drei Teile, aus denen sie bestand, und haben sie übereinander gestockt, wie ich es auch in den anderen Schlafzimmern der Wohnung gesehen habe. Ein seltsames System die Matratzen aufzuteilen, ich verstehe nicht zu welchem Zweck, bestimmt auf die Zeit vor dem ersten Weltkrieg zurückgehend. In Italien hatte ich nie etwas Ähnliches gesehen.

Keine einzige Tagesdecke, die das Elend verdeckt hätte, nichts auch nur annähernd Überflüssiges.

Es war, als hätte in diesem Zimmer nie jemand gewohnt, so groß war der Eindruck der Verlassenheit, der Trostlosigkeit. Man wartete nur auf den Trödler, damit er diese letzte Erinnerungstücke ohne materiellen Wert wegbringt, in die Ecke irgend eines Lagers stellt oder noch besser, auf einem Hinterhof, dem Regen und dem Unwetter ausgesetzt, lagert. Beinahe bereute ich es, das Zimmer betreten zu haben, denn plötzlich fühlte ich mich von allem entleert. Ich, ein Nichts vor diesem in der absoluten Einsamkeit gelebten Leben, von wer weiß welchen schmerzhaften Erinnerungen zerrissen.

Es war ein kalter, wunderschöner Tag, einer jener Tage, an dem der Himmel aus Kristall zu sein scheint, so durchsichtig ist er. Der Frühling war noch weit, obwohl bereits April war. Damals wusste ich nicht, dass er plötzlich explodieren würde, dass bereits ein großes Warten in den Pflanzen war, unter der Erde, dass es schließlich nur eine Angelegenheit von Tagen war, vielleicht nur von Stunden. Ich kannte diese Explosion nicht, diese plötzliche Üppigkeit von Leben. Ich habe nie zuvor diese Verherrlichung der Dichter verstanden, die den Frühling wie das Wiedererwachen der Natur, wie die Wiedergeburt des Lebens selbst zelebrierten; die große Hoffnung auf eine bessere Welt voller Licht, voller Klarheit. Dort wo ich geboren wurde, sind die Wiesen das ganze Jahr über grün, die Bäume behalten ihre Blätter und die Geranien blühen auch im Winter. Jetzt, nach dem winterlichen

Grau, sah ich den Baum in meinem Hof mit eigenen Augen grün, mit Knospen übervoll; und alle Bäume der Allee entlang des Flusses bedeckten sich über Nacht mit Blättern und Blüten: Ein Wunder, das alle begeisterte.

Nur mir gelang es nicht an dieser Wiedergeburt teilzunehmen. Lange bemerkte ich nicht, was um mich herum geschah. Ich glaube, ich bemerkte das Kommen des Frühlings erst im Jahr darauf. Im ersten Jahr war ich blind dafür und niedergeschlagen.

Dieser Brief bescherte mir in der Tat eine richtige Depression.

Aber vielleicht wurde die nicht von dem Brief verursacht. Ich glaube die plötzlich leere Wohnung, die Ereignisse jenes Sommers, die Trennung von meiner Mutter und alles was noch folgte, haben meine Nerven auf eine harte Probe gestellt. Ich war nicht mehr die von vorher. Das Leben zeigte die andere Seite der Medaille auf. Ohne meinen Papa fühlte ich mich wehrlos und alleine auf der Welt. Zum ersten Mal begriff ich, was Einsamkeit ist, die wahre Einsamkeit und die Angst, die ihr Ursprung ist. Mit zwanzig kehrte plötzlich jenes Gefühl aus der frühesten Jugend wieder, wenn ich nachts erwachte und ich mich einsam, ohne mich selbst fühlte, auch ohne meine Körperlichkeit, ein in der vollkommensten Leere verlassenes Nichts. Ich weinte verzweifelt und mein Papa rannte sofort zu mir, nahm mich in den Arm und gab mir das Leben zurück, indem er meinen Körper an den seinen drückte und mir seine Wärme übertrug, während er mit leiser, beruhigender Stimme ganz langsam zu mir sprach und mich mit einer Zärtlichkeit in den Schlaf wiegte, zu der nur ein Mensch fähig ist, der selbst die Einsamkeit kannte, das Fehlen von Liebe, die Verlassenheit, die innere Leere. Er vermochte diese Leere mit meinem kleinen Mädchenleib zu füllen. Eine große Einsamkeit und eine kleine Einsamkeit, die sich begegneten und aufhoben. Nur er vermochte mich zu trösten.

Jetzt weiß ich, wer mein Vater war und wie sehr ich ihm Gerechtigkeit widerfahren lassen möchte.

Ich ging zu meinem Bruder in sein Büro in der Nähe des Englischen Gartens. Er war beschäftigt wie immer aber auf seine Art liebevoll. Sofort las er den Brief. Sieh an, ein richtiger Schauspieler, dachte ich – jetzt sehe ich nichts als Schauspieler. Es war ein ständiges Heben der Augenbrauen, überraschungsvoller Blicke während er mit einer Geste, die mir so bekannt war, die Lippen nach vorne stülpte, und es fehlte auch nicht das eine oder andere Kratzen der Kopfhaut, in einem Schnellfeuer der Mienen, die die verschiedenen von dem Brief ausgelösten Reaktionen unterstrichen. Ich, in das Sofa versunken, beobachtete ihn in Erwartung eines Kommentars und, warum auch nicht, eines Rates.

»Du musst diese Alte verhext haben, mein Serafinchen. Wer weiß, was sich hinter dieser Wand verbirgt. Da könnten signierte Bilder sein, die man für astronomische Summen verkaufen kann! Mir ist schwindlig. Was willst du tun?«

Ich erwartete mir Ratschläge und bekam Fragen. So ist es immer mit Hans Georg: Fragen, Fragen, nichts als Fragen. Er faltete den Brief zusammen, steckte ihn in den Umschlag und riet mir, ihn beim Notar zu hinterlegen, demselben Männlein, das ihn mir ausgehändigt hatte. Dann überlegte er es sich anders, öffnete den Umschlag wieder und machte eine Kopie und, soweit ich mich erinnere, fragte er mich lächelnd:

»Willst du wirklich Architektur studieren? Ich habe immer gedacht, dass du von deinem Vater beeinflusst wurdest: Horst bat auch mich diese Fakultät zu wählen, um einen Nachfolger zu haben. Ich muss dir sagen, dass ich es nie bereut habe, diese Arbeit gefällt mir. Aber du? Willst du nicht in Ruhe darüber nachdenken? Schließlich bist du frei, frei zu tun und zu lassen was Du willst! Du wirst es nicht glauben, aber dein Vater bat mich, bevor er starb, dich nicht aus den Augen zu verlieren, auch so seine Art mir zu verstehen zu geben, ich solle auf dich und deine Mutter aufpassen.«

Während er redete, hatte ich den Eindruck, dass eine gewisse Verlegenheit an die Stelle der anfänglichen Begeisterung getreten war; er fühlte sich nicht danach, mir Vater zu sein, das war klar, ohne zu bedenken, dass ich mitnichten bereit war, in ihm einen Vater zu sehen. Ich gab es ihm auf vielleicht zu forsche Art zu verstehen, da er sofort lachte.

»Schau an, das Schwesterlein, das auf die Barrikaden steigt.«

Also ging ich, entschlossen das zu tun, was ich wollte. Wenn ich bloß gewusst hätte, was ich wollen wollte.

Frei, hatte er gesagt, frei zu tun und zu lassen. Seit den Kindheitstagen habe ich davon geträumt, habe ich mir mit ganzer Kraft gewünscht frei zu sein. Jetzt da ich frei war, wusste ich nicht mehr was mit der Freiheit anfangen. Was ist die Freiheit? Tun oder lassen? Ist das die Freiheit?

Ich habe noch große Zweifel.

Erster Impuls: Weglaufen, doch ich war nicht frei es zu tun. Ich hatte und habe Verantwortungen. Fuset. Die Freiheit bringt jetzt und immer vor allem das mit sich: Verantwortung! Auch Frau Edith hat es gesagt, die Freiheit ist nicht umsonst zu haben.

Ich hatte es vorausgesehen. Dieser Brief würde mein Leben durcheinander bringen.

Die Universität. Ich hatte eine Menge Vorlesungen versäumt und der Vorschlag meines Bruders hatte mich weiter beunruhigt: Fakultät wechseln, die Architektur sein lassen. Schon als Kind war ich entschlossen in die Fußstapfen meines Vaters zu treten; für mich hatte es nie das Problem der Wahl gegeben, alles war vorherbestimmt, klar; die Zukunft in meine Handfläche geschrieben. (Wie Recht Frau Edith doch hatte!) Und alle die Häuser, die ich bauen wollte, die in meinem Kopf im Laufe langer Jahre, seit jeher entstanden waren, welches Ende würden die nehmen, diese Häuser? Die Möglichkeit einen völlig anderen Weg einzuschlagen, gab mir den Rest. Eine bestimmte Zeit lang spürte ich, wie ich im Dunkeln tappte; ich wusste nicht mehr wohin ich sollte.

Von wegen Freiheit.

Wie einfach es ist, das eigene Gleichgewicht zu verlieren, immer tiefer zu fallen. In mir drinnen scheint ein Mensch, zerbrechlicher als ein keimender Grashalm, einen Weg, einen neuen Grund zum Leben zu suchen. Es war als hätte ich auf einen Schlag meine Kindheit, die Pubertät und, wer weiß, vielleicht auch die Jugend, das Leben selbst hinter mir gelassen. Die Euphorie jenes Tages, an dem ich erfahren habe die Wohnung und die Rente Fusets geerbt zu haben, liegt in weit zurückliegenden Zeiten. Jene Serafina existiert nicht mehr, ist fortgespült.

Ich verbrachte ganze Tage in der Wohnung eingesperrt; in der Zwischenzeit habe ich ungefähr zehn Zimmer entdeckt; ich durchsuche eines pro Tag, öffne Schubladen, Schränke, verschiedene Abstellräume. Jeder Schrank, jede Schublade eine Art Entweihung, eine Gewalttat, ich weiß nicht gegen wen, aber hauptsächlich mir gegenüber; es kostete mich eine unerhörte Anstrengung in die Intimität vieler unbekannter Menschen einzutreten, in ihrem alltäglichen Elend zu stöbern, zum Beispiel die Flicken auf den weißen Baumwollunterhosen meiner Großmutter zu sehen, die mit Sorgfalt gestopften Strümpfe vielleicht meines Großvaters, alte, wieder besohlte Schuhe, schon lange aus der Mode. Wie viele Kriegsgeschichten hinter jedem Kleidungsstück, das ich in den Händen hielt, wie viel Schweiß und Tränen vielleicht.

Ich begann eine Menge Zeug zu sammeln, Kleidungsstücke, Strümpfe, Hemden und Schuhe vom Großvater, der Großmutter, von Frau Edith und ich weiß nicht von wem noch; bestickte Bettwäsche aus anderen Zeiten, Leinenhandtücher, Federbetten. Ich füllte viele Plastiksäcke, die ich vom Roten Kreuz abholen ließ. Sollten sie damit machen was sie wollten, ich weigerte mich, sie im Haus zu behalten. Sie rochen nach Alt und nach Mief.

Eine stinkende Vergangenheit, derer ich mich entledigen wollte.

Ich wusste nicht, dass auch die Erinnerungen einen Geruch haben.

Im Laufe der Jahre hatte sich niemand darum gekümmert, Ordnung in diesen Schränken zu schaffen, sich all dieses alten Krams zu entledigen.

Mir scheint, es ist der Moment gekommen reinen Tisch zu machen. Schluss mit der Vergangenheit, Schluss mit den Erinnerungen.

Ich verbot mir irgendeine Entscheidung zu treffen und ging wieder zur Uni. In Wirklichkeit interessierten mich die Vorlesungen schon und ich stellte das mit Vergnügen fest. Aber ich schleppte mich weiter, hatte jeden Enthusiasmus verloren. Warum?

Eine immer hinterlistigere Unruhe ergriff Besitz von mir, wickelte mich ein wie eine Spinne, die während sie ihr Netz spinnt irgendetwas falsch macht und damit endet, dass sie selbst in die Falle geht, so fühlte ich mich. Was geschah mit mir?

Ich ließ ein großes Sicherheitsschloss an der Wohnungstür anbringen.

Aber das genügte mir noch nicht.

Es folgte ein Gitter, so wie ich es übrigens in den unteren Etagen des Hauses gesehen habe. Nach einigen Tagen wurde mir bewusst, dass ich mich in ein Gefängnis gesteckt hatte. Zu guter Letzt schloss ich nur nachts ab, bevor ich mich in der Wohnung verbarrikadierte.

Dann fing ich an jede Nacht beim geringsten Geräusch aufzuwachen – und in diesem Haus mangelte es nicht an Geräuschen – und wurde von einem zerreißenden Gefühl der Einsamkeit überwältigt, von einer erschreckenden Angst, und schließlich bemerkte ich, dass ich die ganze Nacht das Licht anließ, in der ganzen Wohnung.

Nachdem ich Türen und Fenster verriegelt hatte, mindestens zwei Mal, wenn nicht öfter, einen Rundgang durch alle Räume gemacht hatte in der Angst irgendein Fenster offen gelassen zu haben (und ich frage mich noch, in welcher Art Wahn ich mich befunden haben musste, um zu glauben, dass jemand drei Stockwerke hochklettert, um mich zu berauben), nachdem ich den Schlüssel im Türschloss meines Zimmers umgedreht hatte, bemerkte ich mit Schrecken, dass ich Panik hatte, ich wüsste nicht, wie ich diese Angst anders benennen könnte, Panik die mir den Hals zuschnürte.

In meiner Vorstellung gingen im Gang vor meiner Tür finstere Typen um und ich getraute mich am Morgen nicht ins Bad, aus Angst, ich könnte jemandem begegnen, der dort geblieben war, vom Rest der Bande dort vergessen.

Ich verstand nicht, dass die Gefahr nicht von außen kam, dass nichts und niemand mein Leben bedrohten, dass die Gespenster in mir waren, Teil von mir.

Nach einer gewissen Zeit setzte ich mir in den Kopf, dass Großvater noch da sei; Selbstmörder entfernen sich nicht vom Ort ihres gewaltsamen Todes, sie bleiben da, Jahrhunderte lang. Wer weiß wo ich diese Geschichte gelesen hatte. Eines nachts stand ich mit pochendem Herzen auf – ich konnte nicht schlafen, ständig mit diesem Gespenst vor mir –, betrat das Arbeitszimmer und mit dem Mute der Verzweiflung oder des Wahns nahm ich das Portrait herunter und hing es zur Wand gedreht wieder auf. Ich wusste, dass ich ein Sakrileg begangen hatte. Am Tag darauf brachte ich es mit Hilfe Hans Georgs in den Keller. Er zeigte größtes Verständnis für mich, dieses Bild hatte ihm nie gefallen, sagte er mir. Doch das genügte nicht. Ich rief einen Trödler und bat ihn gegen ein Entgelt alle Möbel des Arbeitszimmers, die Bücher inbegriffen (auch Hans Georg wollte sie nicht), wegzuschaffen. Ich verschonte nur Fusets Sessel. Das Zimmer blieb trostlos leer, die Wände mit dem Umrissen der Möbel und des Bildes. Wer weiß seit wie vielen Jahren es nicht mehr getüncht worden war, Ruß überall, Staub.

Und in einer Ecke jener einzige zerlumpte Sessel.

Fuset beschloss, dass er zu diesen Bedingungen dieses Zimmer nicht mehr zu betreten beabsichtige; nach einem eingehenden Inspektionsrundgang befand er, dass die Gerüche nicht mehr die von früher waren und entfernte sich ziemlich entrüstet. Ich brachte den Sessel in mein Zimmer und schloss die Tür zum Studio mit dem Schlüssel ab. Nach einigen Stunden stellte ich ihn in Frau Ediths Zimmer, da ich seinen Anblick nicht ertrug. Fuset verlor jegliches Interesse an seinem Sessel und einige Tage später entledigte ich mich seiner endgültig.

Wir, sowohl ich als auch er begannen erste Anzeichen von geistigem Ungleichgewicht zu zeigen; er nahm seine wahnwitzigen Rennen wieder auf, ich hörte auf zu essen und zu schlafen.

Hans Georg kam am Abend, immer rein zufällig, immer im Vorbeigehen, um mich mit der Ausrede, dass er es satt habe alleine zu essen, zum Essen auszuführen. Er musste bemerkt haben, dass etwas nicht stimmte, denn eines schönen Tages kam er mit dem Vorschlag an, dass Hilfe von außen kommen müsse, dass er als mein Verwandter eine gewisse Verantwortung für mich spüre. In wenigen Worten, er riet mir, mich einem Arzt anzuvertrauen; ich war schrecklich abgemagert, der bloße Anblick von Essbarem verursachte mir Übelkeit; ich vergaß auf die Uni zu gehen. Unnütz weiterzumachen. Und dann, plötzlich, der Zusammenbruch. Ich legte mich mit hohem Fieber ins Bett, eine willkommene Sommergrippe mit Husten, Knochenschmerzen und dem ganzen Rest. Hans Georg holte mich mitsamt dem Kater ab und brachte mich zu seiner Mutter.

Es scheint, dass ich delirierte, nur von Fuset sprach, dass er ja nicht fortlaufe, dass man ihm zu Fressen geben müsse und dann der Sessel (der mittlerweile nicht mehr existierte), Frau Edith, der Brief. Zum Glück gab ihn Tante Sidonie zu einer Tierpsychologin in Pension – ich wusste nicht, dass es solche Spezialisten gab – und so wie es ihr möglich war, versuchte sie mich, zumindest was den physischen und psychischen Zustand des Katers anging, zu beruhigen. Sie umgab mich in der Zwischenzeit Tag und Nacht mit Pflege und Zuneigung, opferte sich ohne Zurückhaltung auf. Sie war von ergreifender Güte und Großzügigkeit. Diese Zuneigung ohne Schatten, ohne Erwartung und diese Wärme haben mir geholfen eine schlimme Krankheit des Körpers und der Seele zu überwinden. Ich erinnere mich in der Tat, dass ich absolut nicht genesen wollte, dass ich in den klaren Momenten von einer zerreißenden, unerträglichen Angst überwältigt wurde. Zum Glück überkam mich das Fieber wie eine Befreiung.

Als das Fieber vorbei war, fiel ich in einen Zustand tiefer Erschöpfung und Schwäche. Heute noch vermag ich mir jene völlig übertriebene Reaktion nur schwer zu erklären. Was geschah mit mir?

Jetzt, Jahre später, wird mir bewusst, dass ich am Rande eines Abgrunds stand, das heißt, dass ich im wahrsten Sinne des Wortes abgestürzt war.

Einen Sinn zu finden, eine Ursache, ein Warum dieser Abfolge, dieses Flusses und des Erlöschens so vieler Existenzen und, noch viel wichtiger, der Zweck meines Hierseins, jetzt, endlich zu wissen wer ich bin, warum ich bin.

Und schlussendlich welche die mir zugewiesene Rolle ist, wo das Drehbuch ist, das ich auswendig lernen muss, um die Rolle perfekt zu spielen? Sie hat gesagt, dass ich gut spielen würde, dass ich die Begabung dazu hätte, allein ich finde das Drehbuch nicht; ich fürchte, ich werde ein Leben lang suchen müssen, wie sie übrigens, bevor ich begreife, dass ich das Stück bereits gespielt habe. Ist es für alle so? Erst im Angesichts des Todes begreifen wir mit voller Klarheit das Warum unseres Hierseins? Und während des Lebens, während wir die uns zugewiesene (von wem zugewiesen?) Rolle spielen, verstehen wir nicht, dass wir nur Schauspieler in einem großen imaginären Theater sind, die sich mit einem Drehbuch herumschlagen, das wir nicht kennen, das nicht wir geschrieben und bestimmt nicht gewollt haben. Und wenn es möglich wäre zu wählen, was würde ich wählen?

Frau Edith! Ich glaube, die Begegnung mit Frau Edith hat etwas in Bewegung gesetzt, was in mir schon lange gebrütet hat.

Und dann, diese verfluchte Leidenschaft für das Schreiben. Ich glaube, dass alles gerade mit diesen beschriebenen Seiten angefangen hat. Ich bin mitnichten überzeugt, dass es gut ist, vergangene Dinge wiederzukäuen. Hier gibt es den Spruch „Was ich nicht weiß, macht mich nicht heiß", das haargenau zu meiner derzeitigen Denkweise passt. Ich will nichts wissen, ich ziehe es vor im Dunkeln zu tappen, genau so wie Mama und wenn ich einen Schritt zurücktun könnte, glaube ich, dass ich auf die Wohnung und den ganzen Rest verzichten würde, den Kater inbegriffen!

Inzwischen schlug mir Hans Georg vor, diese Wohnung in drei kleinere aufzuteilen, auch weil dieser riesige Raum mich, laut ihm, einsam fühlen ließ. Er ist die Katasterauszüge suchen gegangen und wir haben entdeckt, dass die Wohnung eine Größe von ungefähr dreihundertfünfzig Quadratmetern hat. Außerdem sind die Räume sehr hoch, mehr als vier Meter und darüber ist noch der Dachboden, der in die Wohnung integriert werden könnte. Er ist begeistert, sagt, dass man wundervolle Sachen machen könnte. Beinahe täglich bringt er mir verschiedene Projekte vorbei, eines fabelhafter als das andere. Ich wollte nie eine Entscheidung treffen, hin- und hergerissen zwischen Apathie und Desinteresse für alles was mich umgibt.

Mein Bruder ist ein wirklich guter Mensch, genau wie seine Mutter. Manchmal denke ich, dass ich mich jetzt ohne ihn in einem Pflegeheim oder wer weiß wo befinden würde. Während meiner Krankheit, die sich einige Monate hinzog, kam er mich beinahe jeden Abend bei Tante Sidonie besuchen, immer in Eile, immer voller Fragen und bei bester Laune.

Schließlich, sowie ich im Stande war mich zu bewegen, ging ich den armen Fuset abholen. Die Pension ist wirklich wunderschön, mit einem umzäunten Garten. Ich habe den Eindruck gehabt, dass es für ihn wunderbare Ferien gewesen sind, während ich ein gewisses Gefühl nicht zu unterdrücken vermochte, das ich meiner Schwäche und auch der damaligen Labilität zuschreibe.

Gewiss, es hatte eine bestimmte Wirkung auf mich, diese

Gestalt dort in einer Ecke des Gartens würdevoll sitzen zu sehen, wie sie andere Katzen beobachtete, drei Katzen wie er in Pension, jede in wer weiß welche mysteriöse Überlegungen vertieft. Die Abstraktionsfähigkeit dieser Tiere und die ausgeprägte Individualität, die sie sich bewahren, ohne in der Gruppe aufzugehen, ist interessant. Ich rief ihn. Er bewegte ein Ohr. Andere Reaktionen waren nicht zu sehen. Ich rief ihn abermals und endlich drehte er den Kopf ein wenig zu mir. Ich weiß nicht, ob er mich oder meine Jeans gesehen hatte, Tatsache ist, dass er zwei Schritte in meine Richtung machte und stehen blieb. Ich rief ihn wieder und endlich kam er, ohne sich zu beeilen, bis er bei meinen Hosenbeinen ankam. Er setzte sich und wartete. Ich nahm ihn in den Arm und nach einigen Minuten hörte ich den berühmten Motor: er hatte mich erkannt. Ich wurde von einer völlig unerwarteten Welle von Zärtlichkeit überschwemmt, die mich, ich gestehe es, mit dem Leben versöhnte.

Ein Jahr verging. Lange hatte ich nicht den Mut oder die Kraft den Keller von Frau Edith aufzusperren und ich kann sagen, es war ein romanartiges Unternehmen. Ich und Hans Georg haben uns mit verschiedenem Werkzeug ausgerüstet an die Arbeit gemacht. Ich wollte, wegen ich weiß nicht was für seltsamen Befürchtungen, keinerlei Zeugen haben.

Wir haben das große Regal wegzuschieben versucht, leer aber trotzdem schwer, voller Staub und Spinnweben. Ich habe den Eindruck gehabt, dass seit Jahrhunderten keine Menschenseele diesen Keller betreten hatte. An einem bestimmten Punkt, während wir mit diesem verfluchten Regal beschäftigt waren, kam Hans Georg mit einer ziemlich makabren Bemerkung. Er sagte, dass wir das Grab eines Pharaos entweihen würden! Man kann sich meine Angst ausmalen. Obwohl meine Arme und Beine zitterten, schafften wir es, das Ding zu bewegen, das Wurzeln geschlagen zu haben schien, so gut war es im Boden verankert.

Und da die Überraschung: ein Durchgang in der Mauer. Kein frisches Loch, und man sah es. Mit Hilfe einer großen Taschenlampe sahen wir uns abwechselnd in diesem Lokal um, das uns geräumig vorkam, aber dennoch gerade mal einige Quadratmeter groß war. Leer, wenn man von einigen Ziegeln und dem Mörtel auf dem Boden absieht. Ade Pharaonenschatz oder Visionen von wer weiß welchen Reichtümern, wie man es in der Schatzinsel liest. Eine Enttäuschung und in einem gewissen Sinn eine Erleichterung.

Wir rückten das Regal wieder an seinen Platz und damit war das Thema Erbe endlich abgeschlossen. Ich brauche kein Geld, mir genügt die Rente des Großvaters, die Wohnung und die Pension Fusets.
Außerdem arbeite ich bereits im Büro meines Vaters – ich mache ein Praktikum – und mit der Zeit, sowie ich mit dem Studium fertig bin, glaube ich alle Projekte verwirklichen zu können, die schon seit Jahren meine Gedanken beschäftigen.

Hans Georg verschwindet immer öfter, manchmal aus Arbeitsgründen, andere Male wegen gewisser, sagen wir Vergnügungsreisen in Richtung Süden. Auch Mama kommt nach München, aber sie wohnt nicht bei mir.
Sie hat es nicht für notwendig erachtet, mir irgendeine Erklärung zu geben. Ich weiß auch nicht immer, ob sie hier ist. Es kommt in der Tat vor, dass Hans Georg einige Worte fallen lässt und ich verstehe sofort: Die schöne Melusine brauchte menschliche Wärme!

Bibliografie

Die hauptsächlich verwendeten Bücher sind:

R.Schörker, *Jugend 1945*, 1994

E.A.Johnson, *Il terrore nazista*, 1999

J.Fest, *Hitler*, 2002

G.Schreiber, *Der zweite Weltkrieg*, 2002

F.P.Habel, *Die Sudetendeutschen*, 2002

G.Massadié, *Storia dell'antisemitismo*, 2002

L.Poliakov, *Il nazismo e lo sterminio degli ebrei*, 2003

N.Frei, *Hitlers Eliten nach 1945*, 2003

K.M.Mallman/G.Paul, *Karrieren der Gewalt*, 2004

A.Baumann/A.Heusler, *München arisiert*, 2004

N.M.Naimark, *Flammender Hass*, 2004

P.Glotz, *Die Vertreibung*, 2004

S.Friedländer, *La Germania nazista e gli ebrei*, 2004

G.Aly, *Hitlers Volksstaat*, 2005

Inhaltsverzeichnis

Erster Teil

I	9
II	27
III	43
IV	57
V	67
VI	87
VII	109
VIII	121
IX	147
X	171
XI	191
XII	229

Zweiter Teil

I	243
II	267
III	277

Theater der Schatten
Roman
2013, 256 Seiten, 11,80 €

Teatro di ombre
Romanzo
2012, 200 Seiten, 14,00 €

Die Katakombenschule
Erzählungen aus Südtirol
2012, 248 Seiten, 11,80 €

La scuola delle catacombe
Racconti del Sudtirolo
2012, 224 Seiten, 9,80 €

Le inquietudini della sora Elsa
Racconti
2011, 176 Seiten, 13,00 €

Das Schweigen
Roman
2010, 168 Seiten, 16,80 €

Il silenzio
Romanzo
2009, 160 Seiten 12,00 €

Gedruckt im November 2017
in Deutschland